Aos quatro ventos

Antonio Bivar

Autobiografia, quarto volume
Dos 34 aos 43 anos

REFORMATÓRIO

Copyright © 2016 Antonio Bivar
Aos quatro ventos © Editora Reformatório

Editores
Marcelo Nocelli
Rennan Martens

Revisão
Marina Ruivo
Marcelo Nocelli

Imagem de capa
Jack B. Yeats, *Two travellers*, 1942
Óleo sobre tela, The Trustees of the TATE Gallery, Londres

Design e editoração eletrônica
Negrito Produção Editorial

Dados Internacionais de Catalogação na Publicação (CIP)
Bibliotecária Juliana Farias Motta (CRB 7-5880)

Bivar, Antonio, 1939-
    Aos quatro ventos: autobiografia, quarto volume dos 34 aos 43 anos /
Antonio Bivar. – São Paulo: Reformatório, 2016.
    240 p.; 14 x 21 cm.

    ISBN 978-85-66887-27-3

    1. Bivar, Antonio, 1939-. 2. Escritores brasileiros – Biografia. I. Título.
II. Título: autobiografia, quarto volume dos 34 aos 43 anos
B624a   CDD B869.8

Índice para catálogo sistemático:
1. Bivar, Antonio, 1939-
2. Escritores brasileiros – Biografia

Todos os direitos desta edição reservados à:

EDITORA REFORMATÓRIO
www.reformatorio.com.br

"Ser feliz é parar de sentir-se vítima dos problemas e se tornar autor da própria história. Ser feliz não é ter medo dos próprios sentimentos. É sentir-se seguro ao receber uma crítica. Mesmo que injusta."

Da *Homilia* do papa Francisco, julho de 2016.

"E ele enviará os seus anjos, e ajuntará os seus escolhidos, desde os quatro ventos, da extremidade da terra até a extremidade do céu."

Marcos 13:27

Prólogo

EM ORDEM CRONOLÓGICA este é o quarto volume de minha autobiografia. São outros dez anos. Começa em 1973 e vai até 1982. Depois de mais um ano em Londres e Paris, estou de volta ao Rio de Janeiro. Como nos antigos seriados da minha infância cinéfila, faço um resumo do último capítulo de *Longe daqui aqui mesmo*, o volume anterior:

Aeroporto do Galeão. Pouco mais do meio-dia de um sábado fim de fevereiro. Aterrisso levando na cara o bafo do sufocante verão carioca depois do cruel inverno europeu. Suando em bicas, passo ileso pela alfândega. Trago de presente pra José Vicente um pedaço de haxixe, que ele tanto aprecia, e tomo um táxi para Ipanema, onde ele continua morando na biblioteca de Clare e Isabel, um sobrado numa vila da Rua Aníbal de Mendonça.

Na chegada só José Vicente estava em casa. As moças, fugindo do calor, passavam as férias em Petrópolis. Enrolamos um baseado do haxixe e convenci Zé a irmos fumá-lo na praia. Eu estava sedento por um mergulho. Zé emprestou-me um de seus calções.

O mar de Ipanema continuava com sua água no mesmo tom verde-limonada como eu conheci há catorze anos. E por ser um sábado de sol pleno, a praia estava abarrotada. Antes de acendermos o *joint*, um mergulho pra descarregar a tensão. Depois, fumamos e fomos caminhar. Encontramos vários conhecidos pelo caminho. O ponto dos descolados voltara a ser em frente ao Country Club, no Posto 10.

Aos quatro ventos 7

O país seguia sob as rédeas da ditadura militar. Tocava-se o barco. Havia ainda muita vida pela frente. Zé Vicente estava com duas novas peças em plano de encenação – uma delas seria montada pelo Teatro Ipanema, e a outra, *Ensaio Selvagem*, ia inaugurar um café-teatro em São Paulo. Eu é que estava sem nenhum texto novo pra oferecer aos produtores. E pior, estava com uma dívida astronômica na Sociedade Brasileira de Autores Teatrais. A SBAT tinha me adiantado dinheiro para a minha sobrevivência em Paris durante os meses de ensaio de *A Passagem da Rainha* (*Ze Quouine*, na tradução francesa), com Micheline Presle, Norma Bengell, Maurice Garrel e outros, direção de Gilda Grillo, montagem temporariamente suspensa (e que acabaria não saindo).

Passado o Carnaval, José Vicente voltou pra casa da mãe em São Paulo. Clare Isabella Paine e Isabel Câmara voltaram de Petrópolis, retomaram a casa e me convidaram a continuar com elas, hospedado no quarto-biblioteca. Delicioso e culto era o convívio com essas duas brilhantes amigas. Mas daí, noitinha, estávamos Isabel e eu trocando figurinhas na sala quando, de surpresa, chega Maria Bethânia. Carro e motorista lá fora, Bethânia veio convidar Isabel e a mim para dirigirmos seu novo show, baseado no novo LP, *Drama*.

Mas nós, Bel e eu?! Nunca havíamos dirigido nada!

Bethânia estava decidida. E convidou-nos a jantar com ela no Helsingor, um restaurante norueguês no Leblon. Fomos. Bethânia estava com pressa, por isso eu fui como estava, descalço. Benil Santos, o empresário dela, veio nos encontrar e o jantar foi a celebração do projeto.

Discutido o contrato com Benil, Isabel e eu começamos, já na semana seguinte, a trabalhar com Bethânia. Ensaiaríamos dois meses no Teatro da Praia, no Posto 6 em Copacabana, onde o show já estava agendado pra estrear e fazer carreira.

1

AOS 26 ANOS, Maria Bethânia estava vivendo a fase mais feliz e de maior sucesso de sua carreira, iniciada há quase uma década, quando, ainda mocinha, viera da Bahia substituir Nara Leão em *Opinião*, show teatral de protesto e enorme sucesso, levado corajosamente ao palco no primeiro ano da ditadura militar. Marcada pela força do pega-mata-e-come que interpretava no show, Bethânia levou um tempo a livrar-se do estigma de "Carcará". Personalíssima, nunca se juntou a grupos ou movimentos, nem mesmo à Tropicália, lançada pelo irmão Caetano Veloso com Gilberto Gil, Gal Costa, Mutantes, o empresário Guilherme Araújo e o maestro Rogério Duprat. Bethânia, desde o começo, só fez o que quis e acreditou. Com a direção de Fauzi Arap, que a vinha dirigindo em shows desde 1967, com *Rosa dos Ventos*, de 1972, ela estava definitivamente consagrada. O espetáculo foi um marco na história não só dos shows musicais, mas também do teatro, pois nele o lado atriz da cantora, sob a direção segura e tensa de Fauzi, revelava-se por inteiro. *Rosa dos Ventos* firmou Maria Bethânia como ídolo do grande público tanto quanto Roberto Carlos, de quem, aliás, ela era fã confessa.

E por que não Fauzi Arap, seu diretor oficial, pra dirigir o show seguinte? Fauzi era extremamente sensitivo. O sucesso violento de *Rosa dos Ventos* fez que preferisse tirar uma temporada pra pensar, antes de retomar a função. Isabel e eu éramos tão amigos de Fauzi quanto de Bethânia. Assim, continuava tudo em família. Mesmo porque Bethânia já estava com

Aos quatro ventos 9

o show praticamente montado na cabeça. Tudo que Isabel e eu tínhamos que fazer era assisti-la e, no entusiasmo dos ensaios, acrescentar uma vinheta aqui e ali. Mas ninguém melhor que Bethânia para falar sobre a mudança de direção. Ela o fez, contando a Rodrigo Faour, em 2006, quando a gravação ao vivo do show *Drama* foi relançada, agora em CD. Diz Bethânia, no texto do encarte: "Quando Fauzi disse, 'Não quero fazer', me assustei, pois tenho uma relação profundíssima com ele. Ao mesmo tempo essa minha insegurança me levou a ser mais ousada. Não fiquei intimidada. Quando me senti realmente insegura chamei Isabel Câmara e o Bivar. Ela era jornalista e tinha uma peça de imenso sucesso no currículo e ele, um rapaz novo, que nunca tinha feito nada com música ligada a teatro, mas era um autor premiado. De palco e música eu sabia mais que os dois, mas a capacidade intelectual e de dramaturgia deles era fantástica. Foi uma experiência linda e riquíssima".

Depois desse depoimento de Bethânia, continua Faour no encarte do CD *Drama – Terceiro Ato*: "De fato, o resultado dessa mistura foi um espetáculo irresistível e mágico, com aquela intercalação de música e poesia que só ela sabe fazer, e desta vez também com direito a muita sensualidade, que transbordava em diversas canções do roteiro e no aspecto cênico, pois ela utilizou o recurso de colocar seu camarim em cena, separado apenas por uma cortina de filó. Tal recurso causou um verdadeiro *frisson* no público, que, *voyeur*, tentava ver 'alguma coisa' na penumbra enquanto ela trocava de roupa".

Bethânia trocava de roupa quatro vezes no show. O cenógrafo era Joel de Carvalho. Os figurinos eram de Zênia Marques, executados pela costureira Júlia. Concebido por Bethânia, o show obedecia, de algum modo cronológico, sua autobiografia. As músicas e as experiências que marcaram infância e adolescência interioranas, os sucessos favoritos dessa época, que ela ouvia no rádio e em discos, tudo tinha muita semelhança com as experiências culturais minhas e de Isabel, pois também vínhamos de formação cultural interiorana. O roteiro, dividido em cinco partes, passava por várias etapas emocionais e vivenciais da cantora, que surpreenderia e ganharia a identificação do público. Bethânia sabia o momento de receber demorados aplausos em cena aberta, e assim poder respirar fundo para o próximo bloco de números. Já era, fazia tempo, craque em cena. Enquanto o show anterior fora criado a partir de discussões internas muito fortes, pois tudo com Fauzi era muito profundo, o novo show tocava mais na sensualidade do lúdico.

Acompanhada pelo fiel Terra Trio, com arranjos de Luiz Cláudio Ramos, mais o guitarrista Chiquito e o fabuloso Pedro dos Santos na percussão, os ensaios iam de vento em popa no Teatro da Praia. Chegávamos às duas da tarde. Sempre aparecia um músico conhecido, assim como amigas de Bethânia. Gal apareceu algumas vezes no ensaio e juntas até cantaram "Mãe Menininha". Suzana Sereno era incumbida da programação visual; Tereza Eugênia era a fotógrafa oficial; Ivone Kassu, a responsável pela divulgação do show, e a produção serena e profissional era de Benil Santos. Todos no entusiasmo de suas funções.

Ao voltar temporariamente para São Paulo, Zé Vicente deixara no Rio sua bicicleta, que eu usava pra ir de casa ao teatro, levando sempre Isabel na garupa. A memória e o novo contribuíam para a magia dos ensaios. A dramaturgia básica era da própria Bethânia, os textos escolhidos com extremo cuidado entravam nos momentos certos como prelúdio expressionista à canção que vinha a seguir. Ora doce, ora dramática, ora furiosa, ora hilária, ela conduzia o espetáculo com ciclotimia e *timing* perfeito. "Grã Bethânia", como disse inspirado seu fã da Embaixada britânica.

Aos quatro ventos

O show contava com textos de um eterno favorito, Fernando Pessoa, e também com textos meus, de Isabel Câmara, Luiz Carlos Lacerda (o "Bigode") e Clarice Lispector, que lhe prometera um inédito. O texto de Bigode, "Mora comigo um rapaz...", que servia de introdução a "Esse Cara", de Caetano, tornar-se-ia *cult*, assim como o meu – "Era uma vez, mas eu me lembro como se fosse agora, meu sonho era ser trapezista..." –, na introdução para "Estrela do Mar", de Marino Pinto e Paulo Soledade, inesquecível na voz de Dalva de Oliveira e agora com outra substância, na interpretação de Bethânia, um dos momentos mais evocativos do show.

Os ensaios continuavam a todo vapor. Uma tarde, para grande emoção de Bethânia, Clarice Lispector veio pessoalmente trazer o texto pedido. Era um fragmento do novo romance da escritora, ainda inédito. Clarice ficou para o ensaio. Pediu-me que sentasse ao seu lado, um pouco atrás, no lado escuro da plateia. Ela me parecia tensa, inquieta, insegura mesmo. Séria, confusa, deslocada. Logo me contou que era porque não tinha comido nada e estava com vontade de um misto-quente e um guaraná. Corri e chamei o Índio, o boy factótum da produção, que saiu feito bala até o bar mais próximo. E voltou com o pedido. Clarice, mais descontraída, comeu o sanduíche, bebeu o guaraná e assistiu um pouco do ensaio.

Como a maioria dos escritores, que volta e meia passam por fases de dificuldades financeiras, Clarice nessa época tinha as suas. Bethânia tinha adoração por ela e foi extremamente generosa para com a escritora quanto aos royalties. Discretamente, sem nenhum alarde, por meio de seu empresário, ordenou à SBAT que, de todos os pagamentos aos autores dos textos do show, arrecadasse uma porcentagem maior da renda bruta para Clarice. Por um texto de oito linhas Clarice Lispector recebia 1% da renda bruta do show em toda a sua temporada e, posteriormente, no disco. Pelo nosso trabalho de diretores do espetáculo e autores de alguns textos, Isabel e eu recebíamos, via SBAT, 2,5% cada um.

O repertório de *Drama – Luz da Noite* era de uma riqueza eclética nunca antes vista num show. Pra começar, em termos de gosto musical, Bethânia não tinha preconceitos. Cantava evocativos do domínio público como "Se essa rua fosse minha", e sucessos populares como "Meu primeiro amor", de Cascatinha & Inhana, "Una vez um ruiseñol", de Joselito, "Eu sou a outra", de Carmen Costa, e "Camisa listrada", de Carmen Miranda, e clássicas do repertório de Carlos Galhardo, Orlando Silva, Gregório Barrios, Jorge Veiga, assim como músicas de Paulo Vanzolini, Lamartine Babo, Pixinguinha & Vinicius, Herivelto Martins, Assis Valente etc. De Dorival Caymmi, "Oração de Mãe Menininha", que ela havia gravado em dupla com Gal Costa. Dos contemporâneos, Jards Macalé, Wally Salomão, Capinan, Sérgio Sampaio, Antonio Marcos, Francis Hime. E Chico Buarque de montão, com algumas inéditas estreando na interpretação de cantora. De Gil, "Filhos de Gandhi" e a *new bossa* "Preciso aprender a só ser", espécie de resposta a "Preciso aprender a ser só", de Marcos Valle e Paulo Sérgio Valle. *Drama*, título do novo álbum e do show, era a música que Caetano fizera pra ela e que encerrava o show. Mas Bethânia tinha feito outro pedido ao irmão, uma canção para vir antes da que encerrava o espetáculo. "Luz da Noite" era o tema que ela tinha como ideia. Caetano, que estava em turnê nacional, e com a preguiça que lhe era peculiar, só enviou a fita com a música na antevéspera da estreia, quando já estava tudo pronto, inclusive o título do espetáculo, *Drama – Luz da Noite*. Bethânia encerrava o show com o último verso de *Drama*: "Limpo no pano de prato/as mãos sujas das canções".

Aos quatro ventos 13

2

SEMPRE FOI DE meu feitio passar discretamente o dia do meu aniversário. Tão discreto que só agora, mais de quatro décadas depois, ao escrever estas memórias, consultando recortes da imprensa da época, é que me dou conta de que meu aniversário coincidiu exatamente com o dia do ensaio geral do espetáculo. Nem que quisesse me lembraria dele naquele dia, pois trabalhamos todos sem descanso a tarde inteira e a noite toda, até o amanhecer. Ensaio de luz, som, figurinos, cenário etc. Agora vejo que meu trabalho nesse show foi um presente dos deuses do teatro e dos meus anjos todos. Nunca fui de ligar pra dinheiro, mas a falta dele sempre me perseguiu. De modo que meu trabalho no show foi também um presente financeiro. Sim, pois com a porcentagem que receberia da temporada eu saldaria minha grande dívida com a SBAT e viveria com certa folga durante algum tempo.

Estreado na noite de 26 de abril de 1973, no Teatro da Praia, *Drama – Luz da Noite* foi um estouro de bilheteria, o público saindo pelo ladrão, como se dizia, embora a intelectualidade preferisse o show anterior. Como um dos diretores, eu tinha cumprido minha parte, mas ainda assim Bethânia contava com nossas presenças, minha e de Isabel, em todas as récitas, que iam, semanalmente, de terça-feira a domingo, durante a temporada de quatro meses. No primeiro mês fui todas as noites. Mas daí um dia, na casa das meninas, fui chamado ao telefone, numa ligação de São Paulo. Era a empresária de Rita Lee. Ela queria saber se eu podia ir até a capital paulista pra conversar-

14 *Antonio Bivar*

mos sobre a ideia de eu dirigir Rita Lee em seu primeiro show definitivamente desligada dos Mutantes. Eu sabia da importância de Rita, mas ainda não a conhecia pessoalmente, como conhecia e era amigo de Bethânia. O telefonema acendeu mil lamparinas na minha imaginação. Lá fui eu conversar com a empresária e conhecer Rita.

Fiz-me acompanhar, na viagem, por meu fiel escudeiro nessa fase, o Guilherme, de 19 anos, que eu conhecia desde o Carnaval passado, antes de minha outra viagem à Inglaterra, uma amizade reatada assim que voltei, num reencontro casual em Ipanema, poucos dias antes de Bethânia me convidar pra direção de seu show. Com Guilherme era uma amizade eletiva: tínhamos assunto o tempo todo. Apesar da diferença de idade, nossa afinidade era grande. Guilherme tinha uma namorada que estava grávida. Ser mãe solteira estava na moda, desde que Leila Diniz assumira o papel há alguns anos.

Ele foi comigo pra São Paulo. Estava ao meu lado no encontro com a empresária e com Rita. Quando Rita o viu, expressou uma fungada daquelas de gato que inesperadamente dá de cara com um cachorro. Aquilo me assustou. Achei que não foram com a cara um do outro. Depois entendi tratar-se de uma coisa tipo xamânica. Rita tinha um lado ancestral *cherokee*, e Guilherme, que nascera no Pará, tinha também qualquer coisa de curumim, ao menos no biótipo. Mas ele também era do rock e logo um cachimbo foi passado e a paz encontrou seu espaço. De volta ao Hotel Amália conversamos sobre o encontro. Guilherme me acompanhara durante os meses de trabalho com Bethânia e era um observador inteligente. Com ele, nas minhas folgas às segundas-feiras, eu fumava um baseado na praia vazia em frente ao *Country*, ocasiões em que assunto não nos faltava. Ele era sério nas opiniões, achou que o trabalho com Rita e sua empresária não ia ser tão tranquilo, como, num outro sentido,

Aos quatro ventos 15

tinha sido o trabalho com Bethânia. No dia seguinte ele tomou o ônibus de volta ao Rio e eu continuei em São Paulo.

Logo Rita e eu estávamos passeando pelo Ibirapuera, ela dirigindo o jipe do pai. Nessa fase, Rita tinha voltado a morar com os pais, na Vila Mariana. Minha impressão inicial era a de que ela queria e não queria fazer o show. Mas, de conversa em conversa, foi rolando o *approach*.

Na verdade, nessa época eu era mais do rock que da MPB. Estava tomado pelo rock dos meus anos de exílio voluntário na Inglaterra, onde assistira praticamente todas as bandas, grandes e pequenas. E assistindo o Led Zeppelin e o Free, entre tantos grupos, vendo no palco ao vivo as performances dos vocalistas Robert Plant e Paul Rogers, eles na época de fato me haviam feito lembrar de Maria Bethânia, na sua garra e entrega. Mas eu nem imaginava que dali a alguns anos ela me convocaria pra dirigir seu show. Rock não era a praia da Bethânia, brasileiríssima em toda a sua essência, o oposto de Rita Lee, que era 100% do rock. Tratava-se de um convite que eu não via como recusar. Dirigir Rita em fase totalmente nova, pensava eu, e sendo ela a maior estrela do rock no Brasil, ia me possibilitar fazer uso de toda a minha bagagem roqueira, não só do que assistira e absorvera nos anos em Londres, mas da bagagem que vinha comigo desde o surgimento do rock na minha adolescência, nos anos 50, com Elvis e aquele pessoal, mas também da década de 1960, com o *boom* dos Beatles, dos Stones e todos aqueles grupos psicodélicos ingleses e americanos. E agora, em 1973, recém-chegado da Europa, e tendo nos últimos meses vivido *in loco* a explosão do *glam rock*, movimentação atrevida e glamurosa que desviou radicalmente a rota do rock, tornando-o mais teatral, *arty*, *camp*, maquiado e travestido, com Marc Bolan, David Bowie, Lou Reed, Roxy Music, The Kinks, Sweet, Gary Glitter, Alvin Stardust e Chicory Tips, e as americanas Kiss,

Alice Cooper, New York Dolls etc., a inspiração pra trabalhar com Rita Lee era total.

Para começar, como diretor, tive a ingênua pretensão de paginá-la de David Bowie. No que ela resistiu. Primeiro que ainda não tirara da cabeça aquele seu LP solo, *Build Up*, que, traduzido, *Fabricada*, era tudo que ela não gostava. Além do que, nessa época Rita estava mais curtindo uma de tecladista, apaixonada por Keith Emerson, do trio Emerson, Lake & Palmer. Foi uma luta pra tirá-la, ao menos um pouco, dessa. Mas, supercriativa e multitalentosa, não demorou e ela foi se entusiasmando com as ideias do show. Primeiro era preciso formar uma banda. Ela e eu na garagem dos pais recebíamos vários grupos e músicos. Até que apareceram uns garotos da periferia, amigos de bairro – Luís Sérgio Carlini, guitarrista, Lee Marcucci, baixista, e Rufino na bateria, pouco depois substituído por Emilson Colantonio. Todos com menos de 20 anos. Rita gostou das figuras e decidiu que eram eles. Mesmo iniciantes, os garotos vinham de uma pequena quilometragem de apresentações ao vivo, mas, mais que isso, tinham as caras e o *look* pra banda que Rita e eu queríamos. Ela já contava com a participação de Lúcia Turnbull, 19 anos, cantora de voz poderosa e boa guitarrista, sua amiga de longa data. Não fazia tempo tinham chegado a formar a dupla Cilibrinas do Éden, que fez algumas apresentações e deixou uma fita gravada e pequena lenda.

Com o grupo formado, o resultado deveria ser um show conceitual. Ou que entrasse no espírito da época, de preferência alguns passos à frente desse espírito. No começo foi árduo insuflar Bowie, Lou e Ferry na cachola dos garotos. Estavam todos ainda viajando no Yes, no Genesis e no Gentle Giant, pra citar apenas três, e Stones, sempre; Beatles era mais com Lucinha. Essa era a identificação musical da empreitada. Com as semanas e algumas concessões de todos os participantes,

Aos quatro ventos 17

o espírito *glam* foi pegando. Rita e Lucinha eram as que mais resistiam. Rita estava em fase de ojeriza ao *fake*. Ela, é bom lembrar, fora estrela da banda Mutantes, além de marco no movimento Tropicália, vestida de noiva grávida em festival e capas de revistas, com os discos dos Mutantes internacionalmente descobertos décadas depois como obras de gênios, com páginas de louvor no *New York Times* e na imprensa pop do mundo todo. Rita, repito, já tinha quilometragem de festivais, televisão e até de ter aberto, com os Mutantes, o show de Gilbert Bécaud no Olympia, em Paris. Mas agora, em 1973, a realidade era outra. Era uma séria retomada. Uma virada radical. Os ensaios do show levariam dois meses. A empresária era uma "generala" e nos trazia em rédeas curtas, como se fôssemos todos crianças rebeldes e dispersivas, o que, de algum modo, éramos. Os três garotos, músicos talentosos mas inexperientes, às vezes levavam uma semana pra tirar uma música, e cada vez que a corda de uma guitarra arrebentava, era uma eternidade pra colocar outra e afinar. As músicas eram do repertório já composto por Rita, entre elas "Mamãe Natureza". Apenas uma, "Nessas alturas dos acontecimentos", era composição de todos, inclusive minha.

Ocupadíssimo na função de diretor, até deixei passar a oportunidade única de uma bolsa de estudos da Fundação Ford como dramaturgo latino-americano escolhido para passar um ano em Nova York, como observador da cena teatral de lá. O respeitadíssimo crítico teatral Sábato Magaldi chegara de viagem com a boa notícia vinda de Joan Pottlitzer, que cuidara pra que eu ganhasse a bolsa. Sábato passou-me o cartão de Joan e me alertou para que eu lhe escrevesse logo. E eu escrevi? Escrevi nada, envolvido que estava com o show. Perdi a bolsa. Mil dólares mensais. Quantia decente naquela época para sobreviver em Nova York. Durante algum tempo pensei que rumo teria tomado minha vida se eu tivesse encarado aquela bolsa.

Os ensaios, sempre com a presença titânica da empresária, começavam às nove da manhã, no palco do Teatro Ruth Escobar. No intervalo, almoçávamos todos numa pensão do Bixiga. Almoços *prato-feito*, mas muito divertidos e criativos. Todos opinavam. Num desses almoços, Rita sugeriu que bolássemos um nome pra banda, o quarteto que a acompanhava. Cada um escreveu um nome num papelzinho e dobrou em quatro. Rita os embaralhou e jogou pro alto. No papelzinho que ela pegasse no ar estaria o nome da banda. Deu *Tutti Frutti*. O nome da banda que escrevi no meu papelzinho. O show ficava *Rita Lee & Tutti Frutti*.

Tudo a ver. O nome da banda vinha de um clássico da primeira explosão do rock na década de 1950. Sucesso de Little Richard, Elvis e até do Pat Boone, entre tantos outros que gravaram o *hit*. Nome perfeito pra uma banda moderna, resgatando não só o retrô, mas atinada com o *zeitgeist*. O conceito *Tutti Frutti* englobava o glamour dos *fifties* e se ligava no glamour de agora, o *glam rock*.

Rita Lee & Tutti Frutti estreou em meados de agosto. As críticas foram ótimas e o público compareceu em peso. A temporada de dois meses no Ruth Escobar, com capacidade de quatrocentos lugares, seguia a regra teatral vigente, coisa rara em shows. As apresentações eram de terça a domingo, com folga na segunda.

Sabendo que se eu mesmo não me incumbisse da tarefa o show não ia ter *glam*, fui, durante semanas, o maquiador da banda. Menos de Rita, porque ela mesma se maquiava. Então eu maquiava Lucinha e os garotos. Sombra preta nas pálpebras e batom preto nos lábios. Com o tempo eles mesmos passaram a se maquiar, menos Lee Marcucci, o baixista. Lee fazia questão

Aos quatro ventos 19

que eu o maquiasse, e ele tinha uma cara ótima pra maquiar. Especialmente os lábios *curly*, que evocavam os lábios do cinema mudo e dos *roaring twenties*.

André Midani, diretor da Polydor, ao assistir o show me disse ter ficado impressionado com a figura do baixista. Das caras novas do show, Lee Marcucci foi quem mais chamou a atenção do *big boss* da gravadora da qual Rita fazia parte. Nessa época, com a crise do vinil na indústria fonográfica, o meio passava por um período de economia. Ainda assim, a Polygram/ Philips, graças ao diretor André Midani, concedeu alguma verba para a produção de *Rita Lee & Tutti Frutti em Atrás do Porto Tem Uma Cidade* (o nome do show). Os fãs voltavam como num evento *cult*. A direção musical levou a assinatura de Zé Rodrix, embora ele só tenha aparecido duas vezes ao ensaio. Mas sua assinatura ficou nos créditos. Em entrevista Rodrix disse: "Apenas apertei os parafusos". Ainda assim as roscas continuavam frouxas, o que dava ao show um delicioso toque amador. Que era do que os adolescentes da plateia gostavam.

Para preencher os espaços que seriam um desastre entre uma corda arrebentada, sua reposição e afinação, usei do recurso dos filmes *Super 8*, que estavam na moda. Abrão Berman filmou nossas ideias. Uma das minhas ideias *glam* foi um filme de três minutos com capas, páginas, fotos e reportagens da revista *Cinelândia* da década de 1950. De Ava Gardner e Lana Turner a Sandra Dee e Tab Hunter, de Joan Crawford a Rock Hudson, e Elvis, James Dean e Marilyn, era a eterna Hollywood na tela do show. Três minutos realmente *glam* pra ninguém botar defeito. Uma noite, eu assistia da plateia quando um garoto americano explicou pra namorada paulista que aquilo era *high camp*. Adorei. Senti que a parada *glam* estava ganha. Era uma coisa bem *cheap*, bem Andy Warhol. Funcionava.

Dos outros filminhos no show, tinha o da Rita com a maçã. Usando o truque do de trás pra frente, começava o filme com Rita terminando de comer uma maçã, já no talo. Conforme ela mastigava, a maçã ia voltando a ter polpa até ficar uma maçã perfeita, que Rita, moderna *evil Eve*, como que oferecia ao público: num sorriso *cheese*, era servido o fruto rock do pecado. Outro filme era o que mostrava todo mundo tentando entrar no quarto de Lucinha. Missão impossível: o quarto dela era atulhado de livros, revistas, discos, coisas de brechós, etc. Lucinha era aquilo que décadas depois a televisão exploraria em documentários como "acumuladores". O resultado foi um filminho bem *avant la lettre*.

No final do ano, na lista dos dez melhores shows de 1973 pela revista *Veja*, Bethânia ficou em primeiro lugar, e Rita em sétimo. Foi também o ano do surgimento dos Secos & Molhados e dos Dzi Croquettes. Foi, enfim, o ano do glamour à brasileira em plena ditadura militar, cuja censura deixou passar todas essas transgressões.

Aos quatro ventos 21

3

José Vicente e eu estávamos dividindo um apartamento no Bixiga que ele alugara de um ator que se encontrava exilado em Portugal, com Zé Celso e o Grupo Oficina. Zé Vicente estava com nova peça em ensaios. A peça ia inaugurar o novo café-concerto *Casa das Ilusões*, na Baixa Augusta. A decoração do lugar era de Hélio Eichbauer, também o diretor da peça. A própria decoração do café-concerto servia de cenário pra peça, *Ensaio Selvagem*. Tratava-se de uma ficção-científica *camp*, com situações inusitadas e diálogos brilhantes. Zé Vicente e Eichbauer estavam inaugurando o *glam* no teatro. As atrizes Ariclê Perez, Marlene França e Leina Krespi faziam papéis masculinos, e Edwin Luísi fazia a "Brown Sugar", uma *vamp* do teatro que, no decorrer da trama, sofre uma terrível lavagem cerebral.

Entrevistado pela viperina Regina Penteado, na *Folha de S.Paulo*, matéria com o título "O desabafo de Zé Vicente, um autor muito premiado", Zé manifestava sua contrariedade com a atual situação do teatro. Ele tinha comparecido ao encontro da classe com o ministro Jarbas Passarinho: "Não foi uma reunião de artistas, mas de empresários". Nessa entrevista, tudo que Zé dizia era interessante: "O teatro serve de suporte para a música. Mick Jagger surgiu com toda a tradição teatral inglesa. Caetano é a única ninfa do teatro brasileiro. David Bowie faz um gênero muito parecido com o de Caetano". E a repórter conta que Zé Vicente pediu, rindo, que ela não deixasse de colocar que, na opinião dele, "Chico Buarque é a Joan Baez brasileira".

22 *Antonio Bivar*

Nesse ínterim viajei pro Rio. Fazia tempo que eu não comparecia para ver o show de Bethânia, do qual, afinal, eu era codiretor. Do aeroporto fui direto para o Teatro da Praia e ao camarim da cantora. Disciplinadíssima, pra se concentrar Bethânia chegava sempre com bastante tempo antes do começo do show. Sentada de frente para o espelho ela se maquiava. Estava sozinha no camarim. Entrei e ela nem olhou pra mim, nem pelo espelho. E disse, com uma dureza bem articulada, uma frase que ficou impressa na memória: "Sim, senhor, hein, seu Antonio Bivar! Depois de dirigir uma estrela do MEU NÍVEL, foi dirigir dona Rita Lee". (Treze anos depois, em 1986, Bethânia e Rita se divertiriam muito cantando juntas "Baila Comigo", sucesso de Rita, num especial da TV Globo.)

Bethânia estava realmente zangada comigo, fazia um tempão que eu sumira sem dar notícias. De fato, fora uma irresponsabilidade de minha parte. Fora Bethânia quem me inventara como diretor. Mas não dramatizei. Na verdade, até levei na esportiva o pito dela. Achei brilhante. Com os dias fui sendo perdoado. Mesmo porque, ao ir para São Paulo dirigir Rita, imaginei que Isabel Câmara, como codiretora de Bethânia, estaria todas as noites presente no teatro.

E assim se passaram três meses e meio desde que *Drama – Luz da Noite* estreara, seguindo carreira de sucesso retumbante. No final do quarto mês o show ia se mudar para São Paulo, pra uma temporada no Tuca, o Teatro da Universidade Católica, com capacidade de 1.400 lugares. Em São Paulo eu daria folga a Isabel e reassumiria o papel de diretor. Isabel iria para os cuidados da estreia, assim como toda a equipe afiadíssima, incluindo o cenógrafo, Joel de Carvalho. Estávamos todos excitados com o prospecto. Nas páginas seguintes, à guisa de pinote narrativo, farei uso do diário desse período, que eu então tinha começado há pouco a escrever.

Aos quatro ventos 23

4

IPANEMA, SEXTA-FEIRA, 27/9/1973. As moças já foram dormir. Chove. Já passou das três horas da madrugada. Fomos jantar fora. Clare, Bel, Creusa Carvalho, Teresa Eugênia e eu. Creusa fazia o gênero camafeu. Os longos e anelados cabelos presos deixando a graciosa nuca à mostra. Ela havia comprado uma máquina de costura Singer. Bel encomendou uma saia. Tereza Eugênia disse a Clare que ela estava muito chique: "Clare, você sabe cuidar da beleza". Durante o jantar, o antepenúltimo dente da minha arcada inferior à direita partiu. Antiga preguiça de ir ao dentista. Clare comprou muitos LPS. A casa das meninas fica num sobradinho numa vila em Ipanema. Guilherme apareceu esta manhã. Não sabia que eu estava no Rio. Seu filho já está com quase três meses e recebeu o nome de Luan. Guilherme me achou bem. Falei que é *cabeça de vento*, atualmente não penso em nada.

Ipanema, domingo, 29/9/1973. Clare e Bel foram almoçar na Julieta, mãe de Clare, como fazem quase todos os domingos. Ontem fomos à casa de Bethânia. Na tranquilidade de sua casa na floresta, sob as luzes suaves do anoitecer ela cantou ao violão canções lindas e esquecidas, que seu cantar trouxe de volta. Bethânia transmitia alegria e um sentimento de amor e poesia. Na despedida, o abraço me fez sentir bem e já perdoado por eu ter ido dirigir Rita Lee sem avisá-la. De volta a casa, Clare estava seca para ouvir o disco do Glenn Miller, um dos quais tinha comprado naqueles dias. Clare fez chá, preparei as torradas e

Isabel passou manteiga. Tinha geleia de araçá, feita por dona Canô, mãe de Bethânia.

São Paulo, segunda-feira, 30/9/1973. Mal desci do ônibus na rodoviária senti grande mudança de clima. Muito frio, São Paulo. Tomei um banho e fui para o Tuca. Preparativos para a estreia de Bethânia no fim de semana. Os jornais dizem que há mais de dez dias formam-se filas imensas para a compra de ingressos com antecedência. Bethânia e equipe chegam amanhã.

Terça-feira, 1º/10/1973. Entrevista coletiva no Tuca. Enquanto concedia a entrevista, Bethânia lia a matéria sobre ela na *Veja* – ela na capa da revista. Discordava de coisas que saíram na reportagem como se ela as tivesse dito. Deturpam tudo. Foi um dia de muita excitação. Excitação pela proximidade da estreia, excitação por Bethânia na capa da *Veja* – nas ruas vi um monte de gente carregando a revista. Excitação pela excitação de todos os participantes do show, além da excitação dos jornalistas e das pessoas no bar do Tuca quando o *entourage* da estrela entrou. Isabel, alvoroçada – Clare e amigas do Rio vêm para a estreia.

O ensaio foi lindo. Assisti do balcão perto do operador do canhão. Ele não faz parte da equipe que veio do Rio, não conhece o show e tive que orientá-lo. Amanhã cedo chega Joel de Carvalho para os retoques finais no cenário.

Quarta-feira, 2/10/1973. Cheguei ao teatro bem cedo. Logo depois chegou Joel de Carvalho e um pouco mais tarde a Isabel. Nós três mais Rubinho demos uma demão de purpurina no assoalho do palco e saímos para almoçar. Depois fomos passear pela rua comercial perto do teatro em busca de presentes para Bethânia – cetins e os jornais com as entrevistas que ela dera. Bethânia chegou para o ensaio. Seu camarim parecia uma floricultura, tantas *corbeilles*. Ensaio de luz. Isabel testou o canhão. Os músicos – o Terra Trio, Pedro e Chiquito – estavam calmos. Todos estavam seguros, menos Isabel, à beira da loucura. *Estreia*. A estreia foi um sucesso. Assisti do balcão, ao lado do operador do canhão. O momento do show em que Bethânia canta iluminada apenas pelo canhão, primeiro no rosto, tem que ser milimetricamente perfeito, sobretudo no *timing* do blecaute no final do número. A única nota desagradável na estreia foi a insistência de dezenas de fotógrafos que subiram ao palco para fotografar a estrela. Flashes e cliques das câmeras atrapalhavam a concentração da diva. Mas mesmo dessa intromissão o público gostou. Fazia parte da estreia. No final, lágrimas, risos e aplausos prolongados. Isabel e eu, os diretores do show, fomos muito cumprimentados. Isabel ria, achando tudo, o público, a recepção, Bethânia, tudo uma coisa de louco. Bethânia permaneceu ao menos uma hora recebendo cumprimentos no camarim. É a maior estrela brasileira atualmente. Tudo que eu escrevesse sobre seu carisma seria pouco. Na saída encontrei José Vicente e Lúcia Turnbull e saímos. Parte da multidão continuava no hall, na porta, na rua, todos comentando o show em sua euforia de estreia bem-sucedida. Uma garota dizia para sua turma que ia mandar fazer um vestido, aquele vermelho, que Bethânia usa no show no momento mais *caliente*.

5

Zé Vicente e eu despertamos por volta do meio-dia. Café, banho, e saímos para almoçar no Redondo. Depois demos uma volta pelo centro. Agora estamos sentados no bar do Tuca. José lê uma *Rolling Stone* com Bowie na capa e eu escrevo enquanto aguardamos Isabel, Bethânia e corte. Pergunto ao Zé se ele sente diferença entre o clima universitário deste bar com o do tempo em que ele era universitário. "Mas eu estudava na usp", responde, "e aqui é a puc". "Mesmo assim, existe qualquer coisa que aponte o sinal dos tempos?", pergunto. E ele: "Nada. Continua a mesma atmosfera". No rádio toca "I fall in love so easily", mas não com Chet Baker.

Nunca ganhei tanto dinheiro como agora, com os royalties da direção do show de Bethânia. Fico até com vergonha quando vou à sbat receber. De lá vou direto ao banco. E só gasto o extremamente necessário.

Na manhã do domingo seguinte pus pra tocar um lp do Roxy Music (a agulha está péssima) enquanto esperava a água ferver para fazer chá mate. Na outra cama Zé Vicente ainda dormia quando chegou a Lúcia Turnbull. Assim que acabou o lado A do Roxy ela pôs um lp do Grieg. E contou da casa do Grieg que ela visitou, na Noruega, numa viagem de navio com o pai, anos atrás.

Dia desses Zé Vicente leu trechos do romance que está escrevendo. Sobre a vida nas altas esferas de São Paulo e Rio. Zé se queixa de muitas vezes sentir que perde o estilo. Não consigo convencê-lo de que seu estilo é único e *imperdível*. Saímos e fo-

Aos quatro ventos 27

mos comer quibes no Almanara. Tomamos um táxi e fomos pro Tuca. Na bilheteria um aviso: Lotação esgotada. Orlando Silva estava na plateia. Clare, Creusa, Frederico, Eva, Lula (primo da Beth Carvalho), Maria Helena e outros vieram do Rio pra ver o show. Admirando o público paulistano na saída, Frederico afirmou que existem bundas modernas, bundas que seguem a estética da época. Depois saímos em um grupo de muitas pessoas e fomos jantar no Fontana di Trevi. Lucinha e eu, virados de costas, atiramos moedas na fonte com um pedido. Não lembro o que pedi, mas deve ter sido o pedido de sempre.

As pessoas andam tão enlouquecidas que passei a noite inteira de domingo pra segunda lendo *O Elogio da Loucura*, do Erasmo de Roterdã. José Vicente chegou da rua com novo corte de cabelo que o torna mais seguro de si. Disse que talvez tenha que viajar logo a Paris, pra aproveitar a passagem da Air France pelo seu segundo Prêmio Molière de melhor autor no ano retrasado. A passagem já está quase vencida e se ele não for agora irá perdê-la. Acho que ele deve ir. Nem que seja pra dar um alô à Europa e voltar com novos discos e roupas, que aqui tá tudo muito pobre e sem brilho. Falávamos de como as pessoas estão preocupadas com o futuro. Existe alternativa? E Zé: "É o que eu não encontro. Já estou quase perdendo a esperança. Gostaria de acabar de vez com esse maldito vício que fica me impedindo de cuidar do meu próprio futuro. Afinal não se fala de outra coisa nesta cidade!". De fato. Depois da temporada como diretor dos shows de Bethânia e Rita nem imagino o que me espera. Por isso decidi que amanhã vou tentar um novo corte de cabelo, também.

Comprei uma *Harpers & Queen* com a Charlotte Rampling na capa. Na revista um artigo sobre glamour, por Nick Cohn: "Charisma, glamour, image, style – we are ruled more and more by the toys of illusion".

Ontem Angela Maria assistia o show. Hoje, Lolita Rodrigues e a filha. E Cynthia, a filha do Dr. Naim, meu professor de Latim no ginasial, em Igarapava. Eu não a conhecia, mas ela veio falar comigo. Contou que o pai lhe disse que eu era um péssimo aluno, mas simpático. Por isso ele sempre me fazia passar de ano no exame oral. E assim transcorreram mais duas semanas. A noite anterior não dormi. Zé Vicente não estava bem da cabeça e eu queria continuar a ler *As Ondas*, de Virginia Woolf, numa tradução antiga, de 1946, que encontrei na estante do apartamento cujo aluguel rachamos. Eu nunca tinha lido nada dela e o livro é uma revelação. É triste, mas tão bem escrito! E a tradução, de Sylvia Valladão, me parece boa. José Vicente saiu e voltou com novo par de óculos, lentes cor-de-rosa. Disse estar se sentindo outro. E a guerra no Oriente Médio. Minha ojeriza por guerras faz que eu não sinta o menor interesse pelo assunto. É como diz Bethânia, "Deus pode mais".

Aos quatro ventos 29

6

SERIA BOM SE o tempo me permitisse uma análise do que tem sido minha vida como diretor de dois shows de sucesso em cartaz na cidade. Segundo a lógica profissional eu deveria estar presente tanto em um como em outro. Mas ainda que inveje quem tem o dom da ubiquidade, na verdade, sem esse dom, tenho que optar por um ou por outro. Ambas as estrelas exigem minha presença nos seus respectivos shows. Tenho me dedicado quase que inteiramente a Bethânia, mas hoje fui ao de Rita no Ruth Escobar. Fazia um mês que não ia. A banda evoluiu horrores. Emilson está com uma bateria Ludwig roxa e nova. Rita também está supimpa no *moog*. Segundo Mônica Lisboa, a empresária, Rita atualmente está gostando mais de tocar que de cantar. Ela resolveu tomar a liderança do grupo, todos acataram e estão se entendendo muito bem. Confesso que no show de Bethânia me sinto mais eu mesmo. No show de Rita são todos muito *crianças*, o que me obriga a me portar como adulto, o que é muito cansativo.

Fiz chá mate. O açúcar acabou. O limão também. Uma xícara pra mim e outra pro Zé Vicente, que despertava na sua cama. Pedi-lhe um conselho e ele respondeu que eu é que devo resolver meus próprios problemas. E fomos almoçar no Ferro's, de onde liguei para a SBAT autorizando-a a reduzir à metade o que estou recebendo de porcentagem como diretor do show de Rita. A empresária me fez entender que estou levando muito e não sobra pra pagar o aluguel do teatro, os anúncios, os músicos e seus novos instrumentos etc. Já no show de Bethânia o per-

30 *Antonio Bivar*

centual meu e de Isabel continua perfeito e estamos ganhando rios de dinheiro. É que Bethânia está no auge e Rita está recomeçando a carreira. Talvez eu nunca me case. Não me vejo casado. O dia está cinza. Pode ser que chova à noite. Hoje é sexta-feira, 19 de outubro de 1973. Acordei às 13h45. Levei chá mate pro Zé Vicente que despertava. Comentei que o dia já ia longe. A primeira frase dele foi "Nem me fale das horas, não quero, hoje, passar o dia pensando no tempo". Eu tinha um monte de coisas a fazer e saí. Na rua encontrei Ezequiel Neves que perguntou se eu ia ver o Santana no Ginásio do Palmeiras. Respondi que não, por causa do show, mas bem que gostaria. Ezequiel veio do Rio pra fazer a cobertura do Santana para o *Jornal da Tarde*. Contei-lhe do pesadelo que havia sido minha última noite e ele respondeu que com ele aconteceu justamente o contrário. Na casa do José Márcio Penido as pessoas deram gostosas gargalhadas. Noite passada, no Piolim, assisti Wally Salomão discutindo aos berros com Siboney. Aparentemente por causa de um gorro de cetim, mas Ezequiel disse que a briga era por outro motivo.

Aos quatro ventos 31

7

Terça-feira, 23/10/1973. Começou mais uma semana de show. Antes do teatro fui ao apartamento do Bob, irmão de Bethânia, onde ela se hospeda em São Paulo. Quando entrei, ela exclamou, rindo: "Bibi, sumido, você me abandonou!". Estava almoçando. Logo depois saímos e tomamos o carro dela (o motorista sempre calado) rumo ao Tuca. No percurso, Nicinha, prima de Bethânia, sugere a loteria esportiva como assunto, e conta de um cara na Bahia que ganhou 13 milhões e não soube o que fazer com o dinheiro, porque não tinha a menor noção dessa quantidade imensa. Daí Bethânia começa a dizer o que faria com 13 milhões da loteria. "Mandava buscar o bloco Filhos de Gandhi da Bahia pro Rio, com camelo e tudo, só pra cinco pessoas verem." Rimos (inclusive o motorista) e ela desenvolve o tema: "Compraria um castelo, um castelinho, na Alsácia...". "Onde fica isso?", pergunta Nicinha. "Na França", responde Bethânia. "Ah, eu não", diz Nicinha, "mandava construir um castelo no Amazonas, no meio da floresta. Morro de medo de serpentes." Bethânia, animada, continua: "Mandava buscar Brigitte Bardot, a Jane Fonda, aquele com cara de bandido, o Alain Delon, o Marlon Brando, a Tuca (eu sugiro a Maria Schneider), ah não, essa não faz o meu gênero. Mandava buscar a Lea Massari e a tia Florinda".

"Florinda Bulcão?", pergunto.

"Ela mesma", responde Bethânia, "ela sabe alegrar uma festa." Sugiro Norma Bengell e Gilda Grillo. Bethânia responde: "Elas também, só que a Norma não pode entrar no Brasil, é uma pena".

"E daqui do Brasil, quem você convidava?", pergunta Nicinha.

"Pouquíssima gente", responde Bethânia meio *camp*, "os dedos de uma mão".

"Menina!" – faz Nicinha meio rindo e meio censurando – "Que falta de fidelidade!" Todos riem. E Bethânia: "Mandava buscar o passarinho mais bonito do mundo pra dar de presente a Mãe Menininha". Daí Nicinha volta a sonhar com o Amazonas e diz que a mulher que conseguir uma pena do uirapuru e botá--la dentro do travesseiro do marido, vai ter a fidelidade dele pra sempre. "Ah, disso eu não gosto", diz Bethânia, "depois a gente deixa de gostar e fica aquela coisa pendurada pra sempre...". "É só tirar a pena do travesseiro", diz Nicinha. "Ah não", responde Bethânia, "o que é pra sempre, é pra sempre." Aí Nicinha diz pra Bethânia que ela é infiel. Bethânia responde que é sincera e fiel. E é mesmo. Quando falavam de convidados para a festa, Nicinha perguntou: "E Isabel?". "Bebel e eu vamos ficar juntas a festa inteira e vamos nos divertir muito", respondeu Bethânia, rindo.

Mesmo com muitos shows na cidade, inclusive o do Santana no Palmeiras, o Tuca estava lotado. Depois do show desci sozinho a pé a Rua Monte Alegre, seguindo um bando de jovens. Apressei os passos pra ouvir os comentários. De uma das garotas ouvi o que tinha ouvido de outra no início da temporada: "Vou mandar fazer um vestido igualzinho aquele vermelho que ela usa naquela hora do show".

8

ERA A QUARTA noite da segunda quinzena de outubro. Depois que acabou o espetáculo, Bethânia me deu um beijo e disse "Pensei em você o espetáculo inteiro" e saiu seguida com o séquito. Bethânia segurava a correia que prendia a Aloha, a cachorrinha do Delson. Fãs a esperavam na calçada. Nicinha me convidou para um caruru amanhã no almoço. De volta ao apartamento que divido com José Vicente, encontro-o em conversa animada com dois rapazes. Um deles é o jovem autor Mauro Rasi e o outro é o vocalista dos Secos & Molhados (grupo que já está causando o maior ruído, tamanho o impacto andrógino de seu vocalista). Claro que eu já conhecia o Ney de vista, do apartamento de Rubens Araújo em Ipanema, fazia uns dois anos. Na época eu seria incapaz de imaginar que aquele rapaz discreto que fazia artesanato e teatro infantil iria tornar-se, na transgressividade visual em cena, no remexer-se e na afinada voz que agora os entendidos diziam tratar-se de um raríssimo caso de mezzo-soprano, a figura mais carismática da próxima temporada. Mas como se eu não o conhecesse, Zé Vicente o apresentou dizendo "Este é o Ney de Matogrosso". Ao que Ney, um pouco incomodado, corrigiu "*De* Matogrosso não, Ney Matogrosso".

Depois que Ney e Rasi se foram, Zé Vicente e eu comentamos o espírito da época. Engoli um *Mogadon* e logo depois estava chumbado. Em compensação acordei às 5h30 da manhã com o galo cocoricando no quintal que faz fundo. Aproveitei a disposição pra lavar meias, cuecas, camisetas, jogar fora o lixo de semanas e limpar a cozinha, além de levar lençóis, fronhas e toalhas pra lavanderia. À noite fui ao show da Bethânia. O rapaz que operava o canhão abandonou o espetáculo sem avisar, de modo que fui pego de surpresa para substituí-lo. Operar canhão não era mistério (tanto que dois anos depois seria convidado a operar na torre altíssima o canhão *high tech* de Alice Cooper, no show que o cara veio fazer em São Paulo) e no show de Bethânia o canhão era usado em apenas um número, "Eu sou a Outra". Acontece que no Tuca o canhão fica bem no meio da primeira fila da plateia superior e do meu lado estavam dois rapazes alegres e evidentemente drogados, o que me fez pensar que tinham engolido um *Mandrix* a mais, cada um. Um deles a todo instante esbarrava em mim e no canhão. Irritada com o foco de luz que não a seguia direito, Bethânia repentinamente parou o show e gritou "CANHÃO!". O canhão, que eu já não conseguia controlar, escapou de minha mão e o foco, em vez de iluminar o rosto da cantora, estancou nos seus pés. A iluminação geral tentou consertar a falha. Bethânia dirigiu algumas palavras ao público explicando que a falha na iluminação acontecera porque nesta noite o canhão fora operado pelo diretor do espetáculo que à última hora tivera que substituir o operador. Quase morri de constrangimento, mas tudo acabou bem e mais uma vez a diva me perdoou.

Dentro de uma semana acabaria a temporada do show de Maria Bethânia em São Paulo. Acabaria também nossa estada no apartamento. Zé Vicente já estava levando alguns pertences pra casa da mãe. Nesta manhã ele estava puto por ter dado falta de três de seus discos: *Jazz Essentials*, um clássico de Telemann, e o solo de Robin Williamson, da Incredible String Band. Este último, aliás, era meu, mas Zé o havia tomado para si. Perguntou-me se eu sabia quem os levara e, como eu sabia e não costumo mentir, contei-lhe que Lucinha Turnbull, numa hora em

Aos quatro ventos 35

que ele não estava, passou pelo apartamento e levou os discos dizendo que ia ouvi-los em casa e que depois os devolveria. Nem preciso dizer que foi pior a emenda. Amanhã ele vai pro Rio tratar na Air France da sua passagem do Prêmio Molière pra Europa. E também conversar com o pessoal do Teatro Ipanema sobre a montagem carioca de *Ensaio Selvagem*. José Wilker topou fazer a "Brown Sugar". Ficarei no apartamento até o fim da temporada de Bethânia. Então haverá uma apresentação em Ribeirão Preto, uma concessão dela – a primeira – a uma cidade não capital. Concessão, diga-se de passagem, generosíssima da parte de Bethânia (já que a ideia não havia sido minha, mas de Olgária, uma empresária de lá) por Ribeirão Preto ser, de certa forma, a minha cidade. Depois o show seguirá para Porto Alegre, com Isabel Câmara revezando o papel da direção. Em Curitiba retomarei o encargo. Nesse ínterim irei ao Rio cuidar de minha parte na estreia do show de Rita Lee, que fará temporada de um mês no Teatro Teresa Raquel.

9

NA PENEIRA DAS décadas, até 1982, ano que termina este quarto volume das minhas memórias, considero a década de 1970, a partir de 1974, a mais cruel. Por várias razões. Uma delas, a interminável luta contra a censura do regime militar; outra, como jovem dramaturgo de peças transgressoras, eu sentia ter perdido a inspiração. Inspiração para ousar, ir além do que fora até então. Naquele momento, a bem da verdade, eu também nem queria. Deixava a transgressão para uma nova legião que vinha com toda a energia pra continuar aprontando. Era com certo desconforto que eu, agora, sentia ter que *amadurecer*. A crítica me cobrava amadurecimento. Aos 34 anos eu ainda me sentia adolescendo e pretendia adolescer ainda por muito tempo. O mundo do espetáculo explodia mais revolucionário que a década anterior, embora na verdade estivesse mesmo era pondo em prática o restante das ideias concebidas pela contracultura na década de 1960. Em sua coluna no jornal *Última Hora* de 3/4/1974, nosso colega de geração, Plínio Marcos, escrevera:

"Era hora da avemaria numa tardinha de verão sufocante. Havia caído um tremendo toró. Ando pela rua em rumo incerto. Sou vadio nato. E de repente me chamam de dentro de um boteco. Me aproximo e sento-me diante de Antonio Bivar e José Vicente. Dois dramaturgos de uma época distante, 67-69, que comigo ali formavam um trio amargo de escritores de teatro sem o palco livre para os nossos vômitos. E conversávamos coisas que um dia talvez um de nós confesse em suas memórias.

Aos quatro ventos 37

Somos jovens envelhecidos por um tempo de ansiedades sufocadas. Serenamente tristes, que fazem o suficiente para sobreviver, lembramos de Consuelo de Castro, Leilah Assumpção e outros como nós, que outrora, com nossas peças, sacudiam os acomodados. E tomamos café na mesa do boteco, e falamos, falamos. Depois eu fui embora e andei pela cidade iluminada, sem muito rumo. E por essa luz que me ilumina eu sentia saudade do Zé Vicente, do Antonio Bivar, do Plínio Marcos, do tempo em que se espinafravam e disputavam o título de quem dizia as coisas mais contundentes na fuça das plateias".

Que luz no fundo desse túnel ter encontrado a crônica de Plínio Marcos entre os recortes daquela época. Dela transcrevi apenas um trecho, mas nele está uma síntese inspirada, real e cruelmente poética do momento pelo qual passávamos. A barra, como se dizia, estava pesada. Era preciso dançar conforme a música. Em 1974, já que não estava vivendo de teatro, pra não morrer de fome era preciso fazer outras coisas. Por ter conquistado certo nicho, sem que fosse preciso correr atrás de emprego, os bicos vinham atrás de mim. Sabiam-me municiado e com algum talento para eles. Então, mais uma vez fui lançado ao jornalismo. Não como jornalista de bater ponto na redação, mas, como Plínio Marcos e outros colegas, jornalista de ter coluna em jornal. Samuel Wainer, através de seu editor-secretário Dario de Menezes, convidou-me a escrever uma coluna no *Última Hora*. Apesar de ganhar pouco, cuidava da função com o prazer de criança que curte brinquedo novo. Afinal tinha a chance de continuar fazendo uma das coisas que melhor fazia e gostava de fazer: escrever. Na minha coluna eu promovia não só a mim, mas principalmente os outros. Na onda retrô-*camp* eu era um *expert*. Dominava essa cultura com esquisita originalidade. Mas também adorava lançar caras novas. Desde estrelinhas em primeiras tentativas de ascensão até moleques que criavam galos de briga em seus quintais no interior; da horda carioca de novas lésbicas chiques a jogador de futebol do time juvenil do Juventus. Bastava conhecê-los, simpatizar com eles que já iam direto pra minha coluna como *superstars* de um sub *Andy Warhol* do sul do Equador. Na *Última Hora* paulistana o título da minha coluna semanal era *Nouveau Chic*. Título evidentemente inventado por mim com todo um conceito. Pra ser *novo chique* a pessoa não precisava ser necessariamente rica, podia até morar debaixo da ponte, desde que tivesse um lusco, um fusco, um *je ne sais quoi*, um borogodó. Uma lição básica aprendida com Samuel Wainer foi a de nunca faltar à data de entregar o texto pro meu espaço. E entregá-lo de preferência antes do *deadline*. Se me faltasse assunto pra coluna da semana, disse Samuel, que eu escrevesse, por exemplo, sobre o voo da borboleta. Mas assunto era o que não faltava. Toda uma nova fauna debandava dos armários marcando presença onde rolasse o inusitado. A tônica era basicamente excêntrica.

Uma tarde, em sua sala no jornal, Samuel sugeriu que eu fosse ao Rio conversar com Nelson Rodrigues e dedicasse uma coluna ao encontro. Nelson estava com peça em cartaz, sua última, escrita a pedido da atriz Neila Tavares, na época casada com Paulo César Pereio. O casal e mais Joel Barcelos estavam no palco do TNC atuando em *O Anti Nelson Rodrigues*, enquanto Nelson e eu conversávamos num camarim. Nelson, como todo autor, tinha um relacionamento de afetiva paternidade pelos seus textos. Daí que, enquanto lá no palco rolava a peça, no camarim ele, desgostoso, queixava-se dos cacos que os atores a torto e a direito inseriam no seu texto. Dei-lhe todo o meu apoio: eu também não gostava de *cacos*, a não ser quando acrescentavam algum brilho inteligente que tivesse a ver com a ação. Nelson olhou-me com empatia e disse: "Meu doce Bivar". Suas palavras foram como uma benção. Senti que

Aos quatro ventos 39

em outras circunstâncias seríamos bons amigos. Fazia tempo que eu o admirava como dramaturgo, romancista e cronista. Seu jeito originalíssimo de olhar a vida e criticá-la com coragem e humor ia ao encontro do meu. Nelson Rodrigues fazia parte do panteão dos vivos e mortos que me faziam sentir meu verdadeiro lar nas letras.

Depois de escrita e publicada a coluna de nosso encontro, fui passar duas semanas na casa de meus pais em Ribeirão Preto. Sabendo-me na cidade, procurou-me um jovem aspirante a escritor. Apresentou-se como meu admirador desde que há três anos assistira em São Paulo uma apresentação da minha peça *Alzira Power*. Luiz Henrique Saia era uns doze anos mais novo que eu. Morava ali perto, no mesmo bairro da casa de meus pais. Conversa vai e ele me animou a conhecer uma nova turma de jovens *ligados*, jovens da "classe mediazinha" (como ele disse) ali do pedaço. Tinham como sede provisória a casa de um deles, cuja família passava meses fora da cidade. Ali não só se fumava como também se plantava maconha nos canteiros adubados do jardim defronte à rua. As idades iam dos 15 aos 25, alguns menos e outros mais. Eram só rapazes, de garota apenas Olguinha, que era apaixonada pelo Sebastião, que a deixava embevecida enquanto tocava Beatles ao violão. Ouvia-se muito o LP *Berlin* de Lou Reed, porque o som ia bem com a atmosfera *neodecadente*. Tony, o mais velho, era professor de inglês. Vivera e estudara nos Estados Unidos através do familiar intercâmbio estudantil e agora tinha uma escola na cidade. Ele e Sebastião estavam pensando em ir pra Londres; na turma tinha o Marquinhos, 17 anos, que criava galos de briga no quintal de sua casa virando a esquina. E assim, outros. Não liam, não eram *intelectuais*. Eram mais ligados em som, na vida convencional de bairro nessa cidade de médio porte, e no anticonvencional que era frequentar a casa das reuniões, conscientes de que a casa era uma espécie de clube secreto. Da curta passagem por esse *clube*, por ser o (bem) mais velho da turma e o mais viajado, às vezes sentia-me deslocado. Dessa curta passagem, porém, ficariam algumas amizades duradouras. Mas daí resolvi voltar ao teatro. Não como autor, mas como ator. Já tinha experiência de ator. Aliás, começara minha carreira na franja do showbiz como ator. Fazia uns dez anos que eu não representava. Acontece que em 1975 eu tinha engordado muito e imaginei que o único jeito de emagrecer seria, não fazendo regime nem frequentando academia, mas atuando num musical. Antes fui passar vinte dias em Londres, com o resto do dinheiro com o qual ainda, dois anos depois, vinha me mantendo, dinheiro do meu trabalho como codiretor do show *Drama*, de Maria Bethânia. A grana já estava na raspa do tacho. Então, antes que sumisse de vez descolei passagem barata num voo *charter*. O mês era julho de 1975.

Na véspera dessa viagem a Londres, ainda na casa de meus pais em Ribeirão Preto, no meu quarto eu arrumava a mala quando apareceu Marquinhos, o criador de galos de briga, um dos garotos da nova turma de iconoclastas do bairro. Marquinhos me trouxe de presente um baseado pra eu fumar em algum parque londrino e matar a saudade dos meus outros tempos lá. Enquanto a gente conversava enfiei distraidamente o baseado num bolso traseiro do jeans, jogando-o a seguir na mala.

Coincidentemente, viajavam no mesmo voo charter três conhecidos do tempo do exílio em Londres, em 1970. Antonio Henrique e o casal Artur e Maria Helena. Antonio Henrique era da pesada e viajava municiado. Deu-me um *Mandrix* que, com o vinho, e mais isso e aquilo, fez o voo divertido, com muita risada e curtição. Na escala africana em Serra Leoa estávamos os quatro num astral tão alto que deixamos o bar e, como quem passeia, acabamos invadindo uma área militar. Os guardas ne-

Aos quatro ventos 41

gros, de botas, armados e fardados em bermuda cáqui por causa do calor, esbravejaram na língua deles apontando os fuzis em nossa direção. Às gargalhadas de distraídos entendemos que era pra gente tirar rapidinho o time daquele território. O charter levantou voo e chegamos a Londres. No aeroporto de Gatwick passou todo mundo. A maior parte dos passageiros eram professores e alunos em viagem cultural de férias. O restante éramos nós quatro. Todos passaram pela alfândega numa boa, mas eu, por ser o último da fila, fui detido. Um guarda levoume a uma sala e ordenou com gentileza *cool* que eu abrisse a mala. No que o fiz, o guarda foi direto ao jeans. Enfiou a mão no bolso traseiro, pescou o baseado e estendendo-o perguntou: "What is this?". Mais surpreso que ele, exclamei: "Marijuana?!". Sua reação não foi nada *cool*. Ficou bravo comigo. Disse que eu não deveria ter respondido daquele jeito. "Mas é marijuana", falei, com toda a honestidade. Daí ele carimbou "unlanded" na mesma página onde já tinham me dado um mês de estada. Disse que eu ia ser deportado para a Justiça brasileira no primeiro voo. Daí contei que eu nem era maconheiro, que o baseado me tinha sido presenteado por um conhecido sugerindo que eu o fumasse pra recordar dos bons tempos etc. Ele gostou da conversa, disse que era seu dever me levar a uma junta de guardas para eu ser submetido ao que eles chamam "Queen's test" (gostei do nome). Passei no teste, meu inglês de elocução quase perfeita foi elogiado, e voltamos o policial e eu à sala onde ficara minha bagagem. Conversamos horas, ele perguntou do Pelé, da cozinha brasileira, da minha vida, do que eu tinha ido fazer na Inglaterra etc. E eu fui contando tudo, num entusiasmo de quem concede uma agradável entrevista. Acabamos amigos. Seu nome era Christopher, Chris para os íntimos. Disse que, por sentir que apesar de "naughty boy" (termo que repetiu várias vezes com afetuosa reprimenda) eu era um cara decente, ele ia fazer uma coisa que não devia, ele me deixava cumprir minhas férias na Inglaterra, pois sentiu que aquela viagem sentimental me era importante, mas que nesse período meu passaporte ficava retido com ele. E ficou expressamente combinado que na véspera da minha volta eu iria a Gatwick encontrá-lo pra contar das minhas férias e reaver o passaporte.

Curto de grana, tomei o tube pra Earl's Court e hospedei-me no Hotel Albion, duas estrelas, dividindo o quarto com outros três. Um deles, australiano, viera a Londres pra ficar na cama lendo. Todas as vezes que eu entrava no quarto lá estava ele, deitado, lendo. Nessa época, Londres passava por um período de entressafra. O estilo punk engatinhava aqui e ali no país, dando os primeiros passos na Sex, loja conceitual de Malcolm McLaren e Vivienne Westwood, numa virada da King's Road, na área menos nobre de Chelsea chamada World's End. Estávamos em julho de 1975 e a banda Sex Pistols, formada por McLaren ali na Sex, faria sua primeira apresentação em novembro. Coincidentemente aquele trecho londrino me era muito familiar, pois eu vivera parte do melhor ano de minha vida, 1970, a poucos quarteirões dali, na King's Road esquina com a Old Church Street, que tinha esse nome porque fora nela, em priscas eras, que Thomas More havia escrito sua *Utopia*. De modo que com utopia e o prospecto punk em Londres eu estava na minha geografia de coração. Além disso, em julho de 1975, mais nada de empolgante rolava na cidade. O rock andava frouxo e o teatro reprisava velhos sucessos de estima. Mesmo assim conferi a cena. A grande loja de departamentos, a lendária Biba, em bancarrota ia fechar as portas, e sua criadora, Barbara Hulanicki, com marido e filho, estavam de fuga para o Brasil, justamente pra São Paulo, onde permaneceriam alguns anos trabalhando até que uma mudança de ares os fizesse retornar a um mundo mais civilizado. Em São Paulo nos tornamos

Aos quatro ventos 43

amigos e Barbara incluiria meu nome nos agradecimentos de sua autobiografia, publicada na década seguinte em Londres.

Na High Street Kensington a grande Biba ocupava meio quarteirão, em um edifício verdadeiro da idade de ouro da arquitetura *art déco*. Com a criatividade de Barbara Hulanicki a loja era um enorme templo *art déco* pós-moderno. Depois do último andar vinha o jardim onde vagavam *pink flamingos* vivos e ficava o *Rainbow Room*, misto de restaurante, casa de chá e palco de espetáculos inusitados, onde se apresentaram desde o coruscante Liberace aos pré-punks New York Dolls (na tentativa empresarial frustrada de Malcolm McLaren de trabalhar essa indisciplinada banda nova-iorquina).

Na liquidação final da Biba comprei um terno de algodão cru só por fetiche, só pra dizer que era da Biba, pois não fazia tempo Paulo Villaça havia me dito que vira Rod Stewart experimentando roupa nessa loja. Daí fui pro campo passar uns dias com meu amigo Andrew Lovelock no vilarejo de Bowerchalk, nas cercanias de Salisbury. Poucas casas, bem distantes umas das outras, os Lovelock tinham na vizinhança o fotógrafo Cecil Beaton e o escritor William Golding, premiado com o Nobel. Andrew e Jane, recém-casados, moravam numa *cottage* de quatrocentos anos com teto de palha (Thatcher). A *cottage* ficava na propriedade onde, em casa de praticidade mais moderna, viviam seus pais. O pai, o cientista James Lovelock, cuja fama estava na ordem do dia por ter sido ele a lançar a "Hipótese Gaia", numa pesquisa planetária *in loco*, estudo que garantia vida de mais 80 milhões de anos para o planeta, apesar de tudo o que o povo andava aprontando com a Terra. Quando cheguei, Jim (como o cientista é tratado pelos familiares) podava com uma tesoura de jardim a cerca viva. Como Andrew tinha lhe dito que eu vinha, Jim parou de podar e foi logo perguntando "Hello, Bivar, how's the world using you?". "Finely, thanks, Jim", fui logo respondendo. Numa das manhãs dessa visita James Lovelock me chamou ao seu estúdio pra gente conversar. Conversar em particular com alguém que não fazia tempo tinha saído na capa da revista *New Scientist* e mesmo na *Newsweek* foi pra mim uma experiência importante nessa viagem. Ele abriu uma garrafa de vinho de sua adega e tivemos um papo ótimo a respeito do planeta. Quando, me fazendo de pessimista, contei preocupado da instalação da usina nuclear em Angra dos Reis, Lovelock disse pra eu não me preocupar, que o Brasil tinha muito espaço para experiências, que a Inglaterra é que já não tinha espaço nenhum. Me senti aliviado. James Lovelock estava com 56 anos, era baixo de altura (a esposa, mãe de Andrew, é que era bastante alta), mas sua energia e animação o faziam parecer até mais jovem que eu. Nesses dias Andrew me levou a vilarejos das cercanias e a Salisbury, para eu rever algumas das amizades feitas naquela comunidade adolescente de seis anos atrás. Quase todos agora já casados e com crianças pela casa.

De volta a Londres continuei minhas férias. Com Artur e Maria Helena fomos uma tarde a Richmond rever e passear pelos Kew Gardens. Colhemos seiva dos cedros do Líbano e seiva dos pinheiros do parque. Esfregamos a seiva em nossas mãos até ficarmos inebriados com o forte perfume da mãe natureza. Fiz questão de visitar mais conhecidos de outras épocas vividas em Londres. Fui à casa de uma turma sofisticada. Lá eles usavam heroína. Eu jamais havia experimentado essa droga. Pelo que havia lido sobre o que ela causava nos dependentes, não me sentia nem um pouco atraído. Mas se essa turma que reencontrei estava agora curtindo o barato da droga e todos me pareciam bem de saúde e de vida, decidi experimentar. Nessa fase da vida, por decisão, digamos, cultural, eu queria experimentar tudo que a minha geração e as gerações anteriores e posteriores experimentavam. Pra tirar minhas próprias conclusões e poder

Aos quatro ventos 45

falar de cadeira. E no que eles me ofereceram, aceitei. Depois, quase todas as noites eu voltava lá pra continuar a experiência. Após os primeiros vômitos de champanhe e cereja em jorros diferentes dos vômitos por outros motivos, não vomitei mais. O efeito da heroína é diferente do de todas as drogas que se vinha usando na contracultura e que eu havia experimentado, sem nunca ter me viciado nelas. E com a heroína foi apenas nessa temporada e nunca mais. Sempre agradeço aos meus protetores angelicais por nunca mais terem posto essa droga no meu caminho. A heroína provoca uma sensação *nirvânica*. O usuário não liga pra absolutamente nada. Pra ele, morar num palácio ou debaixo da ponte não faz diferença. A sensação é a melhor do mundo, desde que nada interfira. Nada importa, tudo está bem, a vida é isso mesmo, relax total. O porém – porque sempre tem um porém – é o vício, a dependência, e a batalha (naquele estado) pra conseguir novas doses e sobreviver do vício. Depois de umas cheiradas, muito riso e pouco siso, eu me despedia. Sob o efeito da droga eu curtia ainda mais a solitude da caminhada pelas ruas noturnas até o Hotel Albion, em Earl's Court. Continuava dividindo o quarto com mais três. Dois eram sempre caras novas. Vinham, ficavam dois, três dias, e iam embora. Mas o quarto não ficou uma noite sem as quatro camas ocupadas. O único hóspede fixo desde o meu primeiro dia era o australiano que não parava de ler. E por causa da sensação de abandono que a entrega à heroína provém, faltei à promessa de ir à véspera do embarque encontrar em Gatwick o policial e reaver meu passaporte. Cheguei ao aeroporto tão atrasado que tive a sensação de só faltar eu para o charter alçar voo rumo a São Paulo. Sentia-me um irresponsável, um pusilânime. Chris, o policial, estava lá me esperando. Decepcionado por eu não ter comparecido à véspera conforme combinado, mesmo assim foi um perfeito *gentleman*. Deu-me um dinheiro

46 *Antonio Bivar*

pra que eu fosse voando comprar umas coisas pra ele no Duty Free e, no meu retorno com o saco de compras, tirou de dentro uma garrafa de uísque e me deu de presente. Foi já no voo que caiu a ficha e entendi que Chris quisera que eu fosse encontrá--lo na véspera pra ele me dar o dinheiro e uma lista de coisas para eu comprar pra ele no Duty Free, já que ele mesmo, como policial de uma função específica, não podia entrar lá.

Aos quatro ventos 47

10

As coisas boas e más vêm, vão e voltam, eternamente, como em *As Ondas* de Virginia Woolf. Só o tempo e o entendimento zen, e também o Eclesiastes do Antigo Testamento nos preparam pra não fazer drama quando somos atingidos por ondas de vacas magras. Vacas magras também oferecem possibilidades de novas aventuras. Uma dessas aventuras foi pedir ao empresário Guilherme Araújo que me deixasse fazer um papel no musical *Rocky Horror Show*, que ele ia produzir em São Paulo. Éramos amigos desde os anos de exílio em Londres e Guilherme me conhecia bem. Mas não tão bem pra saber se eu cantava e dançava. Por tratar-se de musical eu deveria fazer um teste com Zé Rodrix, o diretor musical do espetáculo. Na tarde do teste tomei duas doses de conhaque Dreher num botequim perto do Teatro das Nações, escolhi a música, "Down by the Riverside", e lá fui eu. Acompanhado ao piano por Rodrix, passei no teste e ganhei o papel de Riff Raff, o sinistro mordomo vindo do espaço sideral.

The Rocky Horror Show fora escrito por Richard O'Brien. Na montagem original e em grande parte da temporada de sucesso em Londres, O'Brien atuara no papel de Riff Raff. Guilherme, que assistira ao musical em Londres, pensou em montá-lo no Rio, mas outro carioca, Kao Rossman, que tinha assistido ao espetáculo no começo da temporada londrina, mais que depressa tinha tratado de comprar os direitos para o Brasil. Assim, com a experiência empresarial de Guilherme Araújo, Kao e ele se associaram como produtores do musical e, como dramaturgo pop e amigo de Guilherme, fui convocado pra traduzir os diálogos

48 *Antonio Bivar*

junto com Kao Rossman. As versões das letras ficaram a cargo de Jorge Mautner, Zé Rodrix e Kao. Com a montagem carioca – dirigida por Rubens Correa no Teatro da Praia – Guilherme e Kao perderam dinheiro. Para recuperá-lo, ou mesmo para continuar explorando o filão dessa peça que fazia incrível sucesso pelos teatros do planeta, Guilherme e Rossman decidiram arriscá-la em São Paulo.

The Rocky Horror Show é uma diversão *camp* inspirada nos filmes de horror e ficção científica classe B e também nas figuras esdrúxulas de alguns popstars do rock ao *glam rock*, bem no espírito de divina decadência ainda em vigor desde os filmes *Cabaré, Laranja Mecânica* e *O Último Tango em Paris*. Estreado como brincadeira no final de 1973 em Londres, no pequeno teatro *Upstairs* do Royal Court em Chelsea, o sucesso foi instantâneo e logo o musical era transferido para o decadente cinema Essoldo, na King's Road, que ficava do outro lado da rua, exatamente de frente para o prédio onde dividi quarto com José Vicente em 1970. Em 1973, quando já não morávamos mais ali, o cinema *poeira-pulgueiro* virou teatro improvisado pra servir de palco e plateia para a temporada comercial-retumbante do *Rocky Horror Show*. O musical também foi uma puxada certeira pro punk que viria, em 1975/76, justamente ali perto, na brusca virada da King's Road para o World's End. O *Rocky Horror* era a coisa mais na moda rolando em Londres naqueles anos de safra *trash*. Entre tantos famosos, Mick Jagger e Vincent Price foram dos que correram a assistir pra tomarem um bafo daquela energia nova em termos de continuidade perversa.

Na encenação paulista Guilherme Araújo estava decidido a usar de estratégia diferente da usada na encenação carioca: seria uma produção *classe C* com divulgação *classe A*. Para a direção ele convidou o experiente Odavlas Petti, que topou na hora. Odavlas estava doido pra dar continuidade aos preceitos

Aos quatro ventos 49

orgônicos de William Reich, os quais já vinha experimentando com alunos na função de professor de teatro na Escola de Comunicações e Artes da USP. Desta feita o experimento *reicheano* seria em montagem profissional.

Éramos dezenove, entre atores principais e figurantes. Uma banda de rock formada por quatro músicos tinha por líder o jovem pianista Dino Vicente, *fine* & *dandy* por excelência. Muita gente conhecida se apresentou para os testes, aquilo prometia uma experiência tão *underground* e alternativa quanto fora a de *Hair* no último ano da década passada. Ambos os espetáculos não passavam de brincadeira juvenil, só que, enquanto *Hair* detonara o espírito hippie de paz e amor livre, *Rocky Horror Show* violentava a ingenuidade *paz e amor* apelando pro sexo, o deboche e o travestismo. Tudo conduzido pelo vampiresco Frank'n'Further em seu castelo povoado por criaturas viciadas e viciosas.

No começo dos ensaios me senti inibido, tenso, um verdadeiro estranho numa terra estranha entre atores dançando e cantando com afã e desenvoltura. Mas logo me esforcei e me adaptei, ainda que sem conseguir levar a sério os laboratórios orgiásticos de liberação orgônica da pélvis, conforme queria a coreógrafa, insuflada pelo diretor.

Kao Rossman e Ana Braga formavam o ingênuo par romântico de estudantes virgens-caretas, Brad e Janet, que, numa noite, em plena tempestade, retornando da visita a um velho professor, papel feito por Zé Rodrix, tem seu automóvel pifado no meio do nada. Ensopados dos pés à cabeça os dois enxergam uma luz ao fundo, longe, e vão lá pedir guarita para a noite. É a luz difusa de um castelo solitário, obviamente, mal-assombrado. O jovem casal é atendido à porta pelo sinistro mordomo Riff Raff, papel feito por mim. O castelo é o antro de uma comunidade de pirados, cujo chefe, Frank'n'Further, é um moderno vampiro transexual da Transilvânia, personagem interpretado por Paulo Villaça. Carne fresca à vista, todos da comunidade querem comer o jovem casal. O vampiro é mais esperto e, no escurinho, fazendo-se passar por Brad, deflora Janet. Depois, no mesmo escurinho, fazendo-se passar por Janet, é deflorado por Brad. Paulo Villaça em entrevista disse: "Recusei convites para estrelar dois filmes porque o *Rocky Horror* combina mais com o estilo de vida que estou levando no momento". E combinava mesmo. Assim como combinava com o estilo de vida de praticamente todo o elenco. Eduardo Nogueira fazia o personagem título, o Rocky. Como a criatura do *Frankenstein* do romance de Mary Shelley e do filme com Boris Karloff, em *Rocky Horror Show*, Frank'n'Further, o vampiro traveca, fazendo jus ao "further" do nome, até certa altura da peça está no processo da fabricação de Rocky, a criatura ideal, fisicamente perfeita e mentalmente oca. Eu fazia o moralista do espaço disfarçado em mordomo secretamente disposto a pôr fim na gandaia, ao mesmo tempo que tinha fixação incestuosa em Magenta, que era minha irmã, papel feito por Angela Rodrigues. No papel de Colúmbia, uma das ambíguas, Marly de Fátima, a ex-modelo de Ted Lapidus e *pin-up* internacional em revistas de nus femininos. Oswaldo Barreto, com uma dignidade de figurino e performance à Bela Lugosi nos filmes de Ed Wood, interpretava o narrador na condução do andor da trama e das tramoias desse show de rock horror.

Os cenários e figurinos de Vicente Pereira faziam jus ao espírito *trash* da montagem. Nem foi preciso criar o castelo em ruínas porque o Teatro das Nações inteiro já era o próprio. Bastava apenas acumular o palco com outro tanto de entulho.

A montagem paulistana estreou em 1º de outubro de 75, uma quarta-feira. Do meu diário: "Noite de estreia badalada do

Aos quatro ventos 51

Rocky Horror Show. Mesmo assim o teatro não estava lotado. Na plateia, Silvio Santos, Rita Lee, Leilah Assumpção, José Vicente... Odete Lara, que aparecera para me visitar num ensaio, presenteou-me (com dedicatória) *Eu Nua*, o primeiro volume de sua autobiografia, acabado de sair. Zé Vicente foi me cumprimentar e disse que não me viu no espetáculo, só me reconheceu no agradecimento. Lucia Turnbull disse que eu estava ótimo. Rita Lee também gostou. Leilah disse que sentiu inveja de me ver no palco dançando o rock. Em outras noites fomos assistidos por Samuel Wainer, Marilia Pera, Dee Dee Shaw (filha de Angela Lansbury) e seu namorado Guillermo, fotógrafo argentino, ambos muito jovens. E gente do mundo da moda, modelos, cabelereiros, maquiadores, pessoal da imprensa, drogados, e tietes cariocas que tinham visto todas as apresentações no Rio e vinham de lá para a nossa *sessão maldita* das sextas à meia-noite. *Rocky Horror Show* foi o *cult* dos *cults* da temporada paulistana de 1975".

A crítica teatral só não arrasou por medo de receber o troco. Telmo Martino, o mais temido, lido e divertido colunista da época, escreveu no *Jornal da Tarde*: "Antonio Bivar aparece como ator, no adequado de um personagem vindo do espaço". Sábato Magaldi, no mesmo JT, apresentou sua crítica com o título "O *rock-horror* no palco, inofensivo e até agradável", dizendo: "Odavlas escolheu atores com os quais tem afinidades e que têm o mesmo gosto pela *curtição*. Esse é o caso de Paulo Villaça e do dramaturgo Antonio Bivar. Pela inteligência, ambos conseguem fazer composições convincentes". Mas Sábato encantou-se mesmo foi por "Ana Maria Braga, no elenco, é o único intérprete que se mostra plenamente à vontade, nascida para o musical".

Irmã de Sônia Braga e futura mãe de Alice Braga (a qual viria a ser outra brasileira da família a dar certo em Hollywood),

Aninha Braga foi, para a crítica especializada, a grande revelação de *Rocky Horror Show*. Ela era um dínamo em cena. Na *Folha de S.Paulo*, com o título "Rock sem horror e show com os novos vampiros", Jefferson del Rios escreveu: "*Rocky Horror Show* tem momentos brilhantes de interpretação. Ana Braga é a surpresa. Ela sente, representa, super-representa, ironiza e se entrega à música. Numa recaída de chavão, alguém poderá dizer: nasce uma estrela. É batido, mas Ana merece". E mais adiante: "Paulo Villaça introduz o travesti-agressivo, o bandidão de plumas. Zé Rodrix além de músico é ator de verdade. Engraçado como ele, num outro nível, é Antonio Bivar, que já sai ganhando como o porteiro vampiresco. Comentou-se na plateia que Bivar parece representar para o público e brincar para si mesmo, é verdade".

Ana Braga, pelo elenco apelidada "Miss Speed", em menos de um mês arranjava outro trabalho e deixava a peça. Foi substituída por Lúcia Turnbull, que deu conta do recado.

A atmosfera de sexo, drogas, rock'n'roll e paranoia que envolvia a temporada no Teatro das Nações me deixava aturdido. Era difícil uma noite em que depois do espetáculo a polícia não desse batida. Eu era dos poucos que passava ileso pela vistoria, sempre defendido por Nirvana, a bilheteira do teatro. Mesmo porque eu não era fissurado nas drogas, me dando por satisfeito com alguns *tapas* quando rolava um baseado e alguma fileira de pó servido na bandeja por Manu, a índia-xamã canadense amiga do Kao. Nesse departamento posso até dizer que era bastante ajuizado.

Numa entrevista, um repórter me perguntou se depois dessa experiência eu pensava em fazer, como ator, outros personagens em outras peças. Respondi que não, que estava mesmo era tinindo pra voltar a escrever.

Aos quatro ventos 53

11

No capítulo anterior contei que, quando Guilherme Araújo decidiu produzir *Rocky Horror Show* em São Paulo, sua intenção era uma montagem *classe C* com badalação *classe A*. O empresário de algum modo conseguiu seu intento. Era do meu feitio não me interessar em saber quanto os outros estavam ganhando, mas eu mesmo recebia como pagamento mensal um salário mínimo. Sem um teto que fosse meu, estava morando de favor na casa de um amigo de juventude em Ribeirão Preto. Conhecera Alcyr Costa nas aulas de inglês e festinhas de sábado na igreja mórmon. Na época ele cursava Medicina. E gostava de teatro, tendo dirigido, com elenco formado por colegas da faculdade, peças muito bem encenadas, de autores como Sartre, Henrique Pongetti e Ariano Suassuna. Logo que formado, em residência num hospital carioca, tinha chegado a fazer por alguns meses o curso de direção na escola da Dulcina. Nesse curso, foi aluno de Adolfo Celi. Mas agora, em 1975, já há uns quinze anos como médico formado exercendo a profissão, considerado excelente dermatologista, continuava gostando de teatro, tinha alma de artista e de certa forma continuava preso à filosofia existencialista dos anos de sua formação sartreana. Fumava muito e nesse tempo em que me hospedei em seu apartamento na Praça da República, bebia mais do que devia. Dono de um humor próprio e único, Alcyr tinha o dom de fazer que o absurdo da vida e das pessoas ganhasse dimensões hiper-realistas ou miniminimalistas. Era engraçadíssimo. À noite, depois do dia de trabalho em dois hospitais e uma clínica, seu pequeno apartamento era uma *open house*. Naquele tempo quase ninguém do nosso meio tinha telefone, por isso era normal as pessoas aparecerem. Minha natureza e minha séria formação de escritor preferiam manter a disciplina de dormir cedo, acordar cedo e evitar ao máximo a gandaia, mas, como hóspede do Dr. Alcyr, isso era impossível. Daí, doido pra escrever uma nova peça, propus a ele a coautoria. Na década passada Alcyr escrevera *O Mictório*, que fora encenada com muito *auê* em Salvador, dirigida por Álvaro Guimarães. Alcyr era sócio da SBAT, assim, caso nossa peça fosse montada, como coautor ele receberia sua porcentagem de bilheteria. Ele topou e começamos o trabalho. Eu já tinha a ideia: uma comédia absurda metida a chique, vagamente inspirada em dois filmes, *Teorema* do Pasolini e *O Criado* de Joseph Losey. No caso da nossa peça, seria uma nova criada-governanta que desconstrói e reconstrói o lar da família burguesa que a emprega. Se no processo de criação, já com o título provisório de *A Rápida Ascensão de Rosinda Vulcão*, o esqueleto e a carpintaria foram meus, Alcyr fez questão que o recheio da peça fosse quase todo dele. Durante o tempo em que escrevemos ele pôs aviso na porta de casa para notificar que não estava recebendo ninguém. Só abríamos exceção pra José Vicente, que era tão meu amigo quanto dele. Eu sugeria a Zé Vicente que assistisse nosso trabalho deitado no sofá feito o Truman Capote naquela pose clássica da foto por Cecil Beaton. Alcyr andava pela sala representando e ditando a cena que eu, à mesa, taquigrafava no caderno. Zé até que curtia assistir nosso trabalho, embora sua expressão fosse de perplexidade, denotando alguma ansiedade pra que terminássemos logo e eu fosse dormir (como era de meu feitio), pra ele e Alcyr saírem para uma volta e alguns drinques pelo caminho.

Com a peça escrita, datilografada e registrada na SBAT, mostramos ao Paulo Villaça que, no mesmo instante, decidiu

Aos quatro ventos 55

produzi-la. E até arranjou de eu alugar um apartamento vago no prédio onde ele morava. Com um teto meu, e morando no mesmo edifício de Paulo, ele me pôs como seu assistente no projeto. Paulo nessa época não tinha grana nem pra sonhar em produzir peça. Mas não viu nisso o menor problema. Com sua proverbial pinta de lorde, sua elegância, simpatia e também antipatia, seu total charme no desempenho do agora triplo papel de produtor, diretor e intérprete, e também graças ao crédito que nossos nomes tinham na praça, Paulo conseguiu tudo de graça, de Clodovil como figurinista ao artigo do programa por Telmo Martino, o mais lido, temido, invejado, amado e odiado, dos críticos. E contou principalmente com Luiz Carlos Arutin, o gerente do Teatro de Arena que, acreditando no atrevimento da jogada, cedeu o Arena pra nossa temporada. Por tratar-se de um teatro que construíra sua lenda com espetáculos de cunho social e político denunciatório de esquerda radical, berço do "sistema coringa" de interpretação e do Teatro do Oprimido de Augusto Boal, internacionalmente reconhecido como técnica teatral revolucionária, a encenação de um texto trovejante de cinismo e leviandade, como era a nossa peça, era sem dúvida a violação de um templo sagrado. A começar pelo resgate do estilo *art déco*, que Villaça fez questão de empregar não só no cenário como nos figurinos, na programação visual e na própria interpretação do quarteto de atores.

Assim que foi formado o elenco e descolado o Teatro de Arena para a montagem, mudamos o título da peça para o apelativo e irônico *Gente Fina É Outra Coisa*, um bordão de domínio público e sentido dúbio, muito usado na época.

Milimetricamente perfeito, inclusive na trilha sonora, do *Roxy Music* de Bryan Ferry ao brega-chique do Wando (considerado cantor brega, mas curtido por certa ala da *granfinália*), o espetáculo estreou no primeiro domingo de abril de 1976, com reações aturdidas. A crítica especializada tomou o espetáculo como um insulto. Sábato Magaldi, ferrenho defensor da chamada Nova Dramaturgia, da qual eu fora uma das proas, escreveu no *Jornal da Tarde*: "A essa altura cabe a preocupação com o dramaturgo Antonio Bivar (já que Alcyr Costa não teve, até o momento, oportunidade de aparecer). Bivar estreou muito bem, em 1968, com a peça *Cordélia Brasil*. Nenhuma outra obra repetiu as qualidades de *Cordélia*, salvo a inédita [e proibida pela Censura Federal desde 1969] *A Passagem da Rainha*, indicando um descaminho perigoso, porque ditado pela brincadeira leviana e inconsequente. *Gente Fina* não é uma crítica à futilidade, mas a própria futilidade."

No mesmo jornal, em sua coluna, Telmo Martino me defendia: "Bivar trata o frívolo com frivolidade. Não quer castigá-lo com algum insuportável puritanismo. É certamente dos que acreditam, muito bem-humorados, que a frivolidade também pode ser a melhor vingança".

E volta Sábato em sua crítica, agora sobre o espetáculo: "A produção foi extremamente cuidada. Os cenários de Clóvis Bueno são ótimos. Os figurinos de Clodovil são teatrais sem perder o sentido crítico. Nas divagações do texto, que nada têm a ver com o desenvolvimento dramático, e através delas, os atores mostram seu domínio e seu brilho. Yolanda Cardoso mostra a tranquilidade de quem não vê segredos no palco e trabalha com nuança o papel. Paulo Villaça, afeito ao cinema, ganha com a maior sutileza exigida pelo pequeno palco elisabetano do Arena. Angela Rodrigues supre com talento o que lhe falta em experiência para convencer como Florinda (sic) Vulcão. Eduardo Nogueira ainda parece um pouco tímido".

Uma senhora da alta burguesia paulistana e que também exercia o papel de colunista em um dos importantes jornais da cidade glosou o espetáculo por fazer uso do *art nouveau* em

Aos quatro ventos 57

espaço tão impróprio. Dias depois, no *JT*, escreveu Telmo Martino: "Os sorrisos para uma comicidade de Bivar só existirão nos que sabem que há uma diferença entre *art nouveau* e *art déco* e nos que se recusam a admitir qualquer diferença entre plástico e acrílico".

Em maio desse mesmo ano *Alzira Power* foi encenada em Buenos Aires com o título *Alcira Power*. Pena eu não estar em condição de ir conferir a montagem portenha. Tratava-se da volta de Delma Ricci aos palcos no papel que fora a glória de Yolanda Cardoso no Brasil. Segundo Patrício Bisso, Delma fora famosa como atriz juvenil em filmes argentinos na década de 1950. A produção de *Alcira* era da atriz. No papel de Ernesto, um jovem ator de nome Pablo Brichta. Delma me enviou fotos da peça. Numa foto *Alcira* está nua e de seios maternais apoiando no colo a cabeça de Ernesto seminu, provavelmente morto. A intenção, a foto deixava patente, era uma citação à Madona com o Cristo. A direção era de Roberto Villanueva. Na trilha sonora, conforme li no programa, tinha Elton John, Genesis, Marilyn Monroe e uma banda local tocando ao vivo. Um mês depois Delma Ricci me escrevia contando que a peça fracassara ficando apenas um mês em cartaz.

Em 25 de agosto os jornais davam que Rita Lee fora presa e autuada em pleno show. O delegado Castro declarou ter recebido denúncia de que o show dela no Teatro Aquarius "era um verdadeiro show de tóxicos, onde se fumava maconha na entrada, na plateia e nos bastidores". No jornal estava que "Rita Lee tentou escapar dos policiais atirando sobre eles suas duas jaguatiricas". Rita estava grávida de três meses. Na prisão, onde foi mantida durante um bom tempo, nos dias de visita recebeu a visita de Elis Regina.

Gente Fina seguia temporada no Teatro de Arena e eu estava no teatro quando me chamaram dizendo que Ziembinski, do Rio, queria falar comigo. Ziembinski me convidava a escrever a peça com a qual celebraria seus cinquenta anos de serviços prestados ao teatro, carreira que começara ainda em sua terra natal, a Polônia, antes de vir pro Brasil, país onde, na década de 1940, no Rio de Janeiro, mudou a rota do teatro, modernizando nosso teatro com o expressionismo de sua direção de *O Vestido de Noiva*, que lançara definitivamente em grande estilo aquele que será nosso maior dramaturgo, Nelson Rodrigues. O histórico Ziembinski teve sua lendária passagem pelo TBC paulistano, onde foi mestre de Cacilda Becker e de todo aquele grande elenco. No TBC todos o tratavam respeitosamente como "Mestre Zimba". Sem contar o bem que fizera para a TV Globo, como um de seus superiores, no campo da dramaturgia, direção e interpretação.

Ao receber o convite de Zimba tremi na base. Era uma puta responsabilidade escrever a peça-celebração de meio século do mestre no *métier*. Daria eu conta do recado? Zimba achava que sim e disse que me iria orientando por telefone, ele no Rio e eu em São Paulo. E assim ficou combinado – eu faria tudo que o mestre mandasse.

Aos quatro ventos 59

12

SBIGNIEW MARIAN ZIEMBINSKI nasceu em 1908 em Wiliezna, perto de Cracóvia, Polônia. Como ator e diretor fez teatro em sua terra, na Romênia e em Paris. Por causa da guerra ia tomar um navio para os Estados Unidos, mas acabou embarcando para o Brasil, aportando no Rio de Janeiro em 6 de julho de 1941. Não demorou e foi imediatamente convidado a participar do grupo *Os Comediantes*, do qual surgiram sucessos como a primeira montagem de *O Vestido de Noiva*. Dos seus cinquenta anos de teatro, trinta e cinco foram vividos no Brasil. Sob sua orientação, e a liberdade que me deu para criar, escrevi a peça pra comemoração da data. No projeto ele seria produtor, diretor, ator e iluminador. O prazo que me deu para a peça ficar pronta era "ontem". Ele tinha pressa. Já estávamos em meados de 1976 e a peça tinha que estrear em outubro. Zimba mandou que eu pensasse alguma coisa e ligasse pra ele. Para seu personagem, o principal da peça, pensei num cientista com pensamentos positivos para o futuro do planeta. E Zimba: "Não, Bivar, esse personagem seria um pouco chato, por se tratar de um sábio, aquele que tem a última palavra a respeito de tudo, o tempo todo sabendo de tudo". E deu a dica pra que a peça fosse uma história de amor entre um homem da idade dele, 68, e uma garota de 20 anos, entendidos como duas pessoas que se amam e não têm idade para viver esse amor.

Achei a ideia interessante. Acreditei nela como quem acredita num conto de fadas. E telefonei pra ele. O personagem seria um astrólogo famoso que mora perto dos astros, no Alto da Boa Vista, e a garota uma estudante da PUC (inspirada na estudante da PUC das crônicas de Nelson Rodrigues). Ela faz sociologia e resolve entrevistá-lo para um trabalho da faculdade. Já no primeiro encontro ela se apaixona por ele a ponto de quinze minutos depois de conhecê-lo lhe propor casamento. Ele é solteirão e na casa tem apenas uma criada discreta (que por medida econômica de produção não aparece na peça). Acostumado ao celibato, a princípio o astrólogo resiste, ciente das diferenças de idade e outras impossibilidades. Mas acaba enfeitiçado pela determinação da moça e logo também fica apaixonado. E estão tão apaixonados que, mesmo ele sendo astrólogo, só mais pro meio da peça, quando o desastre já está armado, é que se lembram de perguntar o signo um do outro.

O personagem de Ziembinski na peça se chama George Elliot. Sua origem é a de um menino pobre na Irlanda. Aos 17 anos, sem perspectivas de futuro em seu país assolado pela fome e complicações com a Inglaterra, George emprega-se num cargueiro norueguês com destino à América do Sul. Maravilhado com a geografia do Rio de Janeiro, o jovem deserta do navio e fica na cidade onde, por causa de sua beleza e simpatia, logo se dá bem. Vagamente interessado em astrologia investe no assunto e acaba tornando-se astrólogo famoso, com espaço em jornais, revistas, consultas particulares, palestras e conferências. Quando a peça começa George Elliot já está no Rio há cinquenta anos, mais carioca que irlandês, ainda que não tenha perdido o sotaque. Com os anos chegou a uma situação privilegiada, vive muito bem com o que ganha e é feliz na solitude. Helena, a mocinha, é de família classe média conservadora. Os outros dois personagens são amigos que frequentam assiduamente a casa do astrólogo. Ela, Elza Vicuña, é uma estilista com butique própria, numa das galerias da Zona Sul. Ele, André, seu

Aos quatro ventos 61

namorado, uns vinte anos mais jovem, bonito, sexy, sossegado, e que sonha tornar-se um escritor tipo Jack Kerouac.

O astrólogo, que também flerta com a psicanálise prática, curte servir de muro de lamentação para os conflitos do casal, que chega junto ou separadamente, sempre que uma cena pede a interferência de Elza Vicuña e André, que de algum modo também interferem no romance de George e Helena. Para Ziembinski os diálogos deviam ser os mais corriqueiros, com guinadas rudes, bem terra a terra. Enquanto eu escrevia a peça ia enviando cópias das cenas escritas, e ele, depois de lidas, me ligava sugerindo mudanças e o desenvolvimento da trama.

George e Helena celebram o feliz noivado em segredo, só com a presença dos íntimos André e Elza Vicuña, a qual, excitadíssima, ali mesmo, bola o vestido da noiva. Embora George ache bobagem, Helena faz questão de casar na igreja, de véu e grinalda. E, corajosa, leva George pra um almoço na casa dos pais e irmão, para apresentar o noivo à família.

Também por medida econômica de produção, a família da noiva não aparece na peça, o encontro é contado para André e Elza Vicuña. Daí pra frente muda tudo, e a trama, de comédia romântica vira drama. A família acha que Helena enlouqueceu e faz tudo pra acabar com essa loucura. Ainda assim, como dramaturgo eu estava com a ideia fixa do conto de fada, com final feliz, tudo dando certo para todos. E mandei o texto pra Zimba, que me ligou dando um pito danado. Aquele final, pela inverossimilhança, destruía a peça. Segundo Zimba, o final não podia ser feliz. "Tem que ter um arranca-rabo geral", disse.

Até então minhas peças todas terminavam com "arranca-rabo" e ter que repetir novamente o processo me deixou frustrado, bem agora que eu ia tentar algo novo, o final feliz! O jeito foi ligar a tomada dramatúrgica e repetir a fórmula fazendo o que o mestre mandava. E já que a família da noiva era contra, que a mãe usasse de chantagem emocional a ponto de morrer fulminada por um ataque cardíaco. A morte da mãe foi a espada de Dâmocles despencada na cabeça de Helena, que viu cair a ficha e se deu conta de que aquele casamento era de fato uma coisa do plano da alucinação. Helena põe a culpa da morte da mãe em George e acaba com o romance, pegando-o despreparado, já que agora quem está perdidamente apaixonado é ele. De tapete bruscamente puxado, George sente-se seduzido e abandonado. Mas, por sua natureza irlandesa nada choramingas, logo reage com a fúria de um jovem conterrâneo, membro atuante do Ira, algo como: já que é assim, quem explode com tudo sou eu. E na ira da explosão, acaba até com o romance de André e Elza Vicuña, os quais, como amigos fiéis, tinham comparecido para lhe prestar solidariedade. Na frente de todos e também da plateia, ele escreve o horóscopo a sair no dia seguinte no jornal. Astrólogo lidíssimo, George Elliot se vinga, não só dos signos do quarteto, incluindo o dele mesmo, mas também de todos os outros, prevendo desastres horripilantes para os aficionados de sua seção, no jornal e na divulgação boca a boca.

Depois de escrever a cena fiquei tão assustado que tive um treco e fui parar na Santa Casa. Ainda bem que Dr. Alcyr e Dr. Luiz Sérgio de Toledo, meus amigos, eram médicos, e lá, me acudiram. Luiz Sérgio, então, me descolou um quarto exclusivo com o melhor cuidado de um especialista, o Dr. Norton, e toda a mordomia que nem sei se merecia. Não demorou e eu estava recuperado para continuar com a peça.

Ziembinski já estava com o Teatro Ipanema agendado para a temporada. E por telefone ordenava que eu escrevesse muito, pusesse tudo no papel, duzentas páginas que fossem. Disse que eu não me preocupasse, ele era craque em editar. Que depois,

Aos quatro ventos 63

na sua casa em Botafogo, juntos faríamos os cortes etc. Fui pro Rio trabalhar com ele, que era de uma energia que eu nunca tinha visto igual. Não naquela idade. Passávamos as noites editando a peça. Nos intervalos ele me levava ao seu estúdio de pintor no fundo do quintal. Pintava como hobby, pensando numa futura exposição. A casa era enorme, na Rua São Clemente. Zimba tinha um companheiro, um jovem negro simpático, gentil e, pelo que percebi, fiel. Zimba me disse que o moço não era um amante, era "um filho", cujos estudos na faculdade ele financiava. Outro amigo fiel era João Vieitas, que fora meu colega nos anos do Conservatório Nacional de Teatro e que em *Quarteto* atuava como assistente de direção.

Na falta de ideia melhor dei à peça o título de *Quarteto*. Zimba aprovou. Afinal, eram quatro os personagens. Com a peça pronta, cópias xerocadas, a produção executiva de Alvim Barbosa em andamento e o elenco formado – Ziembinski no papel de George Elliot; Marlene no de Elza Vicuña; Roberto Pirillo como André; e no papel de Helena Baltazar, Louise Cardoso na plenitude da juventude (sua beleza era comparada à de uma Ingrid Bergman jovem) –, a primeira leitura foi no apartamento de Marlene, no Posto 6 em Copacabana, com a presença do simpático companheiro da cantora, bem mais jovem que ela e também seu assistente pessoal.

Em entrevista de página inteira no *Jornal do Brasil* na semana da estreia, Ziembinski contava a Miriam Alencar: "Quero que a passagem desses 50 anos seja no teatro, que faz parte integrante de minha vida. Nunca me preocupei com a idade, vivo sem registrar os anos que passam. O grande segredo é não tentar registrar, porque aí passam a pesar". E sobre a peça: "Escolhi *Quarteto* porque é uma peça, para mim, de um excelente autor brasileiro, Antonio Bivar. A temática é altamente curiosa, a liberdade de se amar a quem se quer. É o amor de um homem de 60 por uma moça de 22, que o mundo acha que não dá pé. Para mim a peça se resume numa frase que eu digo no final 'A vida é um sonho lindo. O despertar é que é chato e amargo'".

Pelas reportagens e notas em jornais e revistas, a expectativa era grande. Com respeito à celebração, a peça tinha patrocínio do Serviço Nacional de Teatro, da Funarte e do Ministério de Educação e Cultura. Mesmo assim, na tarde da terça-feira 26 de outubro, quatro horas e meia antes da estreia, um carro oficial estacionava na porta do teatro e um censor entregou um envelope na portaria. Era um ofício alegando o óbvio, que a peça ofendia a moral e os bons costumes e estava proibida de ser levada até segunda ordem. Como a censura viera em cima da hora não deu tempo de avisar os convidados que a estreia estava suspensa, e nessa noite o saguão ficou lotado. Norma Bengell: "Eu e Bivar neste país estamos fadados à eterna interdição". Tinha um monte de famosos. De Milton Nascimento a Emilinha Borba, a lendária rival de Marlene desde os áureos tempos da Rádio Nacional na década de 1950. Dias antes da estreia o secretário de Emilinha telefonara para o teatro exigindo lugar na primeira fila para ela e parte de seu fã-clube, já que o fã-clube de Marlene estaria em peso na estreia e seria interessante o confronto entre as duas facções na noite da celebração de Ziembinski.

O mestre deu ordem para que o público entrasse e ocupasse a plateia de quatrocentos lugares. E no palco, Marlene aos prantos, Roberto Pirillo a postos, Louise Cardoso perplexa, eu e João Vieitas atônitos, e o coprodutor Alvim Barbosa, o cenógrafo Clóvis Bueno, o figurinista Stenio Pereira e todos os funcionários envolvidos na produção, do eletricista Lucídio Soares à camareira Almerinda, Ziembinski, em interpretação inesquecível, leu o papel do absurdo parecer da Censura: "Prezado Senhor, com este comunico a V.Sa. que o texto da peça

Aos quatro ventos 65

'Quarteto', de Antonio Bivar, teve negada sua autorização para sua encenação por infringir ao disposto nas alíneas 'a' e 'c' do Artigo 41, do Regulamento aprovado pelo Decreto número 20.493, de 20-01-46. Ao ensejo apresento a V.Sa. protestos de estima e consideração." Mas por que tal blitz exatamente no dia da estreia e não antes, nos ensaios?! A situação no país era essa, estávamos de mãos atadas por conta do regime ditatorial, este sim há doze anos em cartaz.

Alguém ouviu e nos contou que Emilinha Borba, na primeira fila, disse, com humor ferino: "Marlene adora aparecer". Marlene, depois, nos bastidores, quando soube o que a rival tinha dito, retrucou, em tom acusatório: "Emilinha é muito fútil". A (pouco mais que adolescente) Louise Cardoso não entendia as razões que levaram a Censura a tomar tal medida. "Fomos pegos desprevenidos. Depois do choque cresceu em mim um enorme sentimento de revolta. Cheguei a pensar em abandonar o Brasil, porque raciocinei que se *Quarteto* não havia passado pela Censura, nada mais passaria."

E eu, inexplicavelmente calmo, via aquilo tudo como teatro, um teatro do qual eu fazia parte, apesar de não em minha função preferida, pois vinha passando por situações semelhantes desde *Cordélia Brasil*, minha primeira peça, em 1968. Talvez por isso continuasse otimista, certo de que *Quarteto* seria liberado. Os dias seguintes foram de lutas insanas de Ziembinski e da produção para conseguir liberar a peça. Como numa novela a imprensa continuava dando grande cobertura ao imbróglio. Na noite seguinte à proibição a peça foi encenada a portas fechadas exclusivamente para o chefe do Serviço de Censura, que viu a peça inteira ao lado da esposa. A expectativa pela resposta do Sr. Wilson Queiroz durou até o fim do espetáculo, por volta da meia-noite – o espetáculo era longo, duas horas e quinze minutos. O censor disse que a peça era muito bonita, mas continha uma série de apelações das quais ele, particularmente, não gostava. Conversa daqui, conversa dali, a peça foi liberada com um ou dois cortes insignificantes e finalmente estreou quatro dias depois da blitz. Daí veio a outra censura, a da crítica teatral. No *Jornal do Brasil*, o crítico Yan Michalski, polonês como Ziembinski, escreveu duas resenhas. A primeira saiu curta e grossa no primeiro caderno, na manhã seguinte à noite da primeira apresentação: "Raramente se viu tanto barulho por nada. Entretanto, se o público comum demonstrar a mesma fanática vontade de rir e aplaudir que motivou a plateia de ontem, *Quarteto* fará uma carreira quilômetros acima de seus méritos intrínsecos". Da segunda crítica, mais longa, publicada dias depois, com o título "*Quarteto*: Quatro cabeças vazias", este trecho: "Se Bivar tivesse optado por nos propor uma demonstração crítica sobre a alienação do universo existencial dos quatro personagens, a iniciativa talvez ainda pudesse, a rigor, ser salva. Mas não: ele nos mostra quatro caricaturas humanas e propõe que nos identifiquemos empaticamente com os seus melodramáticos e falsos problemas. Decididamente, é pedir demais".

Na revista *Veja*, com referência à comemoração dos cinquenta anos de teatro de Ziembinski, a crítica de Marinho de Azevedo tinha por título "Tristes bodas". Um trecho: "A peça é interminável e indecisa. Às vezes tenta ser séria, em outras quer fazer rir, equilibrando-se entre a comédia de costumes, o *vaudeville* e o drama existencial. Consegue, somente, ser enigmática. O enigma consiste em saber por que uma pessoa se deu ao trabalho de escrevê-la e outra ao de montá-la". E noutro trecho: "No começo do segundo ato, Roberto Pirillo é despido no meio do palco. O fato nada teria de mais se ele ficasse nu para amar, tomar banho, consulta médica ou mesmo para fugir do calor do verão. Nada disso: ele é desnudado por Ziembinski e Louise Cardoso simplesmente para não poder sair de casa e continuar obrigado a conversar com eles".

A cena de Pirillo em nu total carece de explicação e até de compreensão. Era uma das cenas sugeridas por Ziembinski. Era pra ser gratuita mesmo, uma brincadeira de *voyeur* do diretor. Zimba, numa rara viagem ao exterior, assistira o filme *Flesh*, de Andy Warhol, e se encantara não só com a tônica *vazia* do filme, mas sobretudo com o nudismo tranquilo do ator Joe Dalessandro. Ao me convidar pra escrever sua peça, Zimba o fizera sabendo que eu era tido como o mais *pop* dos autores da chamada Nova Dramaturgia brasileira. E logo em nossas primeiras conversas me disse pretender fazer da peça e da montagem uma experiência no *vaziowarholiano*, escolhendo Roberto Pirillo, no auge da mocidade tranquila e da beleza física, pra ser o seu Joe Dalessandro. Zimba tinha essa admiração pela juventude de Pirillo e quis dividi-la com o público. Tratava-se de uma sensibilidade estética que vinha desde as estátuas gregas e da pintura de Michelangelo, entre tantos. Mas para o crítico a cena de Roberto Pirillo nu era apenas um apelo gratuito.

Das críticas cujos recortes conservo, a única francamente favorável era a de Tite de Lemos, em *O Globo*: "O amor – romântico, sublime e desinteressado – tornado impossível pela conspiração de circunstâncias adversas que lhe antepõe o código de comportamentos estabelecidos: o tema interessou a poetas de todas as épocas e tendências estilísticas e já foi pretexto para algumas obras-primas da literatura universal. Se nos limitarmos ao gênero dramático, podemos pensar em William Shakespeare, com o seu *Romeu e Julieta*, que talvez tenha oferecido um vago modelo para *Quarteto* de Antonio Bivar. Mas os carregados matizes de tragédia de seu colega elisabetano, Bivar substituiu-os pelos leves traços de uma aquarela carioca desenhada no Alto da Boa Vista. Embora alegre e despreocupada para os olhos do contemplador, a paisagem resultante não deixa de ter contornos de ceticismo e amargura profundamente perturbadores. Teria sido Bivar ou foi Ziembinski o principal responsável por essa ambivalência que faz surgir uma sombra ameaçadora por trás da cristalinidade de uma comédia casual? Não importa. Texto e espetáculo parecem aqui ter nascido um para o outro. A encenação de Ziembinski é feliz sobretudo na dosagem exata de situações para provocar o riso e situações, senão destinadas a suscitar a comoção das lágrimas, com certeza construídas para frear o riso, colocar um travo de angústia na boca da plateia divertida. Ziembinski o ator é um dínamo em cena, o que não chega a ser uma novidade para quem está acostumado a vê-lo representar. Mas ele não está sozinho em cena. Há também boas atuações de Roberto Pirillo, de Marlene, e de Louise Cardoso na composição de sua deliciosamente avoadinha Helena. Feitas as contas, mais uma aventura – como ele próprio designa suas incursões ao palco – bem-sucedida de Ziembinski, com a inestimável colaboração do talentoso Antonio Bivar". Cotação de Tite de Lemos para o espetáculo: quatro estrelas.

Permaneci no Rio mais dez dias indo todas as noites assistir *Quarteto*. Ziembinski também era famoso no meio por gostar de pausas longuíssimas e silêncios intermináveis. Já a Marlene e sua fogosidade cênica, com ela não tinha pausa nem silêncio. Foram noites de reação festiva, com aplausos em cena aberta, e noites de reação fria. Maria Gladys adorou, mas Maria Clara Machado, que fora minha professora na década de 1960, e de Louise Cardoso mais recentemente no Tablado, odiou. Rubens Correa e Ivan Albuquerque, atores e diretores proprietários do Teatro Ipanema, convidaram-me a escrever uma peça para eles. Ivan achou um horror os figurinos criados para Louise Cardoso.

Aos quatro ventos 69

Ziembinski faleceu dois anos depois, em 1978, aos 70 anos. *Quarteto* foi seu último trabalho no teatro. Pouco depois da temporada da peça – e que não foi um grande sucesso –, numa galeria de arte ele expôs suas pinturas e desenhos. Em todos os obituários de página inteira nos jornais a minha frase, que ele afirmava ser a sua favorita na peça, "A vida é um sonho lindo. O despertar é que é chato e amargo".

Entre os depoimentos de artistas que trabalharam com ele, de Fernanda Montenegro a José Bonifácio de Oliveira Sobrinho, destaco o de Nelson Rodrigues: "De todos os diretores que a Europa nos mandou, ele foi, sem dúvida, o maior. Me lembro, inclusive, que ele quase não comia – às vezes apenas uns ovos quentes – enquanto ensaiava *Vestido de Noiva*. Uma pessoa formidável, um artista incrível, extremamente generoso. Toda a fúria dele era da boca pra fora. Fez amizades profundas. Como todo mundo sabe, ser amigo é uma vocação, e ele tinha essa capacidade. Além disso, me influenciou como formidável homem de teatro que foi, já que o considero responsável pelo sentimento trágico na dramaturgia brasileira. Se hoje, no Brasil, há uma consciência dramática, temos que agradecer a ele".

13

TEATRO ERA UMA profissão como as outras, um meio de sobrevivência. Nunca, desde o começo, alimentei a ilusão de ficar rico com teatro. Quando algum conhecido que não era do ramo fazia a pergunta-bordão se teatro dava camisa, eu, pego de surpresa, respondia que camisa não dava, que a gente ganhava pouco mas se divertia. Pra mim estava bom, dando pro arroz e feijão, pagar o aluguel e um e outro folguedo. De qualquer modo, àquela altura de 1977, escrever era o que eu sabia fazer melhor. Dos trabalhos era o menos chato. Daí, de 1977 até 1980, fui mais uma vez salvo pelo jornalismo de amenidades. Como *freelancer* convidado nessa época, escrevi para revistas e fui, também, durante certo período em 1980, colunista semanal no caderno "Ilustrada", da *Folha de S.Paulo*. Em 1979 trabalhava dez dias por mês na *Interview*, de Claudio Schleder e Richard Raillet, quando fui convidado pra trabalhar menos e ganhar um pouco mais como coeditor de uma nova revista.

Criado por um quarteto de animados jovens empreendedores – José Victor Oliva, Giancarlo Bolla, Gugu di Pacce e José Pascowitch, cada um operando na sua especialidade – a partir do final da década de 1970 o Gallery era considerado o *privé* mais bonito e bem frequentado de São Paulo. Não só pelos finos e chiques da cidade, mas também por visitantes de fora. Socialites, banqueiros, empresários, políticos, ministros, figuras históricas e lendárias, artistas, esportistas, celebridades, beldades, maquiadores, cabeleireiros, estilistas, médicos, dentistas, modelos, hedonistas, pós-modernistas, profissionais liberais e

Aos quatro ventos 71

cirurgiões plásticos. *Peruas* coruscavam na pista de dança ao som de *New York New York*. Do príncipe Charles, que considerou o lugar o mais bonito e bem servido dos que badalara pelo planeta, a Bianca Jagger, Imelda Marcos e Madame Sukarno. Daí que, indicado por Daniel Más e por sua credibilidade de editor da *Vogue*, revista para a qual eu também escrevera durante esses anos, fui convidado, mais o jovem jornalista português José Couto Nogueira, para sermos os editores da *Gallery Around*, a revista do *privé*, que em breve seria lançada. O colunista Telmo Martino, frequentador da casa, em sua coluna do *Jornal da Tarde* escreveu: "A festa constante e *privé*, do Gallery, o *night spot* descobridor de que o luxo é o grande nivelador das gerações, será documentada por uma nova revista, com a desenvoltura de quem conhece, pessoalmente, todos os seus leitores. O novo jornal terá como editor Antonio Bivar, um escritor que faz com que todos os seus personagens e assuntos se sintam imediatamente bem vestidos. E fazer um jornal para o Gallery dá uma vantagem inicial sobre qualquer peça de teatro que Antonio Bivar já escreveu. Com José Victor Oliva como estrela permanente do Gallery, Antonio Bivar já terá, sem a necessidade de qualquer invenção, um perfeito *jeune premier*."

Na verdade, caseiro por natureza, eu pouco frequentava a noite. Mesmo porque, fazendo a linha pobre, não tinha roupa adequada. Ia ao Gallery mais quando era noite temática. Daí eu podia ir com meu macacão azul de operário que comprara na loja de uniformes na Rua Florêncio de Abreu. Ou então alugava roupa, quando era festa obrigatória por conta do trabalho na revista. Na verdade eu fazia em casa praticamente todo o trabalho para a revista. Ia à redação duas ou três dias por mês, geralmente no fechamento, quando escrevia, para o carnê do mês, as legendas das fotos dos habitués e dos visitantes célebres à casa. Fazer a revista era uma diversão e escrever as legendas

das fotos era ainda mais divertido. Tínhamos vários colaboradores espirituosos e (ainda) nem tantas páginas para todos os que se ofereciam para colaborar. Os melhores fotógrafos eram amigos e adoravam colaborar. E as entrevistas. As que pautávamos por prazer, como a que fiz com a jovialíssima Bia Coutinho – adorável velha dama da sociedade paulistana e que durante décadas frequentara o melhor de São Paulo e passara a frequentadora assídua do Gallery –, mas também as entrevistas às quais éramos obrigados, fosse permuta ou matéria paga: recém-casadas dedicando-se ao design de joias caras, senhoras ricas se lançando como modistas, a Miss Brasil histórica que vendera o nome para uma nova indústria cosmética, novos projetos arquitetônicos, o indiano que lecionava inglês e ioga para a alta sociedade, e muito mais, assim como entrevistas com anunciantes divertidos e inteligentes, gente que enxergava a revista como um excelente veículo para promover o lançamento e a venda de seus produtos. E lançávamos amigos, novos talentos, gente criativa, engraçada e original. A revista era elitista, mas nem um pouco preconceituosa.

Daí um dia toca o telefone. Era Walmor Chagas. O grande ator me convidava a escrever uma peça pra ele. No próximo capítulo contarei do Walmor, da peça, e de como mais uma vez, graças ao teatro, fui premiado e com o dinheiro do prêmio pude escapar pra mais um ano de exílio voluntário na Europa, com endereço fixo em Londres.

Aos quatro ventos 73

14

FAZIA UNS QUATRO anos da noite em que Odete Lara tinha aparecido de surpresa na casa de minha amiga, a psicanalista Clare Isabella Paine, acompanhada de Walmor Chagas. Nessa época Clare recebia muitos amigos. À noite seu apartamento era sempre animado por presenças cultas e divertidas. Odete sempre aparecia. Walmor, que me lembre, foi essa a primeira vez. A sala era espaçosa e num dado momento, depois de ter rolado uma presença, Walmor, alto, grisalho, bonito, ator do primeiríssimo time, tomando o centro da sala como palco, com os presentes todos embevecidos, sentados ou estirados em almofadões em torno, e ele, revoltado mas ao mesmo empolgado, discorreu sobre a situação do teatro brasileiro, a falta de perspectivas por conta do regime militar que condenava nós, artistas, a um incômodo cerceamento. Na voracidade de sua performance, numa guinada de *timing*, encarando-me de frente e me pondo sem jeito, disse pra que todos ouvissem que, para ele, Walmor Chagas, o Plínio Marcos e eu éramos os melhores autores contemporâneos. Eu, que nunca me sentia preparado pra esse tipo de elogio, recolhi-me à minha insignificância, não me achando à altura do apreço. Mas a empolgação de Walmor Chagas naquela noite na casa de Clare ficaria impressa no arquivo de arroubos da minha memória. E não mais tive contato com ele até seu chamado telefônico, quatro anos depois, agora me inflando a escrever uma peça pra ele.

Depois do fracasso crítico (e financeiro) de minhas duas últimas peças, fazia tempo que eu não me sentia inspirado a escrever pro teatro. Mas agora era o grande Walmor Chagas quem me pedia uma peça. Lembrei-me de uma peça que começara a escrever, fazia uns três anos, para o Jardel Filho, a pedido deste. O projeto não foi adiante e o rascunho tinha sido engavetado. Walmor e Jardel eram da mesma geração. O personagem que começara a escrever pro Jardel podia continuar sendo escrito pro Walmor. Resumo da peça: O personagem, Orlando, quarenta e tantos anos, é um ator do primeiríssimo time das novelas de televisão do canal mais importante. Sua imagem pública é discreta, fora casado uma vez, e fazia tempo estava solteiro. Terminada sua participação na última novela das nove, ele decide tirar seis meses de férias até a próxima convocação, férias estas que ele pretende passar incógnito, em São Paulo, num apartamento há muito tempo fechado, que herdara de uma tia falecida, mas sem deixar de fazer o seu teatro. Esperto em disfarces, pra não ser reconhecido ele vai às aventuras e a peça, num crescendo de quiprocós ora tensos ora ligeiros, acaba em final feliz.

Com a peça pronta e inclusive com título, *De Repente Num Rompante*, avisei Walmor e ele veio do Rio conhecê-la. Meus amigos Vania, Luiz Sergio Toledo e seu filho Juliano, foram passar o fim de semana em Lindoia na casa de Laurinha e Abelardo Figueiredo e me emprestaram a casa na Alameda Casa Branca pra eu receber Walmor Chagas para a primeira leitura.

Era uma agradável manhã de domingo outonal. Na sala do sobrado de meus amigos ausentes, apenas Walmor e eu. Eu sentado e ele de pé com o texto na mão, lendo-o de fio a pavio, andando pela sala interpretando os três personagens numa leitura tão brilhante como até então eu nunca vira igual. Que ator extraordinário! E Orlando era um veículo perfeito para sua verve dramática e histriônica. Felizes com a leitura, eu, e Walmor com a peça debaixo do braço, saímos pra almoçar num restaurante nos Jardins. Walmor pagou o almoço.

Aos quatro ventos 75

Semanas depois eu recebia uma carta dele e, com ela, a carta de seu guru lá de Porto Alegre, para quem Walmor enviara cópia do texto. Na carta o guru o aconselhava a não fazer a peça. Não naquele momento, ele podia se "queimar". Sem que eu pedisse, Walmor foi generoso e me gratificou com uma quantia *simbólica* pelo meu trabalho. E tudo bem. Só aquela leitura no domingo, só ele e eu na casa de meus amigos ausentes, já valia a pena tê-la escrito. E a peça foi engavetada e esquecida.

E assim se passaram dez meses quando fui procurado por um jovem autor meu conhecido e que, como eu, atualmente também vivia de *freelas* jornalísticos. Alegre e festeiro, estava determinado a ir pessoalmente a Curitiba inscrever sua peça num concurso bem divulgado na mídia. Sabendo que eu também tinha uma peça inédita, propôs que, se eu pagasse sua passagem até lá, ele também levaria minha peça e a inscreveria no concurso.

Tratava-se da Primeira Feira de Humor do Paraná, organizada pelo jornalista e animador cultural Reinaldo Jardim, por meio do Departamento de Cultura do estado. A feira era aberta a todas as modalidades de humor, desde a piada, às tiras e quadrinhos, assim como teatro etc. Sem nenhum sonho de vencer preenchi o formulário. A peça tinha que ser inscrita com pseudônimo. O nome verdadeiro do autor ia num envelope lacrado. Inscrevi a peça com o título de *Novela das Nove* e o pseudônimo de Gilberto de Thormes. Eu nem imaginava que, da comissão julgadora, faziam parte os mais respeitáveis nomes da crítica teatral carioca e paulista.

Esqueci do concurso até que, meses depois, num dia de novembro, recebo um telefonema do Paraná. Era da parte da Primeira Feira de Humor do Estado anunciando que minha peça vencera o primeiro lugar da modalidade teatro. O prêmio, em cheque, era o equivalente a quatro mil dólares. Eu seria avisado da data do encerramento da feira, quando o prêmio me seria entregue. Daí cheguei de ônibus a Curitiba no dia marcado para o festejo. A feira me reservara apartamento num hotel. A festa me deixou aturdido de tanto humor. Reinaldo Jardim foi o mestre de cerimônia. Os vencedores nas várias modalidades foram chamados ao palco. Era tudo gente nova. Tive a impressão de ser o único mais ou menos conhecido entre os premiados. Por natureza alheio a concursos, não teria entrado neste se não fosse o jovem autor meu conhecido ter se oferecido para fazer a minha inscrição, e por isso senti ser meu dever gratificá-lo com dez por cento do cheque do prêmio.

De volta a São Paulo e com aquela dinheirama do prêmio caído do céu, senti que uma nova mudança radical me estava sendo programada por forças elevadas. Daí, por uma dessas coincidências escritas nas estrelas, Fauzi Arap, que eu não via fazia tempo, recebeu uma mensagem cósmica de que eu estava precisando de sua orientação. Fauzi estava temporariamente afastado do teatro e seu tempo agora era mais voltado para os estudos de astrologia e outros fenômenos místicos. Então ele veio me ver para juntos decifrarmos o que ele chamava de meu "nó norte". Deu que eu precisava partir e "queimar a ponte". Era o que eu já vinha intuindo desde que fora premiado. Tinha poucos pertences – um baú dava e sobrava pra eu guardar tudo o que tinha que deixar no Brasil. Deixaria o baú na casa de algum amigo e iria passar outro ano de aprendizado na Inglaterra, que era onde ficavam os cursos que eu mais gostava de frequentar, como autodidata, ajuizado o bastante para saber que, pelo balanço que fizera do vivido em outras longas temporadas em exílio voluntário ali, um ano de aprendizado na Inglaterra me renderia outros dez anos de sobrevivência no Brasil.

Aos quatro ventos 77

Fui passar os últimos dias antes da viagem com meus pais em Ribeirão Preto. Numa caminhada pelo nosso antigo bairro encontrei Tony passeando com seu dobermann. Tony era um dos rapazes que eu conhecera naquela casa onde a rapaziada se encontrava fazia uns seis anos. Ele agora morava em Londres, pra onde tinha se mudado com o Sebastião (aquele que, há anos, naquela casa do bairro, ao violão tocava os Beatles para a embevecida Olguinha), já fazia um par de anos. Em Londres ambos trabalhavam no Consulado do Brasil. Sebastião, tranquilo, nem um pouco ambicioso, gostava mais de música do que qualquer outra coisa e estava satisfeito no cargo de telefonista. Dava pra pagar moradia, alimentação e ainda sobrava para discos, instrumentos musicais e os mais modernos lançamentos tecnológicos ligados ao som. Já Tony, assumidamente ambicioso, prestara Itamarati, passara e agora era um dos oficiais de chancelaria do consulado. Quando o encontrei, agora passeando com seu dobermann em Ribeirão Preto, Tony me contou que ele e Sebastião estavam de férias em Ribeirão. Tony ofereceu-me sua casa em Londres pra eu ficar o tempo que quisesse, desde que, como pagamento (disse brincando), até ele voltar das férias eu molhasse suas plantas. Tinha muitas plantas na sala e na cozinha.

Maravilha. Com moradia gratuita eu já podia contar, mesmo que North Wembley fosse um pouco longe pra quem, como eu, em Londres, estava acostumado aos bairros mais centrais. Mas tudo bem, até melhor, eu era fascinado por novas geografias. Além do mais, em Londres trem e metrô funcionavam perfeitamente e em meia hora eu chegaria a Piccadilly. E toca tirar novo passaporte, comprar dólares, deixar o baú com minhas coisas no apartamento de Celso Paulini ali perto, devolver ao húngaro senhor Gabor a quitinete que fora minha última morada em São Paulo, ir à redação do *Gallery Around* notificar à diretora e amiga Joyce Pascowitch que, embora eu pretendesse me ausentar por um longo período, eu continuaria fazendo, de Londres, minha parte de coeditor da revista, e que a viagem seria uma excelente reciclagem, mesmo porque a Europa tinha muito mais assunto pra revista. Pedi ainda que, nesse período, o meu salário, equivalente a trezentos dólares mensais, me fosse enviado enquanto eu estivesse em Londres. Mensalmente eu enviaria meu material pelo malote da Varig (antes do advento da Internet era assim que funcionava) ou por mala direta. Sem que eu pedisse, Leonardo Netto, que era um dos diretores da gravadora WEA e meu amigo, foi gentilíssimo, entregando-me uma carta de apresentação aos diretores da WEA londrina. Na carta Leonardo me introduzia como jornalista musical influente no Brasil, o que era fato – fazia tempo que eu tinha como um dos *hobbies* escrever resenhas de discos em jornais e revistas.

Daqui pra frente este livro segue quase sempre em forma de diário. Mantém o sabor do espírito da época sem o distanciamento que a narrativa de memória dá. A forma do diário, do estar lá no momento em que as coisas estão acontecendo, cria um *approaching* mágico, ao mesmo tempo real e surreal.

15

TERÇA-FEIRA, 10/3/1981. Deixei a casa de meus pais depois do almoço preparado por mamãe. Foi ela quem fez minha mala. No portão do jardim, ela, com sua figura tão comoventemente humana, cuidadosa, preocupada, triste, controlando-se para não chorar. E eu também. Mamãe está com 72 anos. Papai, 80. Papai nunca se permitiu sentimentalismo. Segurou minha mão e desejou-me felicidades. Meu irmão Leopoldo e quatro de seus cinco filhos me levaram à rodoviária. O mais velho, Leo, dirigia o carro. Sol escaldante no calor selvagem de verão brasileiro. O ônibus rumo a Campinas saiu às 12h40. De lá um táxi até o Hotel Holiday Inn onde pernoito perto do aeroporto de Viracopos. Meu voo, passagem mais barata pelas Lineas Aereas Paraguayas até Miami (com escala em Assunção, no Paraguai, e em Lima, no Peru) sai amanhã cedo às 9h30.

Na foto do meu novo passaporte estou parecido com o Harpo Marx. O avião é um Boeing 707 e levantou voo na hora certa. A aeromoça que dá as instruções tem uma aura de tímida, o que denota uma pureza que lhe vai muito bem. Ela dá as instruções em espanhol, já que a linha aérea é paraguaia. Ela sorri e me sinto cativado mesmo sentindo que ela não acredita muito nas instruções que passa. O voo não leva mais que quinze passageiros. Acho que a depressão de ontem foi ótima. Porque ficou toda naquele quarto do Holiday Inn.

Da janela do avião vejo um verde bastante chamuscado pela falta das tradicionais águas de março. Este ano choveu pouco. Estou feliz, voando. *Bye bye Brasil.* Estou achando tudo tão emocionante! Como se fosse minha primeira viagem. Mas não dou a impressão de deslumbrado. Sorrio comigo mesmo e penso "Seu maroto fujão!". Deus perdoa. Levo a sério a vida de eterno aprendiz.

Pergunto a um dos comissários por onde estamos sobrevoando. Depois de dar uma olhada na janela ele responde "Estamos sobrevoando Itaipu". Vejo lá embaixo a hidroelétrica ainda não totalmente pronta. Um visual dramático. Um rio bem largo e de águas marrons. "É o Rio Paraná", diz o comissário. Nossa, como tem afluentes! Avisto uma floresta gigante. Tão compacta! Certamente cheia de vida animal e mistérios. Parece um tapete novinho em folha. Nenhum buraco, nenhuma clareira, nenhuma estrada cortando. Uma verdadeira reserva florestal. A voz no alto-falante informa que em alguns minutos estaremos aterrissando no Aeroporto Presidente Stroessner em Asunción. Pergunto à aeromoça se Stroessner ainda é o presidente, e ela, depois de pensar um pouco, responde: "Si! Como no!".

Cavalos e mais cavalos, vacas e mais vacas. Prados, pastos, árvores, casas grandes bem distantes umas das outras. Esse trecho do Paraguai enquanto o Boeing desce à pista dá a impressão de uma colcha de retalhos, é todo loteado. E o avião aterrissou. Na descida avisto uns vinte operários trabalhando. Assim, meio de longe, não parecem muito diferentes dos operários brasileiros.

Duas horas de espera no aeroporto. Troca de avião. Lá fora deve estar fazendo um calor de matar, mas aqui no bar, no ar condicionado, até que está agradável. Tomo um café com leite, fumo um *Camel* e me delicio com os poemas em prosa de Baudelaire na ótima tradução de Aurélio Buarque de Holanda. Comprei alguns presentes do *duty free*. Lencinhos brancos e bordados para Loppy e Bruce Garrard. Bruce é meu amigo desde 1970 da comunidade de Salisbury. Não o vejo desde 1972, mas mantemos correspondência. Loppy, que ainda não

Aos quatro ventos 81

conheço, é sua mulher. São pais de Samwise, nove anos, e Sarah, quatro. Para Sarah comprei uma blusinha bordada por mãos femininas paraguaias. E já nos chamam para o embarque. À minha frente, na fila, um inglês típico. Leio seu nome na bagagem de mão, Archie Shaw-Stewart. Acho fino esses nomes ingleses hifenados – Sackville-West, Sackville-Baggins, Shaw-Stewart. A tripulação é outra e o avião é outro Boeing 707. Embora os passageiros sejam outros o avião continua meio vazio. Tirei os sapatos, fui de meias ao lavatório, me sinto em casa. Tem um passageiro com uma sacola de discos. Na contracapa do último LP o título *Gazeteando en la frontera*. Tem uma moça lendo Erica Jong. Todo mundo parece simpático. Imagino estarmos sobrevoando os Andes. O avião voa tão alto que acima dele um céu azul de doer a vista e bem abaixo nuvens densas. Pergunto à aeromoça se já estamos no Peru e ela, servindo café, dá uma olhadinha na janela e fica em dúvida. O comissário, moreno de olhar cínico-simpático e bigodinho, responde "No!". Só depois do Titicaca.

– A gente passa pelo Titicaca?! – pergunto, exagerando na interrogação exclamativa. E o comissário, sorrindo divertido:

– Si!

O visual da Cordilheira dos Andes é mais espetacularmente dramático que o da Serra do Mar. Não só nas cores, mas também nos acidentes. Leitos d'água serpenteando bases de montanhas. Abismos, crateras. De uma solidão! E o avião mergulha nas nuvens. Não dá para ver nada do lado de fora, de modo que distraio-me observando parte da tripulação na parte traseira do Boeing. Típico. Os comissários conversam animadamente e sorvem chimarrão. Os picos nevados parecem cobertura de açúcar refinado. É a primeira vez que sobrevoo montanhas cobertas de neve. O sabor da novidade me enche de alegria. Sinto-me quinze anos mais jovem. E os passageiros correm todos às janelas do lado que pega melhor o visual. Fotografam com suas câmeras. Depois, uma guinada do piloto faz todos correrem para o outro lado. O comissário de bigodinho sentou-se ao meu lado. E eu pergunto:

– É o Titicaca?

– Titicacá (com acento agudo no ultimo a) – responde ele com o sorriso cínico-simpático.

Não me admira que caíssem tantos aviões nos Andes. Os passageiros ficam ensandecidos com o visual de ambos os lados que correm, se esbarram, tropeçam, caem uns sobre outros, sorriem, se desculpam, e eu me pergunto se as águas do *Titicacá* seriam bastantes para matar a sede do mundo? O lago não tem fim. É um mar sobre os Andes. Muito educado pedi licença ao comissário e fui à privada soltar um peido. Aproveitei para olhar minha cara no espelho. Constatei que a felicidade é a melhor das cirurgias plásticas. Na volta uma velhinha adorável despertou e, vendo os passageiros num inglês de sotaque americano, quis saber:

– É este o LAGO?

– Yes! – respondo. Mas ela não se levanta para ir ver. Continua assentada porque não quer acordar a moça que dorme de cabeça repousada nas suas coxas. Todos retornam aos seus lugares e o *Titicacá* fica para trás. Não demora e o Boeing sobrevoa Lima, a capital do Peru. Cinzenta como não vi outra igual. Tudo cor de areia, sépia. Não se veem palmeiras na orla. O avião aterrissa. Piso o solo peruano. Tarde abafada. Dentro do aeroporto, no ar condicionado do *duty free* comprei selo e um postal da montanha mais alta do Peru, 6.500m de altitude, e enviei aos meus pais. Depois de 45 minutos o Boeing alça voo e sobrevoa o Pacífico rumo a Miami. O sol das cinco ainda ardente. Desabotoo a camisa para receber pela primeira vez na cara e no peito uns raios do sol do lado do Pacífico.

Aos quatro ventos 83

O Boeing pousa em Miami por volta das dez da noite. É a minha primeira vez na Flórida. A moça da agência de turismo que me vendeu a passagem em São Paulo disse que em Miami não se dá, nunca, menos de um dólar de gorjeta. Homens se acercam competindo para levar minha bagagem. Obrigado, eu mesmo levo. Entro na fila do táxi sem nem saber pra onde vou. E já que é por pouquíssimo tempo, aconselharam-me a não ir para Miami Beach e ficar em Miami City, mais perto do aeroporto e com hotéis menos caros. Um homem seleciona cinco passageiros e nos põe num táxi-lotação. Cinco dólares por cabeça. Peço ao motorista pra me deixar num hotel barato no Boulevard Biscayne. Ele me deixa na frente do Miami Colonial. Perto da entrada uma drogada com cara da Janis Joplin, rosto coberto de espinhas, malvestida, o tamanco menor que o pé. Essa é uma das faces da América, pensei. E entrei no hotel. Recepção deprimente, trinta e oito dólares a diária. Pago a noitada, deixo a bagagem no quarto e saio à procura de lugar para comer. Ruas sujas e ventania de fim de tornado. Não encontro nada que me anime a entrar. Tinha lido em publicações americanas reportagens a respeito de doenças contagiosas e fiquei com medo das caras doentias nos botequins e lanchonetes. Deve ser uma boa ser rico nos Estados Unidos, mas ser *down and out* em Miami City me parece muito triste. Desisto de comer e beber e volto para o hotel tomando água da torneira na pia do quarto. O hotel é tão reles que no quarto nem frigobar tem. A televisão, péssima. Depressão igual nunca antes sentida. Pergunto-me se não foi uma imprudência ter deixado o Brasil. A impressão é de que o sonho acabou MESMO.

Miami, quinta-feira, 12/3/1981. Acordo cedo. O hotel não serve café. Entro num bar. Café com leite, pão com manteiga. Todo mundo fala espanhol, parece. Alguma sorte me acode: uma agência onde devo comprar passagem para Londres fica ao lado do hotel. Mas só abre às dez e ainda são 8h40. Com todo o dinheiro, passaporte e documentos bem distribuídos nos bolsos vou dar uma volta. Até que pela manhã ensolarada essa parte de Miami me parece mais agradável. Esquilos brincando na grama e nas árvores do parque. Barcos na água. Noto que tem muita gente idosa. Conversei com alguns deles. São simpáticos, comunicativos, falam muito, parece que todos se conhecem. É a impressão, vendo-os entrando nos ônibus, em bem-humorada discussão com o motorista negro e jovem.

Comprei a passagem mais barata para Londres (duzentos dólares), da popular Laker Airways, e tomei o táxi para o aeroporto. Espera de oito horas até meu voo. Até que me diverti observando o mundo de gente chegando ou partindo. Os turistas são um espetáculo à parte com suas roupas, fantasias e animação. Os americanos são os que causam mais impressão, pelo *behaviour*. Nas lojas tem muita coisa bonita para quem gosta de comprar. Comprei de presente para Samwise (o filho de Bruce) um cocar *cherokee*. Na livraria nenhum título me atraiu, comprei uma revista, a GQ.

Entre tripulação e passageiros o DC 10 da Laker Airways transporta umas trezentos e cinquenta pessoas. É chamado *skytrain* ou *airbus*, trem celeste ou ônibus aéreo. Desconfortabilíssimo, apertadérrimo. Cada fileira de assento é para uns trinta passageiros. Quem senta no meio, se quer ir ao banheiro é um tormento, todos têm que levantar pra dar passagem. As aeromoças são inglesas simpáticas. Para passar o tempo fui anotando palavras que li na GQ: albeit, faux-pas, demeanour, hors de combat. Eu, por exemplo, fico o tempo todo me policiando para não cometer nenhum *faux-pas*. E onde estou sentado sinto-me totalmente *hors de combat*. Daí que, *albeit*, meu *demeanour* tem que estar de acordo.

Aos quatro ventos 85

16

LONDRES, SEXTA-FEIRA, 13/3/1981 e dias depois. O DC 10 sobrevoa Londres. Quando as nuvens ralas deixam entrever, o solo é verde na frente e nos fundos das casas. Castelos e fábricas cercados de parques. Árvores margeiam o rio. Seis meses no passaporte. Não revistam minha bagagem. De trem de Gatwick até a estação de Victoria. Deixo tudo no bagageiro e vou de metrô até Hyde Park e dali caminho até o Consulado brasileiro na Deaney Street pra pegar com Maria Luiza a chave da casa de Tony. Frio de lascar. De volta à Victoria pra pegar a bagagem, passo na revistaria da estação e compro o *Ritz*, o NME e a *Time Out* para me atualizar com o que está acontecendo. Londres está bem mais cara que da última vez. A primeira impressão é que a Inglaterra está mesmo sob as rédeas de Margaret Thatcher, a "Dama de Ferro", no alto cargo de primeira-ministra. E já que estou chegando permito-me ir de táxi até meu destino final. Ficarei sozinho na casa os vinte dias até Tony voltar das férias no Brasil. No começo é uma dificuldade entender como tudo funciona, desde abrir a porta de entrada até ligar o gás. E como North Wembley é longe! Mas mesmo que fosse perto, desta vez não tenho nenhum conhecido brasileiro daqueles anos de exílio, e também não conheço nenhum inglês em Londres, só no campo, os amigos daquele tempo. Na chegada a solidão é tanta que me deprimo, perguntando-me o que vim fazer aqui, mas já no segundo dia me delicio com absolutamente tudo.

Na primeira oportunidade corro pra ver Maggie Smith em *Virginia* no Haymarket. No papel de Virginia Woolf na peça de

86 *Antonio Bivar*

Edna O'Brien a magnífica atriz está a própria Virginia. São três personagens – Virginia, Leonard Woolf e Vita Sackville-West. O ator que faz Leonard às vezes dobra e faz Leslie Stephen, pai de Virginia. Adorei. Se não estivesse controlando meu dinheiro voltaria várias vezes para rever a peça. Desde 1973, quando li *As Ondas* em São Paulo, Virginia Woolf tornou-se uma obsessão. Sua obra, sua vida e seu círculo. Mas é claro que irei ver outras peças, mesmo que por obrigação. Não tem, por exemplo, como não ver o musical *Evita*, estreado já há algum tempo. Tem também uma nova montagem de Noel Coward. E livros. Não resisto e compro três. A vida do poeta Swinburne é um deles. Mas devo me conter toda vez que passar por livraria. Antes devo cuidar do visual, renovar o guarda-roupa e me pôr na moda.

Há tanta cultura, tanta coisa pra se ver e fazer, tanto lugar pra ir, é tudo tão e tanto que, francamente, basta uma circulada para sentir que Londres está jovem novamente. Do punk que não morreu aos *new romantics*, passando pela *new wave* e todas as outras ondas históricas que a juventude está tirando de armários e enciclopédias ilustradas e pondo nas atitudes, no comportamento, no visual e na música. A impressão que se tem é a de que tudo está de novo vivo e disponível às novas inventividades. Curte-se tudo, do dadaísmo aos piratas, dos índios norte-americanos aos poetas românticos e decadentes, do *rockabilly* ao *tecnopop*, do futurismo ao retrô, da Bauhaus ao *new design* decorativo, do neopsicodélico ao pós-*glam*. E todas essas influências explodem a olhos vistos em novas interpretações, por uma juventude que reclama do desemprego e da falta de perspectiva de futuro no reino. Mas essa efervescência juvenil, ainda que dividida em tribos competitivas e rivais, faz da coisa um só movimento cujo entusiasmo torna muito excitante o presente. *Smash Hits* e NME estão ali semanalmente devoradas. E mensalmente as novas revistas-bíblias, *The Face*,

Blitz e *i-D*. Para estar na *in crowd* o que conta é o estilo, a pose, o *look*, a proposta, a atitude.

A começar pelo cabelo. Corri ao *Sissors* – "the best mens haircutters in the world" – na King's Road, Chelsea. Desde a foto do passaporte em que eu estava a cara do Harpo Marx que eu não me sentia bem. Pedi ao jovem cabelereiro escalado pra me atender que ele estudasse minha cabeça e decidisse o corte moderno que ficasse bem com a minha cara. Quase *skin-head*, sugeri. Sam deu uma gargalhada divertida e disse que ia fazer um corte não tão drástico, mas um quase *skin-head* mais para Jean Seberg em *À Bout de Souffle*. Achei ótima a combinação. Saí do salão tão seguro de mim que nem bem entrei na primeira livraria já fui logo comprando um livro de poesias do Rupert Brooke. E fui de metrô para Covent Garden. Dia lindo. Ensolarado e tudo. Nem tão frio. Camiseta sob a camisa de gola e um suéter. Não conheço tanto assim o mundo, mas do que conheço, não existe cidade melhor que Londres para flanar. Pode parecer pedantismo, mas desde a primeira vez me considero londrino de coração. Feliz na solitude vou caminhando até a margem do Tâmisa. A Ponte de Waterloo. Esfinges de bronze no passeio beira-rio. Garotos em seus doze, treze anos, brincam sobre as patas das esfinges. Céu azul e as águas gélidas do rio. Um cisne solitário curte as ondas. Sentado num banco, com o Rupert Brooke apoiado num joelho, preguiça de abrir o livro. Mas o livro se sente bem, ali desleixado. O banco está sob uma castanheira (*horse chestnut*) ainda nua desde o outono, as folhas ainda em brotos prestes a desfolharem mês que vem, mas os galhos cheios de castanhas penduradas feito balangandãs *art-nouveau*. Um helicóptero sobrevoa e eu aqui, de cabeça quase raspada. O Big Ben, a torre da Abadia de Westminster. E mais adiante um casal de namorados. Deu uma esfriada. Melhor continuar. Passo pelo casal de namorados. Não são tão jovens. Mas o aconchego os torna jovens de coração.

No jardim do Victoria Embankment de florido primaveril pergunto ao jardineiro que flor é essa tão bonita e perfumada. – Jacinto – ele responde. Jacintos brancos, rosas, azuis forrando o canteiro e perfumando o ar. E volto feliz a Covent Garden. Entro na Igreja de Corpus Christi, católica. E sendo a primeira vez ali, faço três pedidos.

Sexta-feira, 27/3/81. Acordo por volta das 4h30 e ouço os primeiros pássaros e os primeiros trens vindos do Norte e passando sem parar por North Wembley rumo a Euston. Excitado pra que o dia chegue logo me levanto e desço para a primeira refeição – muesli, leite e fruta picada. Preciso faxinar a casa antes que Tony volte das férias no Brasil. Depois do desjejum tomo banho, saio, pego trem e metrô e vou trocar dólares por libras no Soho. Cem dólares = quarenta e três libras e algumas moedas. Almoço no restaurante Hare Krishna no Soho Square. "Vegetables au gratin", suco de maçã e, de sobremesa, salada de fruta. Quase três libras.

Livrarias, lojas de disco, loja de artistas, e acabo na Broadwick Street em frente ao edifício da *Harpers & Queen*, que no Brasil era a minha revista internacional favorita. Entro no prédio e pergunto ao recepcionista, um simpático senhor duns 50 anos, onde conseguir a agenda de 1981 que vi anunciada no número de dezembro passado. Ele faz que eu me sente e aguarde um pouco. Toma o elevador e alguns minutos depois volta e me faz acompanhá-lo até o terceiro andar. Meu Deus, estou na redação, em plena redação da *Harpers & Queen*! Uma garota sorridente aparece com uma agenda na mão e me dá. Se eu não tivesse perguntado o preço ela não cobraria nada. Mas perguntei e ela fez "Oh!" e pediu que eu a acompanhasse. Que gente simpática, pensei vendo o pessoal da redação enquanto

Aos quatro ventos 89

atravessávamos em direção à sala de diagramação. Um dos rapazes diz que o preço da agenda é 5:25 libras. Dou dez libras e a garota só cobra cinco. Daí eu conto que no Brasil leio a revista apaixonadamente (o que é verdade). – A *Harpers & Queen* chega ao Brasil?! – ela pergunta, surpresa. – Um pouco atrasada, mas chega – respondo. Aí pergunto onde encontrar *Style Wars*, o livro de Peter York com os artigos dele publicados na revista, dos quais li muitos e perdi outros. O livro é lançamento recente. Peter York é o editor de estilo da *Harpers & Queen*, e são brilhantes os artigos que ele vem escrevendo desde 1976 sobre as novas tribos comportamentais londrinas. A garota pergunta à redação se tem algum exemplar. Não tem. Mas ela garante que se eu procurar nas livrarias vou encontrar. De fato logo depois encontrei, na *Foyles*.

Sábado, *28/3/1981*. Acordei, fiz uma limpeza geral na cozinha, dia lindíssimo, tomei banho, me arrumei e saí. Estava excitado porque ia à matinê no Vaudeville Theatre assistir *Present Laughter*, de Noel Coward. Teatro lotado. Começou a peça, o público gostando muito, rindo e até aplaudindo em cena aberta. Assisti o primeiro ato e saí. A montagem me pareceu muito careta e lá fora devia estar mais divertido. Não entendo quando algumas pessoas dizem (e com tanta certeza!) "A Inglaterra está morta", "A Europa está morta". Quando ouço alguém dizer isso eu me pergunto "Que será que está vivo, então?". Eu é que estava "morto" quando cheguei a Londres. E mesmo na National Gallery, vendo as telas de Turner, as paisagens de Constable, as pessoas em frente admirando, tudo tem tanta vida! É claro que a pomposidade de Watteau me irrita e pouco me deslumbro com a "Psyché mostrando os presentes de Cupido às suas irmãs" na tela de Fragonard, assim como não aprendi ainda a gostar dos cabelos nem das roupas nem da luxúria do século XVIII. A não ser quando é mostrada a plebe, o povo, como François Boucher tão bem o faz. Mas a "Madame Pompadour" do Drouais é *disgusting*, absolutamente *disgusting*. O século XVII me encanta mais. Claude Gellée, por exemplo, na "Embarcação da Rainha de Sabá". E que delícia as "Bacanais" de Poussin. E suas paisagens! O "Cardeal Richilieu", de Philippe de Champaigne também é *disgusting*. Claude, como Claude, é maravilhoso, mesmo quando suas cores são sombrias. Já os peitinhos de Cristo no "Ecce Homo", de Correggio, quem teria servido de modelo quando ele os pintou? E seus olhos tristes, sonhadores, a doçura sugerida por seus lábios! Pensando bem, sou bem mais século XVI. A verdade é que todos os séculos tiveram seus grandes artistas. As cores de Rembrandt, as árvores de Hobbema, as crianças de Jan Steen, e a Vênus antipática de Cranach (o Velho). Mas não gosto muito dos trípticos de Memling. Aliás, não ligo muito pra tríptico. E as paisagens de Gainsborough, fico indeciso se gosto ou não gosto. Mas olha que sexy a "Paisagem com Pan e Sirinx", de Rubens e Brueghel! Nem sabia que tinham pintado em dupla. Os braços e o torso de Pan e os peitos da Sirinx, que erótico! E Minerva, tão materna e elegante apertando o seio fazendo o leite jorrar diretamente na boca sequiosa do bebê já bem crescido! É quando Rubens consegue ser cândido. Já o braço de Sansão de cabelo já cortado e os peitos de Dalila, nossa como os dois são fortes na tela de Rubens! E o Silenius (não anotei o nome do pintor), nu, gordo, bêbado, carregado por sátiros. Silenius sem dúvida era um grande devasso. E cá pensei: parece uma bichona. E entre a bunda de Vênus, os peitos de Minerva e o libertino recato de Era, não é de se admirar que Páris tenha vacilado na hora de entregar o pomo. Nessa tela as três deusas se mostram bem biscates. Mas daí deu o sinal que o museu está encerrando a atividade do dia e me dou por feliz pelo tanto de arte dos séculos XVIII, XVII e XVI que pude apreciar nessa tarde sabendo que posso voltar quando quiser, pois, ao contrário do Louvre em Paris, na National Gallery a entrada é gratuita. E toca pra rua que o sábado do lado de fora segue a todo vapor. Bato perna pelo Soho, janto no restaurante Hare Krishna e contente tomo o rumo de North Wembley. Em casa ligo a TV e emocionado assisto pela BBC um concerto inteiro do Grateful Dead. O Dead, de San Francisco, Califórnia, que tantas boas lembranças me traz daqueles anos felizes, 1970/72, quando aqui se apresentava. Continua ótimo. O grupo não se rendeu a nenhuma moda pós--hippie. Seus membros continuam "naturais e lunáticos", como disse Bob Weir. E vivas ao Jerry Garcia. O Dead como eu, está mais vivo que nunca.

17

DOMINGO, *29/3/1981*. AMANHÃ é aniversário de minha mãe, 73 anos. Faço uma ligação internacional para Ribeirão Preto. Falo com ela e papai. Por suas vozes sinto que ambos estão bem. Mamãe disse que recebeu meus três cartões-postais e minha carta, e que lá não para de chover, por isso ela não tem saído. Está se recuperando de uma gripe fortíssima. Por isso não foi à abertura da exposição do Leopoldo na galeria do Banco Itaú. Disse que os filhos e netos estão todos bem, assim como a parentada em geral. Na despedida papai disse "Divirta-se" de um jeito tão positivo que me fez sentir bem.

Assisti a Maratona pela TV. Milhares de pessoas correndo. Fiquei emocionado com o velho de 78 anos conseguindo correr todas as 20 milhas. E a mulher com mais de 60 anos também. E os jovens, os paraplégicos, gente de todas as idades e classes sociais. Foi emocionante. Os campeões foram dois americanos que correram o tempo todo de mãos dadas. Pela atitude são gays. Pareciam bem alegres. Fico tão comovido com essa humanidade, esse humanismo, que me sinto impelido a sair. Saio e dou um longo passeio pela região. E que delícia a vida suburbana aqui em North Wembley. Parques, jardins, casas, o centro comercial do bairro; na tabacaria com banca de revistas e guloseimas, uma caixa com compactos simples usados e quase de graça. Por uma moeda comprei um do Visage, *Mind of a Toy*. Steve Strange totalmente *new romantic* na capa.

Segunda-feira, 30/3/1981. Comecei a escrever minhas matérias para o próximo número do *Gallery-Around*. À noite fui

Aos quatro ventos 93

a um concerto fantástico do Gang of Four no Hammersmith Palais. De Yorkshire, é uma das melhores bandas da nova onda. A banda faz *Body music*, deu no NME. Dancei o tempo todo. O quarteto bem vestido, terno casual cinza e o vocalista Jon King em transe. No metrô, de volta pra casa, um grupo de jovens bêbados surpreendia os passageiros contando, às gargalhadas, que Ronald Reagan tinha sido baleado. Assistiram pela televisão do pub. "Ronald Reagan was shot! He was a B-movie cowboy", diziam e riam. Os passageiros, perplexos.

Terça-feira, 31/3/1981. Último dia de março. Terminei de escrever as matérias para o *Gallery-Around* e vou relaxar um pouco antes de dormir. Recebi carta da Joyce agradecendo o postal do príncipe Andrew que mandei pra ela. Joyce diz que fez o maior sucesso. E carta de Bruce Garrard convidando-me a ir passar uns dias com ele e a família onde estão morando, um vilarejo perto de Salisbury. Recebi também um telegrama de Gert Volkmer, de Amsterdã, me mandando ligar a cobrar. Liguei sem ser a cobrar, claro. E rimos muito. Fazia DEZ ANOS (!) que não ouvíamos a voz um do outro. Gert disse que posso ir pra Amsterdã e ficar na casa dele o tempo que quiser. Contou-me que no momento não está trabalhando, sobrevive do *social security*. Alemão, Gert vive há cinco anos na Holanda. Pinta e traduz.

18

QUARTA-FEIRA, 1º/4/1981. Dia da mentira, *april fool*. Mentira nenhuma, é tudo verdade. Enviei pelo correio o material pra revista e fui à National Portrait Gallery ver a exposição do pintor William Strang. Retratos. Só o da Vita Sackville-West, de 1910, já vale a exposição, de resto muito boa. Adoro a National Portrait Gallery com seus andares de pinturas de gente (donde o nome Portrait) da história da Inglaterra desde o período elisabetano até hoje. Na loja do museu tive um surto de deslumbramento com os cartões-postais. Comprei dezesseis. Para a minha coleção e para enviar aos amigos e pessoal de casa. Postais do Rupert Brooke, do Christopher Isherwood (um pra mim e um pra mandar pro Celso Paulini), Virginia Woolf (um pra a Paula Andreoni e outro ainda não sei, talvez pra Creusa de Carvalho ou Paulo Villaça). E Vanessa Bell (pintada por Duncan Grant em 1918), T. S. Eliot, Swinburne (pintado por Watts, 1865), Yeats (por Augustus John, 1907), Keats (desenho por Charles Brown, 1819), Dante Gabriel Rossetti (desenho autorretrato doce e penetrante, 1847), Augustus John (pintado por William Orpen, 1900), Ottoline Morrell (pintada por Simon Bussy) e, finalmente, para mandar pro Ezequiel Neves, um do Mick Jagger (fotografado por Jane Brown em 1973).

Depois da NPG ia a Covent Garden comprar um cachecol, mas desisti no meio do caminho. Adoro comprar livros, discos, postais e, ainda que ame ver vitrines, detesto entrar em loja para comprar roupa. Então tomei o metrô até Tottenham Court Road e fui almoçar no restaurante Hare Krishna. Caminhei até

Aos quatro ventos 95

a Carnaby Street, que está bem decadente. E circulei pela área da luz vermelha, a *zona*, no Soho. Tomei o metrô de Piccadilly à Baker Street, onde num cinema assisti a versão filmada do *Rocky Horror Show*. O filme é de 1975, mas por ter se tornado *cult* está sempre em exibição em algum cinema poeira.

Quinta-feira, 2/4/1981. Hoje de manhã recebi cartão de Penny e Roger Elliott, de Salisbury, convidando para a festa na casa deles dia 11. Claro que irei. Bruce em sua última carta já tinha me falado da festa. Passei a manhã faxinando a casa. Tony chega domingo. E fui à matinê no Teatro Prince Edward assistir o musical *Evita*. Não me empolguei. Assim que terminou saí correndo e fui ver *The Great Rock'n'Roll Swindle* no cinema Scala da Goodge Street. Fitzrovia. O filme, de 1979, dirigido por Julien Temple é considerado o *Cidadão Kane* dos filmes punk. Malcolm McLaren, os Sex Pistols, Tempole Tudor, e a participação de Ronald Biggs (filmado no Rio). O trágico é que tudo que a movimentação punk pregou não foi adiante e quem acabou se ferrando mesmo foram os pregadores. Sid Vicious matou a namorada, talvez sem querer, coitado. E depois acabou morrendo de overdose. Johnny Rotten, agora usando o verdadeiro nome, John Lydon, com o grupo PIL só tem gravado ruído, porque como músico é incompetente – embora seja fotogênico, ótimo ator e bom cantor. Os dois outros membros dos Pistols, Paul Cook e Steve Jones, estão procurando trabalho em alguma banda. McLaren está forçando a barra com Bow Wow Wow, uma banda inventada por ele e paginada por Vivienne Westwood na linha *new romantic*. Ronald Biggs continua preso em Barbados, depois de ter sido sequestrado no Rio.

Sexta-feira, 3/4/1981. Sebastião voltou das férias em Ribeirão Preto e telefonou. Mora em Londres há seis anos. Fui encontrá-lo em casa, na Warwick Avenue em Maida Vale. Freud também morou nessa rua assim que chegou a Londres – tem uma placa na casa perto da estação do metrô. Sebastião aluga quarto no apartamento de uma senhora. Seu quarto fica isolado no topo do prédio de três andares. Lembra uma água-furtada. Ele trouxe um pouco de fumo do Brasil; fumamos um baseado e saímos pra almoçar no bairro chinês. Depois fomos dar uma volta no Soho porque eu estava querendo comprar um paletó para usar todos os dias. Desde que cheguei só tenho usado o único que tenho, o *pied-de-poule* que Paulo Villaça me deu e que fez parte de seu guarda-roupa no papel de "investigador de polícia" no filme que ele fez com Pelé. O paletó até que é decente, é um Pierre Cardin das Casas José Silva. Acontece que detesto *pied-de-poule* e não vejo a hora de me livrar dele. De modo que Sebastião e eu andamos à procura do paletó ideal. Vimos um modelo italiano numa pequena loja na Old Compton Street, mas achei caro, quarenta e cinco libras. Sugeri tomarmos o ônibus pra Chelsea. Andamos pelas duas calçadas da King's Road até o World's End. Vimos muita roupa engraçada pelo caminho. Mas eram roupas radicais – boy, punk, ou o estilo pirata e bucaneiro lançado por Adam Ant (o popstar do momento), além das lojas de roupas formais do tipo executivo. Até que vi na vitrine de uma loja *vintage* um paletó perfeito, na cor vinho. Achei que era o ideal, mas Tião perguntou "É pra usar todo dia?". Entendi. *Vinho* não era cor para todos os dias. Foi mais um dia sem encontrar o paletó ideal.

As lojas encerravam o expediente, a tarde ia embora e o frio chegava. Entramos no Picasso. O lendário café, ainda firme no lugar, me traz recordações felizes de dez anos antes – José Vicente, Mercedes Robirosa, Caetano e Dedé e todo aquele pessoal. Sebastião pede *gateau* de chocolate e *cappuccino* e eu torta de maçã coberta com *custard* e chá. E voltamos de metrô pra Maida Vale. No quarto de Sebastião fumamos um baseado e ouvimos os discos de música brasileira que ele trouxe das fé-

Aos quatro ventos 97

rias. E chegou a hora de voltar pra casa antes que metrô e trem encerrassem as atividades. Sozinho, senti-me muito consciencioso e isso me *grilou*. Racionalizo e acabo achando que tudo que ando fazendo está errado. E me sinto infeliz, o contrário do que vinha sentindo (sem maconha) – feliz, deslumbrado, esperançoso, e virgem, curtindo cada instante desta viagem, sem levar a coisa pra autocrítica, na boa fé, disponível ao ilimitado. E a maconha me dividiu. Bem, amanhã será outro dia.

Sábado, 4/4/1981. Ontem, antes da chegada do sono, no meu quarto aquecido – a casa de Tony é aconchegante, não sei se já escrevi isso – tive o que chamo de uma boa conversa com meu Anjo da Guarda. Foi uma conversa tranquila, meu Guia chamou-me à consciência, mas nem um pouco acusador. Dormi em paz, otimismo renascido. E hoje, ao despertar, a primeira coisa que fiz foi pôr pra tocar o LP do Madness, uma das novas bandas de *ska*, sete garotos cotidianamente vestidos com roupas normais, *nutty boys* legais, com os quais meu lado *nutty família* se identifica. Eles eram adolescentes quando o punk explodiu em 1977 e, claro, como garotos londrinos classe média empobrecida foram profundamente tocados pela atitude punk. Banda formada em 1979, Madness tem seu próprio estilo. Suggs, o vocalista, 20 anos, é meu *role model* atual. Mesmo sendo 22 anos mais velho, sinto-me com a idade dele. Meu corte de cabelo lembra o dele. E meu sonho de consumo prático é achar um paletó parecido com o que ele vem usando atualmente. Ligeiramente mais folgado, pra facilitar os movimentos.

E saí a perambular. Notei que muitas árvores abrem seus botões fazendo que as folhas comecem a aparecer. É este o lado mágico do despertar da primavera inglesa. E faz frio. Tony telefonou. Não chega mais amanhã. Só no próximo fim de semana. Esticou as férias em Ribeirão Preto. E hoje nada a registrar. Andei, andei e andei.

Domingo, 5/4/1981. Domingo bastante frio. Passei no Sebastião e fomos ver Dana Gillespie no pub Golden Lion em Fulham Broadway. Dana é muito simpática e peituda. Faz agora a linha *blues Singer.* Fora lançada por David Bowie no *boom* do *glam.* Era, com muita fanfarra, a atração sexy do *entourage* de Bowie, capa de revistas como a *After Dark* de Nova York, e havia o rumor de que iria produzir um LP da Rachel Welch. Sua imagem é de *bas fond*, mas Dana vem de família rica. Ovelha negra. Sumiu todo esse tempo e agora faz a volta. Fomos vê-la pra constatar se ela valia a lenda. E valeu. Sebastião, que nem sabia da existência dela, gostou da novidade. Achou Dana Gillespie "autêntica". Fazendo o que realmente gosta, a *lady crooner* com um quarteto *jazzy* acompanhando no circuito dos pubs, ela cantando seu repertório de *torchy songs* para toda uma plateia de fumantes embevecidos e animados bebedores de cerveja.

Segunda-feira, 6/4/1981. Saltei da cama às 9h30 e fui para Covent Garden. Pretendia ver três exposições em três galerias, comprar o paletó e voltar pra casa voando para assistir *The Blue Lagoon*, a primeira versão, de 1948, com Jean Simmons. Segundo a *TV Times* essa versão é mais deslumbrante que a atual, com Brooke Shields. Segundo a *Time Out* o filme é uma "exótica extravagância feita com a intenção de *cegar* os ingleses desviando-lhes a atenção das frias realidades de 1948".

Em Covent Garden entrei no Tuttons para o *breakfast*. Mas antes não o tivesse feito. O Tuttons é um lugar da moda frequentado por *poseurs* locais e em trânsito. Todo mundo posa, inclusive os serviçais. E assim tudo demora, o omelete inclusive. Só nessa espera perdi uma hora. E hoje eu não estava disposto a posar, mas tive que fazê-lo na tentativa de atrair a atenção do garçom pra que ele viesse logo trazer a conta. A atenção do garçom estava voltada para uma beldade que posava de solitária-chique lendo um livro. Ela estava bem maquiada e seus olhos

Aos quatro ventos 99

pareciam até maiores. Concentrei-me nela, ela sentiu a concentração e me encarou. O garçom olhou pra onde ela olhava. Então fiz sinal para ele me trazer a conta.

Na rua, enquanto procurava pela primeira galeria – uma exposição de fotos sadomasoquistas de Jean Marc Prouveur, um novo e já conceituado fotógrafo francês, meus olhos bateram na fachada da loja Flip e corri lá. Em Londres tudo é *serendipity*. Encontrei na Flip tudo que precisava. E por preços bem acessíveis. Tudo original americano da década de 1950, semiusado ou anos acumulado. Levei horas experimentando peça por peça, separando as que mais iam comigo para, no final, fazer uma seleção das selecionadas. Acabei comprando três paletós. Um grande e no comprimento certo inclusive na manga, de lã leve mesclada e que deve ter sido de algum americano da estatura de Clint Walker. A etiqueta num bolso interno, *Gerald's Men Wear. De Soto, Mo.* O segundo paletó, também com discreto enchimento nos ombros largos e num tecido bem *rocky* anos cinquenta, misto de algum fio com seda, na cor marrom-preto ligeiramente brilhosa. E o terceiro paletó, um *dinner-jacket* (ou *tuxedo*) preto com gola de cetim. Os três paletós por 31 libras. É claro que não é nada Bond Street, mas faz até mais vista, mais de acordo com a moda jovem *cheap chic*, que é o estilo da minha realidade econômica. E que felicidade, vou finalmente aposentar o *pied-de-poule*. Corri, tomei o metrô e o trem e quando cheguei em casa *The Blue Lagoon* já estava quase no fim. Foi melhor assim – apesar de Jean Simmons estar linda parece que não perdi grande coisa.

19

TERÇA-FEIRA, 7/4/1981. Dia de grande intensidade cultural. Recebi quatro cartas – três do Brasil. Frederico Geissler diz que parou de fazer arte e está aprendendo a lavar pratos e outras economias domésticas. Diz que vai fechar a casa em Juiz de Fora e sumir alguns meses; Alcyr Costa conta da exposição de fotos de Vania Toledo em São Paulo e da esticada no Gallery. Espirituoso, conta que parou de fazer "o império dos sentidos" e que agora está fazendo "o império da razão"; Celso Paulini, em estilo mais clássico, conta do cotidiano em São Paulo, da festa de 40 anos do psiquiatra Alan Meyer (mais de quinhentas pessoas) e do próximo número do *Cavalo Azul*, de Dora Ferreira da Silva, para o qual colaborou. Edmar de Almeida aproveitou espaço na carta de Celso e escreveu algumas linhas prometendo carta quando estiver inspirado; e Bruce Garrard escreveu que me espera em Salisbury na sexta-feira depois das cinco da tarde. Diz que todo mundo vai estar sábado na festa de Penny e Roger Elliot. E fui para Covent Garden ver duas exposições. Na Galeria Acme as grandes colagens de Colin Hall – cuecas sujas, lixo, coisas assim. Na Photographer's Gallery a retrospectiva dos trinta anos de fotografia de Frank Horvat – fotojornalismo, moda, viagens e trabalhos pessoais. Depois fui à livraria Foyles procurar um livro muito falado sobre como usar o lado direito da cabeça enquanto se faz o desenho de cabeça pra baixo. Entrei na galeria da livraria e vi a mostra de tapeçaria de Diana Springhall – um dos tapetes, de retalhos, lembrou os trabalhos com retalhos que minha mãe faz. Depois

Aos quatro ventos 101

fui jantar no Hare Krishna em Soho Square. Em uma mesa um rapaz escrevia primeiro os endereços pra depois escrever as mensagens num monte de cartões-postais.

Jantei e fui de metrô ao longínquo bairro de Stratford, no East End, assistir o musical *Chorus Girls* no Teatro Royal. Há muito que Ray Davies é um dos meus músicos e letristas favoritos. Na música pop ele é um dos mais bem-humorados, inspirados, críticos e *humanos*. Seu talento transforma o banal do dia a dia em verdadeiros opúsculos. Isso como líder do grupo The Kinks e em músicas como "Lola", "Apeman", "Supersonic rocket ship", "Celluloid heroes", "Out of the wardrobe", "You really got me" e "Muswell hillbillies". Teatro, como autor, Ray Davies ainda não tinha feito. Li que aconteceu assim: O autor da ideia, Barry Keeffe, com currículo de bons textos no teatro, no cinema e na televisão, e bastante familiarizado com as comédias de Aristófanes, decidira escrever uma peça inspirada no gênio da velha comédia ateniense para encenar no Teatro Royal. As comédias de Aristófanes eram sátiras onde ele retratava no palco personagens de seu tempo. Sátiras cruas e rudes, cheias de farsa e pastelão, às vezes com maus resultados, segundo Platão, que achava que o Sócrates retratado por Aristófanes em *As Nuvens* levara o público a ter uma imagem errada do filósofo, uma imagem que teria levado Sócrates ao julgamento e ao suicídio. Recentemente Aristófanes tem sido revivido como precursor do feminismo. Em muitas de suas comédias as mulheres competem no poder ou dominam os homens. *A Assembleia das Mulheres, Lisístrata* e *O Poeta e As Mulheres* são três dessas comédias feministas. Então Barry Keeffe primeiro contatou Ray Davies para escrever as canções. "Pensei que a peça já estivesse escrita", disse Davies, "mas era apenas uma ideia na cabeça de Barrie." De modo que os dois escreveram *Chorus Girls* a quatro mãos. A ação se passa num futuro próximo, no próprio teatro onde o espetáculo é exibido. O teatro será transformado na maior agência de empregos da Inglaterra – a sátira começa por explorar o fato de haver mais de dois milhões de desempregados hoje na Inglaterra. Os dois cômicos – um guarda, solteirão, sempre falando da mãezinha (sotaque *cockney*) e cujo sonho é um dia ser o chefe da Guarda Real do Palácio, e o outro, gordo e com cara de bebê, é o prefeito do bairro, onde tem muitas propriedades, e o mais interessado em transformar o teatro na tal agência de empregos. Mas antes do teatro virar agência acontece uma celebração e as coristas cantam a canção de encerramento durante a visita do príncipe solteiro e herdeiro do trono. Príncipe Charles na ideia. Só que, como na *Lisístrata* do Aristófanes, as coristas resolvem fazer a lei com as próprias mãos e a canção que elas cantam é bem oposta à aprovada pela censura. Isso ofende Sniffer (o guarda), que tenta parar o show. No meio da confusão o ilustre visitante (o príncipe) cai no alçapão do palco e as coristas correm a tomar conta dele no porão. O guarda pensa que o príncipe é refém das coristas e lacra a porta do alçapão. Com a queda o príncipe tem uma amnésia e não consegue lembrar quem ele é e nem o significado da palavra amnésia. Mas parece bem contente no cativeiro com as coristas.

E elas são deliciosas. No relacionamento com o príncipe elas deixam a plateia deleitada, emocionada, e eu diria *molhada*. Os autores colocaram na peça perfeitos arquétipos femininos, desde a loirinha sexy, que beija e passa a mão na perna do príncipe, não resiste e furtivamente beija-lhe o sexo coberto. Mas o faz de jeito tão doce, com voz quase infantil e os olhos brilhando ingenuidade, que o resultado teatral é extremamente simpático, provocando *Oh!*s de escândalo e risos das moças da plateia e no público em geral, até a séria e romântica que também *cai* pelo príncipe (um dueto vocal comovente); as mais *vi-*

Aos quatro ventos 103

vidas, nos seus 28, 30 anos, bem resolvidas, liberadas, e prontas pra qualquer número (e elas têm ótimos números); as coroas, inclusive a mulher do prefeito, a primeira a cair no alçapão, antes do próprio príncipe, e que depois reaparece num *negligé* preto curto à altura da bunda, segurando um enorme pênis que encontrou entre os objetos de cena de alguma peça antiga encenada no teatro. Um número *chocante* de grossura (mas no limite do *familiar*), com todas as coristas tirando sarro do pênis. O teatro quase vem abaixo de risos e aplausos.

A corista principal, que na peça de Aristófanes seria a líder das amazonas, aqui é a feminista do elenco. A consciente, a revoltada, a intransigente, a que acha as outras umas babacas por causa de um príncipe. É a reivindicadora, enfim. Mas o número dela e do príncipe é um dos pontos altos do musical. O confronto entre os dois me fez chorar de ficar com nó na garganta. E por aí vai. Depois da apoteose o final feliz. Felizes, alguns adolescentes deixaram o teatro cantarolando a última música, "Let's get together again". O público me pareceu, na maioria, gente dali mesmo, do bairro. Adolescentes, negros, brancos, moças conversadeiras, rapazes brincalhões, gente de meia idade, idosos, pareceu-me que todos gostaram da peça. Gente de várias classes, que o Theatre Royal desde o começo é um projeto popular, criado há décadas por Joan Littlewood e que entre outros sucessos nele encenados teve a estreia mundial de *Oh, que Delícia de Guerra!*, peça que depois conquistaria o mundo, com uma bela montagem inclusive no Brasil.

Tendo ido sozinho assistir *Chorus Girls* constatei que o povo está sempre por baixo, às vezes mais, às vezes menos (agora, muito). Reclama de tudo, mas, quando vai ver uma peça e a peça fala dele e nela ele se reconhece, ri de si mesmo e se emociona, então aí é que está a eternidade do teatro realmente popular. E Ray Davies é a verdadeira *alma mater* da peça. O tempo todo reconheci o mesmo humanismo que ele coloca com sabedoria e o humor nas músicas de sua banda, The Kinks. Acertou o crítico que o considerou "o Noel Coward do rock". Ray Davies é também o diretor musical da peça. De volta pra casa de metrô e trem, como na peça, gente de todas as extrações e idades. *Chorus Girls* não me sai da cabeça. Meu lado dramaturgo raciocina que o número final, "Let's get together again", cantado por todo o elenco, tem qualquer coisa de *Hair*. Só que em vez de hippies, o musical de Keeffe e Davies apela ao povo em geral.

Quarta-feira, 8/4/1981. Quem me ligou cedo foi Andrew Lovelock, de Tisbury, vilarejo onde está morando, perto de Salisbury. Contou que seu trabalho com computação o faz viajar muito. Esteve muitas vezes nos Estados Unidos, no Caribe etc. E esteve com nosso amigo Antonio Peticov em Milão há um mês. Andrew não vai estar na festa de Penny e Roger no sábado, mas disse que logo a gente vai se ver e vou conhecer sua mulher, Carole, e o filho, Rory Douglas.

Fui a Waterloo comprar passagem de trem (segunda classe) pra Salisbury, sexta-feira. Depois fui a South Kensington, ao Victoria and Albert Museum ver a mostra *Drawing:Technique & Purpose*, porque um dos meus dons naturais é o desenho e quero desenvolver meu talento nesse campo. Se der, outro dia comentarei essa exposição e também a carta engraçadíssima de Luiz Sérgio de Toledo, porque agora já é tarde, estou exaurido e preciso descansar que amanhã tenho que dar uma limpeza geral na casa, que o dono chega na sexta.

Aos quatro ventos 105

20

SALISBURY, SEXTA-FEIRA, 10/4/1981. Cheguei cedo, portanto ainda tenho algumas horas antes de Bruce vir me apanhar na estação do trem. Dou uma volta pela cidade. A impressão é que nada mudou desde a primeira vez que aqui estive, há onze anos. Transformações sempre acontecem, mesmo em uma cidade que preserva o seu aspecto medieval. Agora, por exemplo, paga-se para entrar na catedral. Meia libra. Mas vale a pena. A catedral, do século XIII, continua a mesma. Sentei-me um pouco para ouvir o coro ensaiar. Os vitrais tão meus conhecidos. O claustro – o cedro do Líbano, imponente, solitário. Saio e sento-me no mesmo banco no gramado quando, em outubro de 1970, depois que José Vicente foi embora me pus a pensar no que fazer a seguir, e aí surgiu Roger Elliott e outros adolescentes e eles levaram-me para a casa comunitária na Saint Ann Street, narrada sob magia em *Verdes Vales do Fim do Mundo*.

Vou até o Avon. Linda tarde de abril. Os cisnes flanando, os pássaros trinando, um moço desenha em um cavalete o bucólico momento que passa, mas que também não passa porque a mesma paisagem estará aqui amanhã e sempre. A moça com o violino não é a mesma de ontem nem a de daqui dez anos. E nem o casal de namorados no gramado – ela, pernas grossas e vestido fino; ele, trabalhador braçal. A mão dele desliza pela anca e coxa dela. Doce amor. A formosura dos contrastes: ele, ela. Mocidade destemida. E as águas claras do rio. Crianças descalças entram na água. Nada as impede, a infância é imperativa e tem livres os passes.

Bruce chegou por volta das 18h. Sujo de terra. Abandonou a faculdade e agora é jardineiro orgânico. Cuida de jardins da região. Alto, belo, forte, olhos de um azul-violeta, barba de meses, cabelos longos. Cumprimenta-me efusivamente, batendo seu ombro direito no meu e apertando fortemente minha mão. Riu, rimos. Está com 29 anos. Tinha 18 quando o conheci. Caminhamos até sua camioneta suja de terra, como ele. Fui entrar pelo lado direito e ele, rindo: – Estamos na Inglaterra, Bivar! Paisagens de Wiltshire e Dorset (a região de Thomas Hardy, Bruce aponta). E chegamos ao vilarejo de Woodcutts (16 milhas do centro de Salisbury). Entramos na casa. Um grande sobrado antigo com mansarda no topo. A cozinha. Poppy, a cadela, me recebe eufórica, me lambe e abana o rabo. Loppy, a mulher de Bruce. Delicada, loura, cabelos curtos cortados no estilo *new wave*. E as crianças! Encantadoras. Sam, sete anos; Sarah, quatro. Na sala a lareira acesa e chá. Sam convida-me a jogar *king* (no Brasil, jogo de damas) e eu ganho. As crianças me contam mil coisas, perguntam mil outras, e eu, feliz, penso que melhor recepção não teria. Bruce convida-me a um passeio no bosque acompanhados de Poppy, a cachorra. São 19h30, mas ainda é dia claro. Ofereço-me pra segurar a correia e Poppy corre feito louca me arrastando junto. Bruce ri do meu desajeito. Avistamos um bando de gamos atravessando o caminho. Tão rápidos! Verdadeiros feixes de nervos e chifres expandidos em galhos. Desaparecem no bosque. Poppy fica louca e escapa da minha mão correndo atrás dos gamos. Bruce a chama e sinto-me culpado por tê-la deixado escapar.

– Por que você não a deixa solta? – pergunto.

– Porque ela é muito nova e está no primeiro cio – diz Bruce. Depois de um tempo a cadela volta e Bruce me passa a correia.

Voltamos a casa. Loppy na cozinha, o jantar está quase pronto. São vegetarianos. Na sala, as crianças eufóricas. Abro a

Aos quatro ventos 107

sacola e tiro os presentes, temeroso que seja tudo errado. Guaraná em pó, chá mate e lenços paraguaios, para Bruce e Loppy; um par de alpargatas para Loppy – calculei mal o número, ficaram pequenas. Mesmo assim ela disse qualquer coisa engraçada a respeito de Cinderela; a blusa paraguaia para Sarah ficou grande. – Tenho só quatro anos, Bivar! – ela disse. O único presente perfeito foi o cocar *cherokee* (comprado numa loja no aeroporto de Miami) para Sam. Comentou, falou de índios, disse que já tinha o machadinho. Jantou de cocar na cabeça. Depois do jantar, por volta das 20h30 as crianças subiram para dormir. Bruce, Loppy e eu ficamos conversando até a meia-noite.

Sábado, 11/4/81. Bruce foi cuidar de um jardim nas redondezas. Nas manhãs de sábado, Loppy vai de ônibus até Salisbury fazer as compras da semana. Sam disse que não gosta de ir a Salisbury e pede para ficar, lançando-me um olhar que interpreto como se ele quisesse que eu ficasse lhe fazendo companhia. Aos sete anos é um homenzinho. Seu nome é um abreviado de Samwise, um dos hobbits do *The Lord of The Rings*, o maravilhoso livro de Tolkien, que Bruce me indicara exatamente há dez anos. Blusão de couro, *cool*, Sam me faz lembrar um James Dean mirim com sotaque inglês de Wiltshire. Quando eu disse a Sarah que daria outro presente a ela (desculpando-me da blusa paraguaia que ficou grande), uma boneca, um livro de gravuras ou qualquer outro brinquedo – estávamos os três na sala –, Sam disse, tranquilo, mas sério:

– Eu realmente não acredito que ela tenha entendido o que você quer dizer, I really don't, Bivar.

A tamanha certeza da afirmação de Sam me deixou deslumbrado. Isso aconteceu depois do *breakfast*. Loppy estava pronta para ir às compras. Sarah também estava pronta pra acompanhar a mãe. Loppy convidou-me a ir com elas. Sam disse: "Então também vou". E perguntou se eu não queria ficar com ele na biblioteca pública enquanto a mãe fazia as compras. Loppy conta que sempre que vai às compras Sam fica na biblioteca pública vendo livros e enciclopédias infantis. Ele é interessado em armas e armaduras antigas, animais e índios, foguetes espaciais e heróis. Digo a ele que não vou à biblioteca. Vou ajudar sua mãe a carregar as compras. E vamos os quatro para a estrada esperar o ônibus. Loppy conta que só existe um ônibus que faz Woodcutts-Salisbury. Passa de manhã e só retorna a Woodcutts no fim do dia. Esse passeio de ônibus com os três me enche de felicidade. Todos queriam que eu me sentasse com eles. Sento-me num banco com Sarah. A paisagem é linda. Sarah vê um bando de gansos e exclama:

– Olha os *gooses!*

– Geese – a mãe corrige. – Um ganso é *goose*, mais de dois são *geese*.

Acho graça. Eu mesmo não sabia! Adoro aprender inglês com crianças inglesas cometendo os erros da idade. Constato feliz que meu inglês é parecido com o de Sarah nos seus quatro anos. E aqui estamos, na Hight Street de Salisbury, empurrando o carrinho das compras. Estou curtindo uma ilusão bem próxima à realidade. Ao lado de uma bela e jovem mãe e suas duas crianças encantadoras percebo que alguns transeuntes me olham como quem pensa "Que pai perfeito! Levando o carrinho das compras e cheio de amor por sua mulher e filhos".

E vamos lanchar no vegetariano da velha igreja de Saint Edmund, agora transformada em centro de oficinas de arte e restaurante. No caminho Loppy encontra pessoas conhecidas, casais, e me apresenta à engraçada Moira. Moira passou cinco meses no Marrocos fazendo nada, "deitada na praia o dia inteiro", como ela diz. O filho de três anos pegou hepatite lá. Moira diz estar contente de volta a Salisbury, mas que aqui é

Aos quatro ventos 109

"boring" (chato) porque o tempo é sempre frio e não há o que fazer. Agora quer ir à Grécia. Loppy a convida a vir conosco lanchar na igreja. Moira diz que está sem dinheiro. Loppy diz que não tem importância, ela paga. Moira vem conosco. Depois do almoço Sam me convida pra assistir um audiovisual numa cabine ali na igreja. Sarah vem com a gente. Só nos três na cabine. O audiovisual é sobre um mímico local. Sam reconhece a música de fundo, "Pedro e o Lobo", de Prokofiev. O audiovisual não é muito bom, mas as crianças assistem interessadas. E eu reflito sobre que coisa boa é não ter televisão em casa. Não há tevê na casa de Bruce. As crianças crescem saudavelmente, interessam-se por livros, querem saber das coisas e não ficam presas. Até um audiovisual como esse é uma experiência importante nas suas formações. Outras crianças talvez achassem sem graça o que estamos assistindo na cabine, mas Sam e Sarah não. Eles gostam. Nisso alguém me chama pelo nome. Cabine escura, não dá pra reconhecer a pessoa. Vou à porta da cabine. É David Rossiter, meu conhecido de 1971 na casa da Saint Ann Street. Ele é um ótimo desenhista e ilustrou o livro de Bruce sobre a história da catedral de Salisbury.

Ainda temos bastante tempo até a hora de tomar o ônibus de volta a Woodcutts. O dia está límpido e quente (para uma segunda semana inglesa de abril). As crianças brincam no gramado da Catedral. Loppy e eu ficamos num banco conversando. Loppy diz que se sente maternal comigo. Fico sensibilizado – ela é tão jovem, tem idade pra ser minha filha!

Escapo até uma livraria perto, compro um livro de *fairies* para Sarah e uma enciclopédia infantil para Sam, que a devora numa folheada rápida: insetos, cobras, armas, foguetes etc.

Ônibus de volta a Woodcutts. O motorista é o mesmo da manhã, um senhor corado, gentil, simpaticíssimo. Sento-me ao lado de Loppy. As crianças estão animadas. Na periferia de

Salisbury Loppy aponta-me o trailer onde vivem Moira, o marido e o filho.

Em casa comemos uma coisa rápida, tomamos banho – primeiro Loppy, depois Bruce, depois eu –, porque esta noite tem a festa de Penny e Roger Elliott, em Whiteparrish, outro vilarejo nas cercanias de Salisbury. Chega Robert, um garoto de 15 anos amigo da família, o *baby sitter* de Sam e Sarah esta noite. E vamos para a festa na camioneta de Bruce.

Somos os primeiros a chegar. Já havia estado uma vez na casa. Roger e Penny. Eram casados de pouco. Foi numa tarde em julho de 1975. A filha mais velha, Junquil, ainda não tinha um ano.

Roger nos recebe à porta e me vendo depois de seis anos exclama que estou em ótima forma. Os outros convidados vão chegando. Aos pares, aos trios, aos grupos. Alguns – Anthony J. Fawder-Mawson, David Rossiter, Digby (irmão de Roger) e Trip, que foi minha namoradinha em 1971 – são velhos conhecidos e os outros fico conhecendo agora. E são todos alegres, espirituosos, brilhantes, naturalmente sofisticados, modernos no espírito de 1981, bonitos (Julie, a garota de Tony Mawson, é lindíssima!); Patrick Wallace, punk, cabelo tingido de dourado, o mais jovem da festa; Eddie Riley, recém-chegado da África do Sul; estou feliz e me sinto privilegiado. Mais de dez anos passados e este grupo de Salisbury continua tão maravilhoso como na tarde em que Roger me apanhou solitário no gramado da Catedral e me levou para a casa ali perto na Saint Ann Street. Encantado pedi pra ficar e eles me adotaram para sempre. E aqui estou, dez anos depois, com alguns deles e outros semelhantes.

Sou o mais velho, mas me fazem sentir que não tenho idade e nem sou tratado como estrangeiro. Trip me conta de seus filhos – um menino de oito anos e as gêmeas, de quatro. O pai não é o Steve, o marido que está com ela na festa. Alguém me conta que o outro também é marido. Ela vive com dois maridos e os filhos (do ex-marido, com quem mantém bom relacionamento, e não só por causa das crianças). Mais para o meio do mês Trip dará festa de aniversário e insiste que eu vá, lembrando que também sou Touro, como ela e seus dois maridos atuais, assim como o ex-marido, que também estará na festa. Roger, que atualmente é o fotógrafo da primeira página do jornal de Salisbury, fotografa todo mundo na festa. Todos estão de pé ou sentados pelos cômodos, servindo-se dos comes e bebes da mesa ou deitados em almofadas em animada conversa. De pé, Patrick Punk conclama que todos se levantem e venham dançar. Agora o som é o *rockabilly* dos Stray Cats. Ninguém se levanta e Patrick dá um show de bem articulado despacho punk, a todos agride verbalmente, mas com tamanho brilho que todos riem e até aplaudem. Lindsay, fumando haxixe numa *pipe* que ela se orgulha de ter comprado em Amsterdã, levanta e dança. Outros também decidem dançar. E outros bebem vinho e fumam Marlboro. Bebo umas quatro taças (durante a festa). Adam Sprott, um dos últimos a chegar, me acha e pergunta:

– Are you the gentleman from South America? – e explica:

– Pergunto porque sou muito interessado no Canal do Panamá.

Respondo que o Brasil onde vivo é bem distante da América Central e que embora goste de geografia o Canal do Panamá ainda não faz parte do meu imaginário. Os que estão perto riem do equívoco. Julie (a linda garota do Tony Mawson), Lindsay e mais três moças cujos nomes não decorei dizem, praticamente em coro, que sou muito expressivo e simpático. A timidez quase me mata, mas sinto-me em glória. Na verdade fazia tempo que não me sentia assim tão bem integrado numa festa. Todos me tratam como pessoa embora eu me sinta personagem. Deixamos a casa de Roger e Penny por volta das quatro da manhã. O casal convidou-me a vir passar uns dias na casa.

Domingo, 12/4/1981. Sou despertado pelas vozes infantis conversando baixinho na sala onde durmo. – Devo soltar Poppy? – pergunta Sam. Sarah diz que sim. Poppy é solta e irrompe estabanada sala adentro pulando sobre mim e lambendo meu rosto. Finjo que reclamo. Sam e Sarah ficam um pouco temerosos do meu jeito bravo, mas riem quando percebem que estou brincando. *Breakfast* delicioso. Bruce pergunta aos filhos, olhando para mim:

– Vamos dar um passeio pra mostrar o campo ao Bivar?

As crianças adoram a ideia. Bruce decide que vamos fazer uma visita a Andrew Lovelock em Tisbury. Fomos. Ninguém em casa. Bruce nos leva às ruinas do Castelo Wardour, não muito longe. Passamos boa parte do dia dentro e fora do castelo, que é de fato uma ruína. Não tem nada, só o esqueleto arquitetônico. A escadaria interna, os andares, os cômodos, os recantos, as janelas sem janela, a torre. Mas dá para imaginar o que rolou ali em outros tempos, e o que continua rolando, já que o castelo é muito alugado para filmagens e festas temáticas. Bruce conta que Andrew Lovelock não faz muito tempo alugou o castelo e deu uma festa gótica. E chega gente. Famílias. Sam aproxima-se dos meninos. Brincam. Sam luta com um deles e volta com o nariz sangrando dizendo: – He is quite nice.

Loppy colhe uma florzinha amarela do gramado e me dá. Pergunto o nome da flor. Celendine. Bruce sugere voltarmos pra casa. Loppy fará um grande jantar. Antes do jantar um rápido lanche. *Muffins.* Sam é louco por *Krona*, uma margarina "diferente das outras". Depois do lanche, jogos e programa de jazz na Radio One. "My Blue Heaven", bem anos quarenta. Sam me conta que seu grupo favorito é o Furious Pig. E mostra-me a fita cassete dessa banda punk que eu não sabia que existia. O jantar foi muito bom na delícia aconchegante de um lar-doce--lar. As crianças vão dormir. Ficamos na sala. Loppy lê o *New*

Aos quatro ventos 113

Musical Express da semana. Comentamos a moda *new romantic*. Loppy é mais *street fashion*. Seu grupo favorito é o Blondie, de Nova York. Loppy parece um pouco a Debbie Harry. Bruce escreve. Leio um de seus manuscritos. Em setembro ele voltará à escola. Desta vez para estudar Horticultura durante um ano. A bolsa é de cem libras semanais. Longe de casa ele também aproveitará para escrever, já que em casa, com o trabalho de jardineiro orgânico e com a família, não sobra tempo.

Segunda-feira, 13/4/1981. Manhã. Abro os olhos e vejo que Sam está sentado perto, me esperando acordar. – Bivar, gostei muito dos dias que você passou aqui. Vou sentir sua falta, realmente vou – ele diz, e a sinceridade com que disse isso e a expressão de seu rosto ao mesmo tempo inocente e adulto me comovem a ponto de eu não saber o que responder. Loppy desenha um mapa de como eu chegar à estrada (três milhas) e tomar o ônibus para Salisbury. Na despedida diz para eu voltar logo.

21

CHEGUEI DE SALISBURY e encontrei Tony em casa chegado do Brasil. Senti-me aliviado por ele não fazer nenhuma queixa de como encontrou a casa. Na verdade, desde que o conheci em Ribeirão Preto, há sete anos, tivemos pouco convívio. Amistoso, diz que posso continuar morando com ele enquanto estiver na Inglaterra. Diz que é um prazer ter-me como hóspede. Mas gosto de solitude e Tony é intenso. Tony é apaixonado por garotos e me toma por confidente. Ouvindo-o contar dos rapazes não chego a uma conclusão a respeito de por quem exatamente ele está apaixonado no momento. Será o Maurinho, de Ribeirão Preto? Ou Tom, inglês? Será Ioannis, de Atenas – as cartas da Grécia que o esperavam quando chegou eram todas dele. São tantos e não conheço nenhum deles, apenas pelas fotos nos porta-retratos sobre os móveis e as intermináveis descrições de Tony. Parece que o Georgis vem da Alemanha passar a Páscoa. E o Ian, que sumiu. Ian Stewart é escocês. Tony me mostra o número da revista *Mister* (orientada para o público gay) com Ian pelado na capa, em várias páginas e no pôster central. É realmente bonito, longilíneo, nas poses passa o tipo garoto rebelde além-punk. Não faz um ano, diz Tony, Ian era o mais promissor jovem bailarino do Royal Ballet. Indisciplinado, foi expulso da companhia. Sua aparição em nudez total, inclusive de pênis ereto, na revista *Mister* foi a gota d'água. E Tony me descreve o Ian que curte Barbra Streisand, Judy Garland, *disco* e lugares gays. Foi num desses lugares que Tony o conheceu. E volta a falar do Vladimir, mas Vladimir, diz ele, pertence ao

Aos quatro ventos 115

passado. E Ioannis telefona da Grécia dizendo que talvez venha para a Páscoa. Tony está com 36 anos, mas todos os seus garotos estão por volta dos 18, 20 anos. A Páscoa *chez* Tony será uma loucura. Pessoas virão de vários lugares. Dessa vou cair fora. Vou passar dois dias no Ashram em Claphan South fazendo um *intensive* no Siddha Yoga Dham. Vai me custar 30 libras. Mas como o *intensive* foi altamente recomendado em matéria na *Harpers & Queen*, que continua sendo uma das minhas bíblias, irei na esperança de que a experiência sirva de *step ahead* na minha atual busca.

Sábado, 18/4/1981. No ashram. Cheguei no começo dos mantras. Depois teve o desjejum – somos cerca de quarenta pessoas. Após, o serviço religioso. Na sequência, lanche. Depois mantra, serviço religioso, mais lanche e projeção de filmes. Um, com a palavra do *swami*; o outro, um documentário com testemunhos de pessoas avançadas sobre o *kundalini*. Depois de outro lanche delicioso, mais um exercício concentrado. Não consegui ter o que chamam de *shaktipaki*, que é a liberação do *kundalini*. Sempre que desligam a luz elétrica e a sala fica com a luz de velas iluminando o grande retrato do Siddha Mukta-nanda – o guru sagrado do Siddha Yoga Dham – no altar, com incenso e flores, os homens do lado direito e as mulheres do lado esquerdo alternando o mantra "Om Namah Shivaya", tudo que consigo é ter uma ereção tão rija que chega a doer. E isso é justamente o oposto do propósito do *intensive* que, pelo que entendi, é contra o sexo e a favor da castidade. Muktananda diz que quanto menos se pensa em sexo, quanto menos se desper-diçar o fluido sexual (esperma), melhor para a pessoa, para sua cabeça, seu espírito, seu físico, sua vida. A castidade é um dos estágios para se chegar a Deus.

Domingo de Páscoa, 19/4/1981. No ashram. Acordamos às seis da manhã. Dormi no *sleeping bag* que Sebastião me emprestou antes de eu vir pra cá. Primeiro o canto dos mantras, depois o desjejum etc. Sempre na posição yoga, a repetição do que aconteceu ontem. Durante a meditação fiquei triste. Pensei "Hoje é Páscoa e ninguém citou Jesus Cristo". Mas concluo que é bom estar aqui na Páscoa. O *swami* falou de "ser e estar com Deus que está em nós e que cada um é Deus". Disso eu já sabia. Todos reverenciam o Baba Muktananda em espírito, porque ele não está fisicamente aqui. Ele é o grande guru no circuito Siddha Yoga Dham, que tem ashram até na Espanha. Certa ansiedade de expressar à viva voz "Ah, que chato, e que tortura, que desconforto é estar aqui, sempre na mesma posição! E esse tal de *shaktipaki* que não baixa nunca!". Ou "É isso que é *kundalini*?! Só isso?! Mas já liberei os meus chacras tantas vezes sem precisar me internar num ashram!". No final do *intensive*, Godavary, a administradora do ashram, disse que todos receberam o *shaktipaki*. O que foi um consolo.

Segunda-feira, 20/4/1981. O *shaktipaki* no fim de semana no ashram deve ter funcionado. Hoje me senti extremamente energizado. Tanto que chamei Sebastião para irmos ao Hammersmith Palais ver o show do Fats Domino, um dos meus *rock'n'rollers* favoritos desde os anos cinquenta. Não é à toa que o bom e velho rock'n'roll também é considerado religião. O estar mais uma vez onde estava Fats Domino foi algo divinal, místico, metafísico mesmo. Maravilhoso *r&b* de New Orleans. Dancei como não dançava desde o show do Gang of Four.

Terça-feira, 21/4/1981. A casa de Tony é uma verdadeira embaixada. Não deixa de ser engraçado o desprezo de Valeriano (com seus discos de música clássica) pelos que curtem o "vulgar" rock'n'roll. Georgis, o alemão, que é muito sério, disse "O humor brasileiro me parece bastante *cínico*". Tony nas nuvens desde que chegou Ioannis, seu amor grego. Ioannis é simpático, mas sua voz é muito grave. Por ele fico com a impressão de que

Aos quatro ventos 117

na Grécia são todos machões. E ele tem apenas 18 anos. Tony conheceu a família dele em Atenas. Os pais do rapaz fazem gosto na amizade, apesar da diferença de idade. A dedicação de Tony é tanta que hóspedes e amigos (Sebastião, Maria Luiza do consulado e o marido Sikander, hindu) se envolvem, participam, comentam etc. Sem contar que Tony cozinha como um verdadeiro *chef*. Tudo é farto, tudo é do bom e do melhor, dos aperitivos ao vinho e à sobremesa. E na cozinha todos o ajudam. Uns ralam, outros descascam, outros cortam. Depois do lauto almoço fomos (sugestão minha, curiosíssimo pra ver o Department s) eu, Tony, Ioannis e Sebastião, ver quatro bandas no Hammersmith Palais. Fomos no carro de Tony. Spizzles era a banda principal, a última a se apresentar; antes dela a nova Department s, muito elogiada pela crítica especializada por causa do single "Is Vic There?", extra-atmosférico e bombando na parada *indie*; e as outras duas, ok Jive e Yachts.

Dos quatro grupos, Ioannis gostou mais do ok Jive – a vocalista é uma garota bonitinha; Tony e Sebastião gostaram do Yachts – faz um rock mais chique, no traje o estilo *iate clube*; eu, claro, babei com o Department S. Mas também achei interessante a apresentação do Spizzles. O líder é bastante teatral. Tony e Sebastião odiaram o Department S. Acharam o vocalista muito arrogante, como se ele se achasse melhor que todo mundo. Foi exatamente por isso que gostei dele. Vaughn Toulouse (um trocadilho onomatopaico com *born to lose*) tem pra dar e vender essa arrogância de que o rock precisa e que, quando tem, me fascina. Assistindo o desempenho de palco do Department S – o nome do grupo significa Department Store, loja de departamentos – sinto que seguirei esse grupo. Aqui em Londres vibro com a segurança de palco dessa nova geração. No espírito explosivo do momento não sinto o menor saudosismo. Não sinto falta dos anos sessenta e setenta. É a genial novidade desses grupos novos que me excita e me inspira. É o som altíssimo, o desempenho ultrajante, as roupas, os estilos, o *make-up*, o visual, as fontes, as ideias, a energia, a plateia, a idade, enfim, o *cool* da cena em si.

22

QUARTA-FEIRA, 22/4/1981. Finalmente me animei a ir à WEA levar a carta de Leonardo Netto apresentando-me como jornalista musical influente no Brasil. Jo Bailey, que cuida da imprensa internacional, recebeu-me bem. Um encanto de moça. Consultou sua agenda e perguntou se eu gostaria de ver o concerto de despedida de Gary Numan, se eu gostaria de entrevistar Dave Edmunds, se eu gostaria de acompanhar o grupo Echo & The Bunnymen até Brighton, se eu gostaria de assistir a punk americana Pearl Harbour (agora em carreira solo sem The Explosions) na sua primeira apresentação em Londres. Tanta coisa de graça e até com mordomia, assim de uma vez, me deixou sem fala. Respondi que sim, claro, queria ver tudo, mas não tudo de uma vez. Disse que estava chegando do Brasil e ia passar uma longa temporada em Londres.

Antes de ir à WEA fui encontrar-me com Roger Eaton no Tuttons, em Covent Garden. Ele é jovem e já bastante espalhado como fotógrafo de moda. Apresento-me como editor de estilo de uma revista em formato tabloide em São Paulo. Qual o nome da revista?, ele pergunta. Quando digo *Gallery-Around* ele sente certa firmeza. O nome o inspira. Eaton mostra-me slides coloridos do fashion show de Zandra Rhodes e fotos em preto & branco da moda *new romantic* – piratas, índios, Napoleão, cossacos etc. – do desfile da Vivienne Westwood. Roger Eaton é ruivo, simpático e generoso. Presenteia-me com treze fotos do desfile da Vivienne. Uma das fotos é um lindo close da modelo Clare Atkins. Digo a ele que vou enviar as fotos para a revista e lançar a moda *new romantic* em São Paulo. Digo também que vou sugerir a foto de Clare Atkins para a capa. A única coisa que ele me pede é o crédito de seu nome como fotógrafo. Fique tranquilo, respondo. Assim que me enviarem alguns exemplares da revista eu te passo. *Quinta-feira, 23/4/1981.* Tenho recebido muitas cartas e postais. Carta de minha mãe e de meus sobrinhos lá de Ribeirão Preto. Respondo a todos. De Roger Elliot recebi um grande envelope cheio de fotos da festa dele & Penny em Salisbury para eu enviar para a *Gallery-Around* publicar em matéria sobre uma festa tipicamente inglesa no aristocrático *country-side*. Vou com Tony, Ioannis e Sebastião ao jantar na casa de Maria Luiza e Sikander. Ele é meio hindu, meio árabe, maometano na religião, embora não xiita. Maria Luiza, que é oficial de chancelaria do nosso consulado em Londres, vai de férias para São Paulo e se oferece para levar todo o meu material do mês para a revista *Gallery-Around*. O material deste mês está fantástico e, como medida de segurança, prefiro enviar pelo correio ou pelo malote da Varig, mas Maria Luiza se dispõe com tanto gosto que fica difícil recusar.

Tony está exultando felicidade com a companhia de Ioannis, mas os dois só namoram. Parecem dois pombinhos, um de 36 anos e o outro de 18. Nada de sexo. Tony quer, mas ao mesmo tempo parece que não quer. Dá-me a impressão de uma *moça* esperando que a decisão parta do rapaz. Os dois se abraçam, se beijam, Ioannis dá a impressão de gostar, sorri, é carinhoso, diz algo gentil com sua voz grave. Minha impressão é que Ioannis está esperando que a decisão parta de Tony. E eu fico nervoso porque os dias passam e eles só nos beijos e abraços.

Sexta-feira, 24/4/1981. Conversando de rock, Ioannis disse que gostaria de ir ao menos uma vez ao lendário Marquee, clube onde desde os *early sixties* tanta gente tocou – Stones, The Who,

Aos quatro ventos 121

Small Faces, Led Zeppelin, Rod Stewart, Bowie etc. Sugeri que fôssemos lá esta noite assistir Reluctant Stereotypes, um grupo cujo nome há dias vem despertando minha curiosidade. Li que o grupo trabalha sua imagem no casual convencional, terno e gravata e um toque teatral. O som mexe com *ska* e não dispensa a clarineta. Sebastião, Tony e Ioannis acharam os Stereotypes o melhor grupo da nova safra. Tony continua nas nuvens com Ioannis. Os dois se abraçaram e se beijaram muito no Marquee. *Domingo, 26/4/1981.* Ontem, sábado, foi meu aniversário. Não falei pra ninguém. Desde criança sempre preferi passar meu aniversário discretamente, sem festa, sem alarde. Fiz 42 anos. Recebi cartão de Andrew Lovelock me cumprimentando pelos meus "21 anos". Existe amigo mais nobre, mais fidalgo, que Andrew? Quis a sorte que eu passasse o dia sozinho. Tony, Ioannis e Sebastião foram passar o fim de semana em Andover, na casa de uma família conhecida de Tony. Esqueci que às 18h30 começava a apresentação dos novos grupos Fad Gadget e Furious Pig, no Lyceum. Perdi a chance de ver o Furious Pig, o grupo favorito de Sam, de sete anos, filho de Bruce e Loppy, que foi quem primeiro me falou desse grupo nos dias que passei com a família em Woodcutts. Mas é que passei os últimos três dias, de manhã à noite, concentrado escrevendo as matérias para a *Gallery-Around.* Como escrevo mais da metade da revista tenho que me municiar de vários pseudônimos. Escrevo tudo aqui de Londres contando de Nova York, Paris, Milão, como se os falsos correspondentes internacionais de fato estivessem lá. Para contar de Nova York inventei Gilberto de Thormes; para contar da moda outono em Paris, Ella de Almeida Prado; de Milão, Tony Battistetti, e assim outros. Moda, fofocas, arte, cultura, festas, lugares, eventos. De Londres, assinando a matéria com meu nome, escrevi sobre o assunto do momento, Charles e Diana. Nestes dias concentrei-me nisso tudo e escrevi, escrevi, escrevi. E fumei tanto enquanto o fazia que, numa ida ao espelho, me vi cinzento.

Tony, Ioannis e Sebastião voltaram hoje da festa de ontem em Andover. Tony todo envaidecido contando como os ingleses ficaram loucos pelo Ioannis.

Terça-feira, 28/4/1981. Tony e Ioannis continuam *in love.* Foram jantar à luz de velas num bistrô. Sebastião lá em Maida Vale acamado com gripe. Assim, fui sozinho ao concerto de despedida de carreira do Gary Numan. Por tratar-se de um evento importante, um veículo da WEA veio me apanhar em casa. Como o concerto era no Wembley Arena, aqui perto, fui o último dos correspondentes estrangeiros a ser apanhado. O veículo estava cheio. Por sorte sentei-me ao lado da Iuka, a correspondente japonesa. Eu já a tinha visto na The Face com Mick Karn, baixista do Japan. Uma simpatia, a Iuka. Perguntou de onde eu era e com a minha resposta ela exultou e deu um show de conhecimento da bossa nova. Fiquei surpreso.

O Wembley Arena lotado. A maioria, adolescentes de menos de 20 anos. Gary Numan é um daqueles garotos que no começo da adolescência foram tocados pela explosão de David Bowie em *Ziggy Stardust* mais os *Spiders from Mars.* De modo que sua música, sua voz, seu visual, a tecnologia última geração do equipamento, o visual do show, tudo é espacial, *Robot Rock high tech.* Em plena era do minimalismo econômico punk, seu show de despedida é considerado, em nível de produção, o mais caro e espetacular da história do rock. Nosso lugar, como correspondentes, é na área VIP. Um menino de uns 13 anos, de pé numa cadeira equilibrava-se apoiando a mão no meu ombro direito. Ficou metade do show assim apoiado até que me deu câimbra e na primeira chance escapei. Perdi-me dos correspondentes e da própria Iuka. Graças ao crachá WEA podia circular pelo estádio. Milhares vestidos de acordo com as modas

Aos quatro ventos 123

do momento, ainda que a maioria estivesse à la Gary Numan – astronautas de macacão preto brilhoso, rostos maquiados, a cútis muito branca, os lábios escuros e olhos sombreados *after dark*. No final do show Gary Numan entra numa nave e toda uma parafernália de efeitos especiais, explosões e fumaça faz que a nave desapareça. E ele não volta mais. Trata-se de despedida mesmo. Jovem e rico, graças ao carisma e ao estrondoso sucesso da vendagem de discos, o popstar comprou um jato supersônico e vai passar um longo tempo perdido no espaço. Decido dispensar a mordomia WEA e volto pra casa de metrô. Vagão superlotado de jovens. A adrenalina é tanta que me assusta. Uma garota de cabelo arrepiado pergunta sorrindo de onde venho. "Gary Numan", respondo. "Todos aqui estão vindo do Gary Numan!", grita um Teddy Boy todo contente. Na estação onde faço conexão vou saindo, mas a garota de cabelo arrepiado sorrindo agarra meu braço e grita para os outros: "Don't let him go!". Já fora do vagão volto-me para vê-los seguir viagem e lá vai ela fazendo-me um sinal simpático. Pesei-me na balança da estação Queen's Park e estou com 71 kg. Não engordei nada. Ótimo.

Quarta-feira, 29/4/1981. Tony e Ioannis estão *no céu*. Dormem juntos mas ainda não fizeram sexo. Tony denota certa ansiedade. Ele me conta da evolução do romance e de como tudo chega quase às vias de fato, mas ele recua, entre a insegurança e o medo de que uma relação sexual possa acabar com essa coisa tão linda, esse amor tão puro de beijos e abraços, conversas e confissões.

23

QUINTA-FEIRA, 30/4/1981. Fui à tarde de autógrafos de Quentin Crisp na Words & Music da Charing Cross Road. Li primeiro sobre ele numa entrevista ao *New Musical Express*. Quentin Crisp aos 73 anos está deixando o quarto em Chelsea onde viveu trinta e tantos anos sem faxiná-lo. Declarou que depois de quatro anos a poeira se aquieta. Fotografado no quarto por Anton Corbjin, tem-se a impressão de que se Quentin Crisp não passa aspirador no carpete, o quarto em si apresenta-se em ordem. Uma única flor num pequeno vaso dá um toque de sutileza. Quentin Crisp está de mudança para um quarto em Nova York. Parece que a nova geração o tem com um dos *role models* no quesito "Como viver com estilo". Nessa tarde ele lançava seu novo livro *How to Become a Virgin*. Na fila para o autógrafo a maioria era jovem. *New romantics, new wavers* e *punks*. Quentin Crisp estava impecável: terno, gravata-lenço, rosto bem maquiado e o cabelo num tom azul suave, tonalidade que a gente vê muito em idosas distintas.

Esqueci-me de registrar aqui no diário que Ronnie Biggs foi liberado em Barbados, no Caribe, em 24 de abril, e voltou ao Rio de Janeiro, onde vive, em Santa Tereza. O reencontro dele com o filho Michael no Galeão foi comovente. A BBC mostrou. Deu que ele agora é um herói no Brasil e que acabará virando enredo de escola de samba. "Tudo bem quando termina bem", já dizia Shakespeare. Até Jack Slipper, o detetive da Scotland Yard que há sete anos foi ao Rio tentar trazer Biggs de volta à

Aos quatro ventos 125

Inglaterra e à prisão apareceu na tevê com um sorriso brilhante de admiração pela soltura de Biggs.

Sexta-feira, 1º/5/1981. Perambulei pelo Soho com Sebastião (depois do dia dele como telefonista no consulado). Jantamos no restaurante Hare Krishna no Soho Square e fomos ver o novo grupo Dépèche Mode. A banda, disse um de seus quatro membros, tomou o nome de uma revista francesa de "fast fashion", moda rápida, pronta, despachada. Nesta noite a banda, cujo primeiro single, o 45 RPM *Dreaming Of Me/Ice Machine* acaba de ser lançado e incensado pelos resenhistas, apresentou-se no The Pit, um porão apertado onde a Euston Road encontra Marylebone Road. Foi uma experiência mágica ver de perto o quarteto quase adolescente espremido num canto do porão com seus miniteclados e computadores. Tecnopop minimalista de som perfeito. Saímos encantados pelo privilégio de ver tão de perto e em lugar tão pequeno e pobre um grupo que certamente acabará por lotar estádios. E dormi no *sleeping bag* no quarto do Sebastião em Maida Vale. Ele gravou para mim uma fita do programa do John Peel que estava no ar na Radio One. Curto John Peel desde 1970, quando ele pessoalmente fazia o DJ antes e nos intervalos de grupos na Roundhouse e outros lugares. John Peel era parte importante da cena e tão familiar ao vivo que o vi muitas vezes. Continua na ativa, agora no rádio. No programa, intercalando com nomes famosos de todos os tempos, segundo seu gosto e o dos ouvintes, ele também dá oportunidade a grupos novos, obscuros, e toca até *demos*. Preferi dormir no Tião para deixar Tony e Ioannis a sós na casa. Ioannis viaja sábado para Atenas e já fico imaginando o sofrimento de Tony com a partida de seu grande amor grego.

Sábado, 2/5/1981. Ioannis tomou o avião de volta a Atenas. Tony foi levá-lo ao aeroporto e na volta trouxe Anete, que chegou da Bahia. Ela é restauradora de antiguidades e vai passar quinze dias na Itália num congresso de restauradores. Tony a conhece de quando Anete morou em Londres com marido e filhos. Foi em Londres que ela se especializou em restauro. Bonita, lembra Gilda Grillo. Ela disse que eu também pareço um italiano que conheceu em Salvador. Anete é separada do marido e tem um namorado. O marido também tem uma namorada. Os filhos de Anete e do marido dizem: "O namorado de mamãe", "A namorada de papai". Anete me parece uma pessoa feliz e bem resolvida. Com os filhos, com o marido, com o namorado dela e com a namorada do marido. E com o trabalho de restauradora.

Na cozinha Tony me confessa estar feliz e infeliz. Feliz porque as duas semanas com Ioannis foram os dias mais felizes de sua vida, e infeliz porque agora que Ioannis não está aqui ele sente que uma parte de si foi embora com o amor grego. Tony não sabe se telefona para Tom, o bonitão inglês, se telefona para o Maurinho em Ribeirão Preto, ou se começa os preparos para a festa que dará sábado que vem.

Valeriano passou o dia estirado na sala ouvindo seus discos clássicos e lendo *A Arte de Amar*, de Erich Fromm. Enquanto lia, ora ria ora ficava sério. Com a ajuda de Anete, Sebastião fez trancinhas e apliques de fitinhas coloridas na moda *new romantic* de Adam Ant. Aproveitei para botar o diário em dia e ler um pouco do *Orlando* de Virginia Woolf. Nos últimos cinco anos é a quarta ou quinta vez que leio *Orlando*.

Domingo, 3/5/1981. Não saímos de casa. Choveu o dia inteiro. Valeriano continuou estirado na sala lendo *A Arte de Amar*, assim como seus discos clássicos, mas chegou uma hora que teve que ouvir os LPs de música popular brasileira do dono da casa. Anete e eu filosofamos sobre "como é bom variar". Sebastião ficou bastante tempo em frente do espelho e Tony contou de seus amores, passados e presentes. Subiu ao quarto

Aos quatro ventos 127

e desceu com seu enorme diário, no qual vem escrevendo regularmente desde 1962. Três décadas de muitos amores sendo que a atual, ainda em seu primeiro ano, promete muito. Tony nos lê algumas passagens. Obra-prima no gênero. Deveria ser publicado. Seria um sucesso – certamente um escândalo. Mas também bastante *família*. Tony é muito família.

Andrew Lovelock telefonou. Amanhã irei para Tisbury, a primeira estação depois de Salisbury, passar uns dias com ele, a mulher (Carole) e o filho, Rory Douglas. Andrew disse que posso ficar quanto tempo quiser.

24

TISBURY, SEGUNDA-FEIRA, 4/5/1981. Andrew me esperava na estação de trem. E fomos para sua casa com ele dirigindo o Alfa Romeo. Carole estava na cozinha. À primeira impressão ela me pareceu bem mais velha que Andrew e ele não tinha me falado nada a esse respeito. O cabelo dela está quase todo grisalho – e ela é a cabelereira proprietária do salão em Tisbury! Ela disse:
– Que bom, Bivar, ter alguém mais velho aqui por uns dias. Os amigos de Andrew são todos mais jovens que ele. Rory Douglas, o filho do casal, estava quietinho na sala assistindo televisão. Depois Carole foi fazê-lo dormir. Mas antes ainda brincamos um pouco, Rory e eu.

Após o jantar, um suflê feito por Carole, ficamos conversando na sala. Chá e cerveja até a meia-noite. Carole contando de Londres do tempo em que trabalhou no salão Smile disse que a clientela era toda gay – Duggie Fields, Amanda Lear, Roxy, aquele pessoal. Que ela, Carole, queria ter um filho e não conseguia um marido. Daí um dia Andrew foi cortar o cabelo no Smile e enquanto ela cortava o cabelo dele começaram a namorar e acabaram casados. O filho está com três anos e meio. Dormi numa cama extra no quarto de Rory Douglas que em sua cama dormia cercado de brinquedos.

Terça-feira, 5/5/1981. Andrew e Carole levaram-me para conhecer Stourhead Garden, o grande e perfeito jardim criado por Henry Hoare em 1741. Sua perfeição século XVIII é preservada. É admirável, mas não sei se me sinto bem no século XVIII. Muita pompa. De volta a Tisbury fui com Carole buscar

Rory Douglas na casa da Cilla. Dentuça e cheia de energia, Cilla me pareceu uma fada. Sua casa é uma longa *cottage* do século XVII. Cilla tem um gato e toma conta de várias crianças do vilarejo enquanto as mães estão ocupadas. As crianças, diz Carole, adoram Cilla.

À noite o jantar para Adam Riley e Hedda. Eles são de Salisbury. Hedda lembrou-me que estive em sua casa na Woodstock Street em 1971. Adam, que conheci há algumas semanas na festa de Roger e Penny, tem um rosto tão perfeitamente inglês que não consegui deixar de fitá-lo com admiração. Hedda é bonita, maçãs salientes, lembra uma jovem do neorrealismo italiano. Semana que vem Adam & Hedda irão velejar pela costa francesa. O jantar, *chilli & things*, preparado por Andrew, estava soberbo. Andrew dedicou-se com zelo e arte no preparo. Levou horas. O vinho e o chá, ótimos. Carole foi bastante cruel com Hedda, reduzindo a cinzas sua fé no atual guru.

Quarta-feira, 6/5/1981. Logo pela manhã Carole e Andrew despacharam-me com Rory Douglas a um playground à beira do rio porque tinham muito que fazer. Fomos. Rory não me deixou em paz um segundo. Ele ria, pregávamos peças, rolamos na grama e voltamos para casa. E lá estava Andrew na cozinha preparando o jantar dessa noite. E o jantar à luz de velas foi excelente. Os convidados da noite foram Mike Chivers (irmão de Anthony Chivers, meu velho conhecido) e Clara. Clara está grávida. Carole, por respeito à gravidez de Clara, não foi cruel com ela como ontem fora com Hedda. Mas depois que o casal voltou para Salisbury Carole confessou-me preferir Hedda à Clara, porque com Hedda ela pode conversar de tudo, enquanto Clara é muito certinha, embora tivesse fumado o haxixe de Mike mesmo grávida.

A cada dia gosto mais de Carole. Sua personalidade, franqueza sem rodeios, é tudo o que precisaria, casar com uma mulher como ela, que me fizesse tomar tenência e me pusesse em brios. Além do mais Carole é cosmopolita e londrina (de Paddington). Diz sentir-se meio deslocada com as mulheres de Salisbury, segundo ela, muito do *country*. Andrew trouxe um jogo eletrônico de tocar botão e ver uma raquete batendo na bola e a bola derrubando tijolos. O jogo é projetado na tela da televisão. Andrew fez 3.897 pontos; eu apenas 129. Andrew disse que o jogo requer muita *coolness* e eu não estava propriamente *cool*. *Quinta-feira, 7/5/1981.* Fui com Andrew a Salisbury pro ensaio dele e sua banda, The Kitchens. Duncan, o vocalista, e os outros músicos são ótimos. Andrew cheirou anfetamina e tocou tão rápido sua bateria eletrônica Gretsch nova e reluzente que Duncan, ensaiando um número *country-western* mais lento, até reclamou. Duncan fumou haxixe e todos beberam cerveja. Assisti o ensaio de três músicas e achei o grupo excelente. Duncan põe tanto *soul* no vocal que chega a arrepiar. Mas ensaio é para ensaiar e não para assistir muito tempo. E o desconforto do porão úmido do casarão antigo e retirado fez que eu saísse e caminhasse a pé até o centro de Salisbury, onde fiquei contemplando o pináculo da Catedral. Tomei o trem de volta a Tisbury. E conversei horas com Carole.

Aliás, não foi bem uma conversa. Foi mais ela num monólogo. A cada dia que passa percebo que Carole não tem muita paciência para ouvir. É como se as pessoas só falassem o óbvio. Mas é um prazer, um raro prazer ouvi-la. Na ausência de Andrew, que ainda ensaiava com os Kitchens em Salisbury, Carole me contou tudo a respeito do *affair* do marido com Gema Lisser, a mulher de Bryan Lisser, e de como ela, Carole, descobriu que os dois estavam tendo esse *affair*, e de como ela pôs fim ao caso ameaçando Gema de ir contar ao Bryan.

Diz Carole que essa história do Andrew com a Gema todo o círculo ficou logo sabendo, inclusive Bryan. Eram – e ainda são

Aos quatro ventos 131

– todos jovens, agora na casa dos vinte e tantos. O casamento de Gema e Bryan segue feliz, e se o episódio não foi esquecido passou a fazer parte da mitologia do grupo. E agora, na versão de Carole, o caso me fez rir muito. Adoro Carole, adoro Andrew e só vi Gema e Bryan uma vez, na festa de Penny e Roger Elliott. Andrew chegou excitado do ensaio. Continua mulherengo e Carole anda levemente desconfiada que ele e Hedda... *Sábado, 9/5/1981.* À tarde fomos no Alfa Romeo de Andrew até Salisbury para uma demonstração de vários modelos dessa marca. Foi uma experiência que não curti muito porque, uma vez que nem aprendi a dirigir, acho exposição de automóveis uma coisa chata. Carole, que bebeu algumas taças de vinho, levou-me a um canto e aconselhou-me a não ter medo de ganhar dinheiro, nem de tornar-me um homem rico e nem de aprender a dirigir e comprar um bom carro. Depois eu e Rory Douglas deixamos a exposição de carros e fomos brincar de esconde--esconde atrás dos caminhões Alfa Romeo. À noite, depois do jantar, assistimos um filme com Isabelle Huppert. Carole foi dormir e ensinei Andrew a jogar buraco. Ele ganhou a partida com a vantagem de mais de mil pontos.

De Tisbury a Londres, domingo, 10/5/1981. Carole disse que fui um dos hóspedes que menos preocupação deu. Que sou um *gentleman* e para eu voltar para a festa do século XVIII em junho no Stourhead Garden. Andrew e Rory Douglas foram levar-me à estação onde tomei o trem para Londres. Cheguei em casa. A casa estava festiva. Tony entregou-me um monte de cartas. Pedi licença e subi ao meu quarto para lê-las. Três cartas eram de casa, comunicando o falecimento de papai.

25

SEGUNDA-FEIRA, *11/5/1981*. Antes de sair Tony perguntou se eu queria carona. Agradeci e disse que ia ficar em casa. Contei-lhe das cartas e da morte de meu pai. Tony levou um choque. Conhecia de vista meu pai, do nosso bairro em Ribeirão, e o admirava. Falei para ele não se preocupar, que eu estava bem. Ele me abraçou com real sentimento de condolências e foi trabalhar no consulado. Fiquei em casa e, para me ocupar, reli as cartas e aqui escrevo sobre elas. Cartas de meu irmão Leopoldo e das minhas irmãs Mané e Heloisa. E algumas linhas de mamãe no verso de uma das cinco páginas da carta da Mané, linhas escritas na dor da perda tão recente – ela e papai haviam celebrado Bodas de Ouro no ano passado.

Cartas de muitas páginas descrevendo as últimas semanas de papai desde que sofreu o enfarto em cinco de abril até seu falecimento dia 27. Cartas muito bem escritas, um legado que ele nos deixou – papai sempre nos orientou para que falássemos e escrevêssemos corretamente. Tantas vezes, quando ele me corrigia, eu ficava irritado, porque ele insistia que eu desse prova de ter aprendido o modo correto. Antes desta minha viagem, na despedida, ele insistiu várias vezes para eu dar um pulo à Itália e ir conhecer a cidadezinha onde nascera vovô Fioravanti, seu sogro. "Fossalta Maggiore", ele escreveu numa folha. "Fica no Vêneto, na região de Treviso". Assim era papai.

Foi a primeira morte em nossa família. Ainda estou em estado de choque. Terrível é a sensação de tamanha perda. E a realidade brutal atingiu-me em plena temporada de sonho

Aos quatro ventos 133

– nem os pais são eternos. A família não me avisou, desde o enfarto e o que se seguiu, porque mesmo moribundo (adjetivo que ele usaria com jocosidade), mas lúcido até o fim, papai mandou que me deixassem continuar a viagem. Morreu no hospital dois dias depois do meu aniversário (dia 25). Até nisso ele foi um pai bacana – embora já estivesse nas últimas não quis morrer no meu aniversário para que a data não ficasse estigmatizada como também a data de sua morte. Suas últimas palavras para mim foram "Divirta-se", escritas na sua caligrafia perfeita, nas costas do envelope que trazia a carta de mamãe, recebida há uns dois meses. Como se compreendesse, como pai, que eu, o filho do meio, nesta fase da vida precisava de umas férias. E divertir-me era o que eu estava fazendo na Inglaterra, divertindo-me (embora também aprendendo, certo de que esse divertimento era a escola que eu escolhera frequentar, já que a outra não me engraçara). Assíduo em cartas e postais, minhas notícias da viagem deixavam papai feliz, como se ele viajasse comigo. Mas agora, daqui pra frente na viagem, por mais que continue *divertindo-me*, sei que parte de mim também estará de luto.

A leitura das cartas de meus irmãos levou minha imaginação para o que não deixou de ser um evento, a reunião de tantos parentes e conhecidos. Lamentaram a perda, sim, muitos choraram. Mas também conversaram outros assuntos, as senhoras contaram dos seus maridos e filhos, uns indo para frente, outros parados no tempo, uns dando trabalho, outros não dando trabalho nenhum, e os homens fizeram os infalíveis comentários sobre a situação do país – a mesma de sempre – e o atual general presidente, o qual, mesmo bem montado no seu puro-sangue, deixava o regime militar capengar.

Nos seus últimos vinte e dois dias papai teve sempre a companhia de filhos e netos. Até os médicos do hospital eram mé-

134 *Antonio Bivar*

dicos "da família" e, se ainda não o eram, nesse curto convívio tornaram-se. No quarto do hospital, durante o dia papai tinha as mulheres e netos em rodízio fazendo-lhe companhia, e o filho Leopoldo esmerou-se em passar com ele todas as noites. E foi na companhia de meu irmão a última noite de papai. Na manhã chegou Iza, a filha mais velha, para fazer substituir o irmão. Às 8h30 papai faleceu. Foi sepultado às cinco da tarde do mesmo dia. Ainda deu tempo de chegar parentes e conhecidos de tudo que era lugar, para o velório e o sepultamento, no jazigo da família no Cemitério da Saudade.

Da carta da Mané: "Mamãe está muito triste, mas ela é forte. Disse que não quer sair da casinha dela, que não vai morar com ninguém. Até segunda-feira ela fica comigo. Depois, já vai pra sua casa. Ela está certa. Temos ido lá, para arrumar as coisas. De vez em quando ela tem uma crise de choro e tristeza, depois diz que não vai se deixar abater, que ainda tem muito que fazer por todos nós. E tem mesmo".

Da carta de mamãe no verso de uma das páginas da Mané: "Papai nos deixou, meu filho. Ficou um vazio em todos nós. Mas não se preocupe comigo, não vou deixar me dominar pelo desânimo. Siga em frente teu projeto de viagem. Vou ter sempre saudade dele. Terei meus momentos de depressão, mas reagirei. Todos são maravilhosos e me tratam com carinho. Papai esteve lúcido até o fim. Com voz fraquinha perguntava se eu havia molhado o jardim, pensando em você. Lá em casa, antes da doença, cedo, quando se levantava dizia 'O jardim está bonito, quando Bivar voltar vai gostar'".

A carta de Leopoldo tem dez páginas. Alguns trechos: "Papai resolveu morrer – deixou bastante tristeza em nós – mesmo em seus últimos momentos não perdeu o humor – eu ficava à noite com ele no hospital – e ele sempre querendo sair da cama (eu não conseguia dormir) – cama de hospital é alta (não sei por que) eu dormia no chão (a seu lado) então ele falava – me deixa sair – não pode pai – o médico não permite – mas eu quero cagar (dizia ele) – eu ponho a comadre (dizia eu) – essa comadre é invenção de português (dizia ele), a gente sai cagado – eu quero sair – não pode – o médico – esse diabo de médico vai mandar no meu cu". E na segunda página, Leopoldo conta que foi ficar uns dias com mamãe em sua volta pra casa: "A Guilhermina (nossa mãe) está triste (como todos nós) – mas não quer arredar o pé de sua casa – essa mulher não para – está mudando tudo – é esse o motivo dos espirros – muita poeira atrás dos móveis – mudou de lugar a cadeira do seu Lima (nosso pai) para perto da árvore da felicidade – e sobre o teu baú ela pôs o abajur – disse que quem quiser ler que leia – a máquina Singer da qual se orgulha desde os 13 anos – presente útil de seu pai italiano – ela levou pro quarto – Quando teu pai estava aqui eu não podia costurar no quarto (diz ela) e eu gosto de costurar no quarto – agora com bastante carinho ela está limpando com esponja as plantas empoeiradas – o ofício de viver – as crianças vibraram com teus cartões – teu otimismo – teu humor – também rio com eles – aqui é outono – você precisa ver as paineiras todas floridas, cor-de-rosa – e que perfume discreto – gosto mais da paineira que do ipê – a florada do ipê é em agosto – em agosto a paineira está vestida de branco e o chão também – quando estoura os frutos e caem os flocos claros – é o melhor travesseiro – em travesseiro de paina a gente sonha melhor e quando amanhece estamos mais otimistas para enfrentar o dia".

26

DIAS DE PAZ e turbulências. Jornais noticiam a morte de Bob Marley em 11 de maio. Dois dias depois um jovem turco terrorista atirou no papa João Paulo II. O papa não morreu. Comprei uma correntinha e uma medalha com um saxofone azul em louvor ao meu pai. Papai era destro no saxofone. E acendi vela para ele na Igreja católica de São Patrício, no Soho Square. Maio avança e a primavera de flores e amores vai toda fagueira de encontro ao verão – em dias bonitos os parques repletos. Fui ao Lyceum assistir The Ruts, Cuban Heels e The Gas. Gostei mais do *The Gas*. Anteontem fui ao Sissors, onde Sam estilizou meu cabelo. E ali mesmo na King's Road entrei numa *drugstore* e pedi a uma atendente para furar minha orelha. A moça demorou a acertar. Estava com hálito de quem andou bebendo alguns goles extras na hora do almoço. Agora estou com um brinco de bolinha no lóbulo esquerdo, semelhante ao que a maioria da garotada está a usar. E todo o caminho de volta a North Wembley de onde fomos, em turma, da casa de Tony caminhando até o estádio de Wembley assistir o amistoso Brasil-Inglaterra. Estádio lotado de ingleses fanáticos por futebol. Brasil ganhou de um a zero, gol de Zico; com destaque, no gramado, a figura longilínea de Sócrates.

Notícias do papa. Ele reage bem às cirurgias. O arcebispo de Canterbury escreveu um artigo cordial sobre João Paulo II, no *The Times*. Cerca de duas mil pessoas foram rezar por ele na Catedral Católica de Westminster. Comprei na High Street Kensington minha primeira câmera fotográfica. De bolso, mas

Aos quatro ventos 137

decente – uma Olympus AX2. Sessenta libras. Cabe no bolso. Estirei-me na grama do Saint James Park e fui ao Institute of Contemporary Arts (ICA) para uma noite de rock. Abriu com o Bim seguido do OK Jive e fechando com Scars (na crista da onda com o primeiro LP, "Author! Author!"). Estreei minha Olympus. Fotografei os do palco e alguns da plateia. Mas nenhum público até então, nessa minha trip musical londrina de 1981, se igualou ao do Japan no Hammersmith Palais, dias depois. O Japan, a partir do *make-up* do vocalista David Sylvian e dos outros da banda, era em si um convite pra que a maioria se apresentasse maquiada e fantasiada. Uma belezura de festa à fantasia. Piratas, neorromânticos, trajes de épocas, pós-punks ainda mais arrepiados, neomodernistas, futuristas (o som do Japan é tecno), de modo que desde a calçada, à porta de entrada e no saguão antes do show delirei fotografando essa juventude maravilhosa. E por tratar-se de um evento no qual a pose era um *statement*, uma declaração do momento histórico desta facção, todos, de boa, boa posaram pra minha objetiva. Encantadores *poseurs*. E o show foi perfeito. Cinco noites depois eu estava no Rainbow assistindo The Undertones. Embora da mesma faixa etária que a do público do Japan, a plateia dos Undertones é totalmente *realista*, sem fantasia nem maquiagem. À primeira impressão trata-se de uma juventude convencional, mas, no que a banda começa a tocar, essa garotada pula, salta e dança na frenética energia de minhocas humanas. Magros, irados, felizes, suados, apaixonados. Não ligam e nem fazem pose quando o flash da minha Olympus os enquadra. Ignoram-me. Estão ligados na banda. A magia dos Undertones faz que todos se sintam em alegre confraria. É rock sem frescura, no frescor da idade.

Decido me dar um mês de férias no continente. Paris, Amsterdã e Itália. Tony vai passar um fim de semana na capital francesa e o acompanho. De trem até Dover, de barco atravessando o canal e novamente de trem de Dieppe a Paris. Nos hospedamos no apartamento de um casal de oficiais de chancelaria do nosso consulado em Paris. O casal hospeda também um colega que serve em algum lugar da Europa. Concursados no Itamarati e bem empregados, ganham bem e vivem melhor ainda. E como num conselho de classe, têm tanto assunto a respeito dos bastidores de seus respectivos consulados. Acho de bom tom ser discreto e sair por conta própria a perambular pela cidade onde, há nove anos, vivi uma longa temporada num *milieu* completamente diferente deste de agora. Era exílio, desbunde, *gran monde*, penúria, arte, *underground*, droga, contracultura e política. Era 1972 e estamos em 1981. Lembro-me de Kerouac e em solitude faço meu *satori* em Paris.

Três dias de maio em Paris. Feliz e infeliz, em Paris sinto-me sempre assim. Acendo vela para meu pai na Notre Dame. Zanzeio pela Rive Gauche, ruas e ruelas de Saint-Germain des Près. Livrarias – na Shakespeare & Co comprei um *pocket book* de segunda mão e alguns postais antigos (Louise Brooks, Alfred Jarry, Elizabeth Taylor em sépia anos 50). O Sena. Paris florida na primavera. E um daqueles enormes sanduíches marroquinos com atum, temperos e a grande pimenta verde (parecida com a nossa "dedo-de-moça"). Vitrines de bricabraques e penduricalhos, frivolidades orientais, penas de pavão. Sentar num café, sorver um *au lait*, lembrar de pessoas distantes e escrever-lhes cartões-postais tendo ao verso marcos locais – o Arco, a Notre Dame, a Torre, o Sena.

No domingo saio com o grupo no Renault de um deles. Sigo-os nas compras na Faubourg Saint-Honoré. Nina Ricci, YSL, Thierry Mugler, George V, *très chic*. Perco-me deles na margem direita do rio. Começa a Maratona de Paris. Entro no Museu de Arte Moderna Ville de Paris para ver a mostra Modigliani. Saio do museu, atravesso uma das pontes e chego à Rive Gauche,

Aos quatro ventos 139

onde correm e correm os participantes da Maratona. Boulevard Saint-Germain. Cafés. Volto à casa que me hospeda e todos propõem uma ida a Montparnasse.

Café *je ne sais quoi*, Café Flore – sempre figuras exóticas: uma mulher tipo bailarina antiga, um rapaz tipo dândi moderno. Nouvelle Vague. La Coupole a seguir. E depois vamos à residência de outro casal brasileiro. Nossas revistas e *O Pasquim*. Idolatram o Brasil. Comentam o Brasil. Defendem o Brasil. Brigam pelo Brasil. Mas são discretos quanto ao fato de a vida aqui na Europa ser bem, mas bem melhor que *là bas*. Segunda-feira *au matin*. Avenue de l'Opéra. E compram. E estão por dentro. Na Rue Saint-Honoré 316 a loja está dando desconto de 50% para brasileiros abonados. Michèle, de Balenciaga. Ivoire, de Balmain. Opium, de Saint-Laurent. Azzaro. Depois comentam da culpa que sentem diante dos que vivem na fome e na miséria, no Brasil. Assim *à droite* sinto-me *déplacé*. Na corda bamba entre a fome e a quase nenhuma vontade de comer. *Quel fromage*, digo, *quel dommage*.

A chuva cai pesada escadaria acima, buscamos refúgio na Madeleine. Acendo vela para meu pai. Depois da chuva eles voltam às compras e eu volto pra casa admirando gerânios nas sacadas, o ar lavado, a bela arquitetura molhada. O Sena ao pôr-do-sol. Paris tem seu borogodó, *n'importe quoi*.

Paris-Amsterdã, terça-feira, 26/5/1981. O trem partiu da Gare du Nord. Na minha cabine de segunda classe um americano loiro de camisa aberta e peito cabeludo lê o *Herald Tribune*; o outro rapaz, belga, bom perfil, óculos, estuda uma apostila de engenharia eletrônica. Cada um na sua e eu só, somente só, apreciando a paisagem no norte francês – vacas, vilas, pastos, vales. O trem para numa estação qualquer e na cabine entra primeiro um rapaz de cabelos longos, barba antiga e olhos claros. Conversamos. Ele é australiano. Depois entra uma balzaquiana francesa. Votou em Giscard d'Estang, que perdeu para Miterrand. "O franco está caindo, caindo", ela diz, e imagino o franco caindo, caindo, nas minhas mãos. Ela vai passar a semana em Viena. O australiano vai para a Suécia tomar conta de crianças – para ler no trem ele trouxe *A Arte de Amar*, de Erich Fromm. A francesa me fala das flores silvestres cobrindo de amarelo o pasto. Pergunto o nome e ela diz "Bouton d'Or", botão de ouro. E a primeira parada na Bélgica. Antuérpia. O trem lota. Gente até de pé. Total ausência de mistério. Essen, Rosendaal e repentinamente a Holanda torna-se cartão-postal. Um jovem louro fardado passa oferecendo câmbio de moeda. Troco 60 dólares por 149 guildens. E o trem segue, bicicletas na estrada, crianças à beira da linha, Dorsdrecht... e Amsterdã. Telefono da estação:

– Gert, sou eu!

– Bivar?! Onde você está?

– Aqui em Amsterdã, na estação.

– Então vou te buscar. Minha casa fica dez minutos a pé.

Aos quatro ventos 141

27

AVISTEI-O A 150 PASSOS. Gert Volkmer. O mesmo Gert que conheci na porta do Marquee em Londres onze anos atrás. Levei-o para nossa turma. Eu, ele, José Vicente, Helena Ignez, Rogério, Peticov, a nossa turma. Londres, Ilha de Wight. O palco do festival – Gert esteve conosco no palco, com Gil e Caetano e outros vinte mais, na apresentação dos brasileiros. Gert era um adolescente de 19 anos saído pela primeira vez de casa, numa cidadezinha chamada Oerlinghausen, no interior da Alemanha. Alto, franzino, cabelos longos, *hippie* como todos nós, ligados na música e na revolução contracultura. Nosso convívio foi de no máximo essas três semanas inglesas. Depois do festival, agosto de 1970, ele voltou pra casa dos pais e pra escola, como milhares de outros de sua idade. Nunca mais o vi, até agora (há anos vive em Amsterdã). Mas desde então nossa amizade floresceu através de cartas, postais, desenhos e gostos musicais.

Menos franzino, mas nem tanto encorpado, Gert está um autêntico punk. Cabelo curto, liso e castanho ajeitado com os dedos. Blusão de couro surrado, calça jeans marcada pelo uso e sapato quilometrado. Brinco pendendo da orelha e lenço de um vermelho gasto virado ao contrário, preso em um nó atrás no pescoço. Por causa dos anos de correspondência, revelações, fotos e confidências, nossa amizade veio amadurecendo, por isso o encontro é sem estranhamento de nenhuma das partes, como se tivéssemos nos visto pela última vez ontem. E estamos ambos ótimos. Gert aos 29 anos e eu aos 42.

Diário de Amsterdã, terça-feira, 26/5/1981. Gert vive numa casa do século XVII do tempo de Rembrandt. A casa de três andares é separada em três apartamentos. Gert mora no térreo, com direito a um quintal-jardim e porão próprios. O *living* é um cômodo só, espaçoso, tipo *loft*, tudo junto, quarto, sala, com uma decente abertura para a cozinha. Que é também onde fica o chuveiro. O vaso sanitário fica próximo, num cubículo. Lavar o rosto é na pia da cozinha. Gert tem três gatas. Mãe, filha e neta, sendo que a neta deu à luz três gatinhos. São, portanto, seis gatos de quatro gerações. Gert está deixando os gatinhos crescerem um pouquinho para deixá-los à porta de uma igreja que costuma recebê-los e distribuí-los. São umas gracinhas. As gatas têm passe livre para o quintal. Gert me parece bem relacionado em Amsterdã. O telefone não para de tocar. Não entendo *dutch*, mas por algumas palavras pescadas percebo que ele fala de mim, excitado e contente, aos amigos. Não muito tempo depois chegam dois amigos. Ambos de nome Henk. Ambos louros, holandeses e simpáticos. Henk I, talvez 25 anos, enquanto Henk II não me parece ter mais que 26. Gert nos oferece chá e guloseimas. Risos, humor, a conversa revezando entre inglês e *dutch*. Os Henks são gentis falando inglês porque sabem que nada sei de *dutch*. Ambos têm bigodinhos louros. E chega Hans, suíço, um pouco mais jovem, uns 23 anos. Outra simpatia de garoto, embora mais sério que os outros e menos cínico (já que mais jovem). Os Henks se vão e Hans fica mais um pouco pra tomar banho no chuveiro. Gert, descendo uma escadinha, leva-me para conhecer o jardim no quintal. Rododentro lilás totalmente florido. Corro a pegar minha Olympus para fotografar e depois enviar a foto pra minha mãe. Rododentro é uma espécie de azaleia mais farfalhada. Tomamos uma rápida chuveirada, nos vestimos e fomos de bicicleta (eu na garupa) ao De Spijker, uma espécie de

Aos quatro ventos 143

pub-café, o lugar favorito de Gert. De volta a casa conversamos até às quatro da manhã. De cama só tem um estrado de colchão confortável rente ao assoalho. É espaçoso o bastante pra que eu me ajeite num lado sem perturbar o sono de Gert, nem ele o meu. Somos amigos, não somos amantes. Gert é fanático por Nina Hagen. As paredes estão cheias de retratos dela.

Quarta-feira, 27/5/1981. Acordamos por volta do meio-dia. Desjejum e caminhada pelas ruas, ruelas e canais de Amsterdã. Gert encontra vários conhecidos, de sexos e idades variadas. Ele aponta-me a sex-shop onde trabalhou algum tempo e de onde roubou alguns exemplares das revistinhas do *Tom of Finland.* Fomos ao Mercado das Pulgas onde comprei um postal antigo da Adele Mara, estrelinha sem-sal da Republic que eu curtia de leve em 1952, quando era menino nos confins do Brasil. Gert comprou por uma ninharia uma coleção de broches japoneses, de insetos coloridos, de lata, para dar ao Mikail. E flanamos tanto que chegamos exaustos. Caímos na cama e tiramos um cochilo. Depois do trabalho Hans apareceu pra nos ver e tomar um banho. Ele trabalha num hospital e, onde mora, o banheiro comunitário é sujo e concorrido. Gert preparou um rápido jantar, tomou banho e convidou-me para irmos ao De Spijker. Eu, que nunca fui de sair todas as noites, disse que preferia ficar em casa escrevendo cartas e postais, ouvindo música e mexendo nas coisas dele. Gert disse pra eu virar a casa *upside down* se sentir vontade. Era mais de meia-noite quando ele foi de bicicleta para o De Spijker.

Quinta-feira, 28/5/1981. Feriado. Acordamos por volta da uma da tarde. Depois do desjejum de muesli com leite Gert sugere irmos visitar Peter-Jan que, sendo feriado, provavelmente estará em casa. Pelo caminho, atravessando pontes, canais e um parque, Gert conta que Peter-Jan mora numa área operária da cidade. Ele está em casa. Seu apartamento é a cobertura dum pequeno e magro prédio antigo. Ele nos serve de chá (para Gert) e café (para mim e ele).

Gostei de Peter-Jan – uns 27 anos –, embora intuindo que terei que estar preparado para seu humor sardônico. Seu apartamento é pequeno e impecável, desde o assoalho esmaltado de branco aos móveis, utensílios e aparelhagem de som. Discos, revistas e objetos artísticos. Uma porta dá para um pequeno terraço emoldurado pelo telhado abaixo. Uma cadeira de sol e algumas plantas bem tratadas, algumas floridas. Dali avistam-se os telhados da região operária, mas decente.

Durante o chá Gert falou apaixonadamente de Nina Hagen. Que soube, noite passada no De Spijker, que ela dera à luz uma menina, em Los Angeles, onde está vivendo. Peter-Jan perguntou cínico (mas com simpatia) se o De Spijker continua piorando. E pôs pra tocar o disco de outra cantora punk ultrajante, Lydia Lunch, de quem Gert não sabia, mas de quem eu já conhecia de infâmia. Gert e eu a achamos interessante. E quando Lydia cantou *Gloomy Sunday*, exclamei – É um antigo sucesso de Billie Holiday!

Digo que a primeira gravação de sucesso dessa música foi por Billie Holiday. Peter-Jan faz cara de quem duvida. Lydia Lunch é punk! Mas como ele também tem um LP da Billie em casa, corre lá e, por uma dessas coincidências, no disco tem a música. – You're right, Bivar – diz, com certa admiração. E me aconselha a ir ver alguns grupos muito bons, da *new wave* holandesa. Nesta mesma noite The Tapes toca no Paradiso. Diz que o baixista parece o Brian Eno. E voltamos pra casa. Hans apareceu pra tomar banho, Gert foi ao teatro e eu fui ver The Tapes tocar no Paradiso. O grupo é bom mesmo e o baixista realmente lembra o Eno. Eu estava com a câmera, mas só fotografei o baixista (Igor), que tocou bastante pra mim, fotografando-o ali no gargarejo.

Aos quatro ventos 145

Sexta-feira, 29/5/1981. Gert me conta das duas *old queens* (bichas velhas) que moram na casa em frente. A casa *delas,* segundo Gert, é uma verdadeira casa de bonecas. Tudo arrumadinho, as flores nas janelas, as cortinas em franjado inglês. Gert faz da narrativa um delicioso conto de fadas. Conta que as *old queens* são irmãs gêmeas, americanas. São proprietárias de um café chamado Back Stage. Gert diz que elas conquistaram o carteiro e que este as deixa ler todos os cartões-postais que chegam aos moradores do quarteirão, assim elas ficam sabendo da vida alheia ali perto.

Gert tem o dom da palavra. Seu inglês é perfeito, bem articulado e tem uma saborosa fluência. Sobrevive de traduções do inglês e do alemão. Geralmente trabalhos científicos. Está há cinco anos em Amsterdã e como residente já tem certos direitos. Ao salário de desempregado, por exemplo. Além disso, é um excelente ilustrador. Está entre os jovens ilustradores de uma recente edição de luxo dos contos dos Irmãos Grimm publicada na Holanda. Esta noite ele não foi ao De Spijker. Mostrou-me sua coleção de recortes de Nina Hagen, a coleção de recortes da turnê da trupe Bloolips, grupo do qual fez parte – uma trupe de teatro-cabaré-*drag* que agora faz sucesso na temporada *off broadway* em Nova York. E seus desenhos, cartazes, fotos e postais. Gert diz que não é acumulador, daí que suas pequenas coleções me encantam. E conversando sem parar fomos dormir tardíssimo, como sempre. Geralmente durmo cedo, mas em viagens e hóspede dos outros sigo o velho ditado que diz "em Roma faça como os romanos". Adapto-me ao regime do lar que me hospeda.

Sábado, 30/5/1981. Vou pra rua enquanto Gert faxina a casa e depois, exaustos, eu de andar e ele da limpeza, nos deitamos para uma rápida soneca, porque à noite tem cinema: Hanna Shygulla em *Lili Marleen,* de Fassbinder.

Amsterdã é uma cidade tão liberada que se pode fumar haxixe e maconha na rua, no cinema e outros recintos. Somos um grupo de seis rapazes – Gert, Hans, Peter-Jan, Mikail, Norbert e eu. Norbert já trouxe prontos dois enormes baseados de haxixe. Fumamos na sala de espera, entramos e tomamos nossos lugares. Fassbinder é um diretor da nova onda alemã cultuado no mundo inteiro. E agora eu aqui em Amsterdã com um alemão (Gert), três holandeses (Peter-Jan, Mikail e Norbert) e um suíço (Hans) assistindo o mais recente filme do diretor. O filme é interessante. Falado em alemão com legendas em holandês, eu não entendendo nada, distraio-me com as imagens. O cenário é Alemanha na Segunda Guerra. Fassbinder usou um fotógrafo que abusa da lente que faz cruz de brilho toda vez que o refletor incide nos vestidos de vidrilhos da Shygulla enquanto ela canta *Lili Marlene*. Vira e mexe o filme vira pretexto pra ela cantar *Lili Marlene*. O filme é original por tratar-se de musical de uma música só. Hans é tão jovem que nem sabia que Marlene Dietrich foi quem tornou famosa a canção. Aliás, nem sabia de Marlene Dietrich.

Quando saímos do cinema a bicicleta de Gert não estava mais onde ele a tinha deixado. Foi roubada. Gert ficou desolado. Até comprar outra teria que, todas as noites, ir a pé de casa ao De Spijker, uma distância de muitos canais e muitas pontes. E fomos ao De Spijker. Fui porque Gert me disse que nessa noite tinha buffet gratuito. Queijos deliciosos, especiarias defumadas, pão do bom. Gert apanhou um bom pedaço de *paté de foie* para nosso desjejum amanhã.

Domingo, 31/5/1981. Dormimos até quase duas horas da tarde. Depois do desjejum caminhamos até o mercado das pulgas pra Gert ver se encontrava alguma bicicleta que prestasse. Não encontrou. Como sempre, cruzou com muita gente conhecida pelo caminho. Uma senhora informou-lhe que no lugar onde se aluga bicicleta sempre tem alguma à venda. Fomos lá. Gert comprou uma por 110 guildens. Maior alegria. E fomos ao mercado das flores. A Holanda é um país conhecido pela floricultura. E as flores no mercado eram realmente espetaculares. Tulipas de montão. E tantas as cores que decidi ir ao Museu de Van Gogh. Gert voltou pra casa de bicicleta *nova*.

A obra de Van Gogh faz com que a gente se apaixone pelo amarelo e sinta vontade de pintar e simplificar a vida em um quartinho com cama de solteiro. Com a minha Olympus fotografei telas e pessoas. E saí fotografando recantos e encantos de Amsterdã até chegar a casa. Gert estava exausto de ter cuidado das plantas e alimentado os gatos, e eu exausto de ter andado tanto. Deitamos, cada um no seu espaço, para um sono rápido. Mas Hans chegou pra tomar um banho e pegar nosso dinheiro para comprar os ingressos para o concerto do Echo & The Bunnymen logo mais à noite no Paradiso. E insistiu para não chegarmos atrasados. Tomamos uma rápida chuveirada e nos vestimos para sair. Gert ainda teve todo o ritual de botar as lentes de contato.

No caminho encontramos Mikail e Norbert sentados a uma mesa do lado de fora do Americain Café no Americain Hotel, aonde, segundo Mikail, "as pessoas vão para ver e serem vistas". Vimos Ian, o vocalista-Echo do grupo e alguns Bunnymen saindo desse hotel e indo talvez para checar o som no Paradiso ali perto. Gert e eu fomos conhecer o quarto-sala onde mora Hans. Seu quarto é de fundos e dá pra um bonito jardim interno. Dei uma olhada rápida nos seus fetiches – fotos, revistas, discos, e Nina Hagen na parede. E rua. Ao passar por uma livraria entramos. Logo avistei um *pocket book* que eu já tinha lido – uma biografia de Lana Turner. Segurei o livro como quem dá de cara com um velho pequeno tesouro. Lana gloriosa no auge do glamour anos 40 na capa prateada. Gert, que nem é ligado

148 *Antonio Bivar*

em cinema antigo, no meu entusiasmo também se ligou. E a chamativa frase de Lana entre aspas na capa de trás aguçou-lhe mais ainda o interesse: "Minha vida tem sido uma série de *emergencies*". Como em nossas vidas também somos a todo o momento surpresos por emergências, comprei o livro, baratíssimo, e dei-lhe de presente. Nisso Gert avistou um *pocket* que ele já tinha lido e curtido, e que também falava de emergências. Fez questão de me dar de presente. É o diário de estrada do ano de 1972, de Ian Hunter, líder, compositor e vocalista do Mott the Hoople, uma banda entre as nossas favoritas no longínquo início da década passada.

E o concerto do Echo & The Bunnymen foi ótimo. Ian, o vocalista, é o melhor da safra. Sua voz, do grave, num crescendo dramático, à liberação do agudo é de uma musicalidade rara no rock atual. E ele transmite emoção e *soul* sem forçar a barra. E o cabelo! Curto na nuca, mas com bastante volume pra subir às alturas. Nenhum outro na cena tem cabelo como o de Ian McCullogh. Além disso o repertório da banda é vário e nem um pouco monocórdico. Gostei. Mas quem gostou mais ainda, por conta de seus 23 anos, foi o Hans. É o som de sua geração. Gert também gostou, mas por ter ficado o concerto inteiro grudado na caixa de som, ficou surdo. E fomos pro De Spijker, menos Peter-Jan, que tinha que levantar cedo – ele estuda literatura e está escrevendo uma tese sobre um dramaturgo holandês do século XVII. Hans estava contente porque estará livre do trabalho nos próximos cinco dias.

No meio da noite Gert saltou da cama lembrando-se de ir guardar a nova bicicleta que deixara na calçada. A bicicleta não estava mais lá.

Segunda-feira, 1º/6/1981. Começa junho e o verão já dá pinta. No primeiro dos cinco dias de folga do trabalho Hans apareceu cedo e de cabelo cortado. Fez questão de gravar uma fita cassete para mim, com faixas dos discos que ele trouxe e os de Gert. De Marlene Dietrich cantando *Lili Marlene* a Nina Hagen interpretando *My Way*, passando por Ethel Waters, Bowie, The Only Ones, Sex Pistols, Generation X, Lene Lovich, Dana Gillespie, Amanda Lear, Peggy Lee, Sham 69, Heaven 17, Gang of 4, Wild Turkey, Motorhead, Adam & The Ants, Tenpole Tudor, Lou Reed, Black Widow etc. De fato, acabamos gravando duas fitas de 90 minutos cada. Gert sugeriu que déssemos às fitas o título de *Amsterdam Tapes*.

Mikail veio com sacolas de alimentos pra fazer o jantar. Uma enorme salada e uma grande travessa cheia de hambúrgueres holandeses. Vinho e suco de maçã. Jantamos, Gert, Hans, eu e Mikail.

Terça-feira, 2/6/1981. Ontem depois do jantar saí com Gert pra roubar uma bicicleta. Gert disse que em Amsterdã tem uma lei alternativa que é assim: se te roubam duas bicicletas você tem todo o direito de dar o troco e roubar uma. De modo que, com uma sacola escondendo o serrote, fomos à busca. Achamos. Gert serrou a corrente. Pareceu-me facílimo roubar bicicleta em Amsterdã. E voltamos pra casa de bicicleta. Gert forrou o assoalho de jornal e pintou a bicicleta com outra cor. E levou-a pra secar no quintal.

Hoje foi um dia ocupadíssimo. Gert pulou da cama às sete da manhã para terminar de revisar a tradução de um texto científico pra uma editora. Continuei dormindo, mas não passei das 8h30. Abri os olhos e, vendo Gert sentado à mesa concentrado no trabalho, não pude deixar de achá-lo angelical. Deixei-o em casa trabalhando e fui à estação comprar passagem de trem para Milão hoje à noite. Voltando da estação encontrei Hans em casa. Seu segundo dia (dos cinco) de folga do trabalho. Hans se ofereceu pra levar o trabalho de Gert à editora e nossas roupas à lavanderia. Na cozinha lavei o amontoado do jantar de ontem, do desjejum de hoje, e botei ordem no ambiente. Na sala Gert descascava batatas ao som do LP do Scars na vitrola. Hans chegou e tomou banho. Logo depois chegaram Mikail e Norbert. Com tudo pronto Mikail preparou o jantar. Em seguida chega Peter-Jam. Mikail e Norbert não ficaram para o [meu] jantar de despedida. Despediram-se com abraços e beijos afetuosos. Jantamos, Gert, Peter-Jan, Hans e eu. O humor de Peter-Jan esteve ainda mais corrosivo. Não ia acompanhar-me até a estação porque detesta estações. Gert e Hans me acompanharam. Insistiram pra que eu volte logo e passe uma longa temporada em Amsterdã. Que dinheiro não era problema porque eles e os outros me sustentariam. Gert me abraçou, me beijou e meus olhos explodiram em lágrimas. Amizade era a melhor prova de amor. Quando o trem já quase partia Hans me deu um último beijo, na boca. Foi tão verdadeiro que levei um choque.

De Amsterdã a Milão no Holland-Italien-Express. Viagem noturna. Até Utrecht sozinho na cabine. Pastos de Holanda. Cabeça vazia. Em Utrecht entra Li. Ele se apresenta. Trinta anos, filho de mãe chinesa e pai holandês. Já foi do Partido Comunista. Agora está vivendo a própria vida. Está indo à Itália ver a namorada italiana. A música *new wave* serve de alavanca para um diálogo interessante durante a viagem. Da vidraça da cabine avisto Dusseldorf, Köln (Colônia) – um anúncio luminoso da água de colônia 4711 e também janelas acesas e alguns rápidos interiores: meia-noite passada e uma senhora lava a louça na cozinha; parada de dois minutos na estação de Bonn. Dá pra ver algumas janelas acesas, trechos de ruas, um e outro transeunte. Cochilamos. Quando o dia nascia a Suíça surgia. Li chamou-me à atenção para a neve nas montanhas. Parada em Luzerna. Na fronteira com a Itália pensei em minha mãe e, na cidade de Como, me lembrei de papai, que gostava da música *O Lago de Como*.

28

MILÃO, DE 3 A 5/6/1981. Da estação telefono para Antonella. Tomo um táxi pro endereço de meu amigo, o pintor brasileiro Antonio Peticov. Ele e a mulher (Malu) estão em Nova York. Peticov deixou Antonella avisada para me hospedar. Secretária de Peticov, ela também mora no grande apartamento. O contraste entre meus dias na exígua moradia de Gert Volkmer em Amsterdã e agora no duplex rico e espaçoso de Peticov faz que à primeira impressão eu me sinta acanhado. Peticov, desde quando o conheci muito jovem, há 12 anos, em seu pequeno apartamento em São Paulo, sempre teve em ordem e bem organizada a moradia. Talvez por causa da formação familiar protestante. E agora casado, a esposa também deve contribuir para a ordem. Quando cheguei, além de Antonella estava um músico escocês arranjador do último disco de Rita Pavone. Tony Escocês vive na Itália há 12 anos. Com ele pude conversar em inglês, já que Antonella, linda, loira e muito jovem, ainda não domina essa língua e meu italiano, assim de chegada, estava destreinado. Ainda assim Antonella mostrou-me os aposentos, meu quarto no andar de cima e o banheiro. E saí pra comprar cigarro pela adjacência da Via Canova. Tudo fechado – hora da sesta. Voltei e achei Antonella mais comunicativa. Arranhamos inglês e italiano na cozinha enquanto ela preparava um spaghetti de legumes e salada. Tony Escocês fuma um baseado de haxixe atrás do outro e nessa também embarquei. Peticov liga de Nova York ordenando que eu não vá embora sem vê-lo. Chega em sete dias. Soube depois por Antonella que Peticov desenhou

152 *Antonio Bivar*

a embalagem do novo perfume da princesa e estilista Diane Von Furstenberg, Volcan d'Amour, inspirado em sua vulcânica ligação amorosa com o brasileiro Paulo, amigo de Peticov. Conheceram-se, não faz tempo – Diana, Paulo, Peticov – numas férias prolongadas em Bali. Descrever a moradia de Peticov e Malu me forçaria a muitas páginas. Maravilhas da cozinha moderna, móveis de estilo e design, livros de arte caríssimos, aparelhos sonoros distribuídos por todos os cômodos, conforto até dizer chega e a minha cama em forma de pirâmide, o colchão a equilibrar-se no pico.

Milão dá-me a impressão de um vazio tão *antonionesco* que se ficar mais dois dias na cidade acho que darei um grito de revolta contra o tédio. Não é cidade pro meu bico. Tudo é caro e tão formal que no meu cabelo a coroa descolorida e pintada de azul-pavão punk por Gert, em Amsterdã, faz-me tenso e deslocado na geografia milanesa. Constato em Milão não existir melhor lugar pra um *pirado* que Londres e, em segundo lugar, Amsterdã, e em terceiro, talvez, Berlim, que não conheço. Nada me faria morar em Milão. E num vagão do Metropolitano vou direto *alla centrale* pra me informar sobre Veneza e de como chegar lá. Depois de pesada chuva de verão com granizo e tudo, chão molhado, o ar fresco, o céu azul, se não for pelo prazer de sentar-me numa *piazza* qualquer à luz do lusco-fusco vespertino entre oito e nove da noite, andorinhas de alegria ensandecidas, homens, mulheres, *ragazzi*, cães e bicicletas, se não for por um prazer assim tão informal, por que, então, continuar em Milão?

No trem de Milão a Veneza, sexta-feira, 5/6/1981. Itália, bela Itália! E o trem voando no trilho da paisagem. Rios de águas verdes, casinhas, gerânios em flor nas janelas. Verão, calor, no campo o sol faz os campônios tirarem a camisa. Brescia, Verona, Vicenza e Padova! Árvores sombreando a vida. É o norte da Itália. E o trem chega a Veneza, que beleza!

Aos quatro ventos 153

Veneza, de 5 a 7/6/1981. Fantasia é o que não falta em Veneza, haja vista seu lendário carnaval. Mas a cidade de Marco Polo e do Grande Canal praticamente parou, intrigada (mas jamais agressiva), por causa da faixa azul-pavão no meu cabelo. Nessa idade! – devem ter pensado. E Veneza deu-me a consciência real da idade: 42 anos. Mas logo passou e me senti novamente jovial. "Como é triste Veneza", cantava Charles Aznavour. E *A Morte em Veneza*, de Thomas Mann e Luchino Visconti. "Ah, esses hippies", resmungou um vagabundo desses que dormem sob pontes a me ver passar. E agradece a esmola raquítica. É sempre melhor que nada, resmunga.

Milhares de turistas. Tudo caríssimo. Mil liras por uma coca-cola. Só comprei cartões-postais e já os enviei. E nova carga pra minha caneta Waterman, sem a qual não sou ninguém. E como são belos os adolescentes venezianos. Por conta do verão, que belas coxas – e que bundas! E os braços – e os queixos! E os lábios! E os olhos, então?! Pode-se até nem prestar atenção à cor dos olhos, mas a expressão do olhar, rija mas sonhadora, feito o olhar de Bruno, o rapazinho que abre o portão para os passageiros entrarem na gôndola. E fui ao Palazzo Grassi ver a mostra "Picasso: Opere dal 1895 al 1971 dalla collezione Marina Ruiz Picasso". Cadernos de esboços, diários, e todas as fases do artista, da pré-azul à pós-cubista, esculturas, e até colagens.

Na solitude o que não falta é diálogo entre os vários "eus". Pode faltar água no mundo, mas em Veneza o que não falta é água. Gerânios em flor em quase todas as janelas, inclusive no Consulado da Argentina que fica de frente para o canal por onde agora desliza minha gôndola.

Gente de todas as idades. Velhinhas tagarelas, deliciosas, humanas e comoventes; senhoras distintas, moças donzelas, madonas de Pisanello de braços dados entre elas ou com seus cavalheiros; vidraria de Murano; e crianças, crianças, crianças, algumas inclusive dinamarquesas. De brasileiras só ouvi duas balzaquianas em fortuito comentário, fascinadas com a beleza. Beleza. Em muitos ela pousa, em outros até habita sob a pele. Em alguns ela se ampara. Mas nos especiais ela vive, dentro e na aura, voluntariamente escrava, porque nessa vivenda há algo maior que ela, beleza. Mas em junho de 1981 não se abandona o resto do mundo pra ficar para sempre em Veneza olhando pessoas e namorando vitrines. É preciso tomar a balsa e ir dar uma rápida olhada no Lido para depois não passar pelo vexame de ouvir de conhecidos: "Você esteve em Veneza e não foi no Lido?!"

Então fui ao Lido. Melhor que o Lido em si foi o passeio de barco até lá, nas últimas horas do sol. A tonalidade verde e rosa na água era pura aquarela. A lua começava a surgir pálida e mortiça, lua nova. E na volta, apoiado sonhadoramente no parapeito do barco, a constatação de que os momentos de completa felicidade são curtos e fugidios. E o que fazer? Ora, tão simples: dar uma rápida desmaiada no quarto do hotel, acordar, tomar uma ducha fria e sair pra jantar e depois vagar até a madrugada pelas vielas, ruelas, pontes e margens dos canais de Veneza.

Manhã seguinte, missa na Basílica de San Marco. Durante toda a missa encantou-me uma velhinha. Sozinha, fervorosa, concentrada, cabelos brancos rebeldes sob o lenço cobrindo a cabeça. Terminada a missa ela fez o sinal da cruz, levantou-se e eu a segui até o lugar das velas. Ela era de uma dignidade que me fez lembrar de todas as velhinhas semelhantes, e mais ainda, fez-me lembrar de minha mãe. Devia ter a mesma idade, setenta e poucos. Ela acendeu uma vela, orou, também acendi uma, para meu pai, que na despedida muito insistira pra que eu fizesse essa peregrinação ao Vêneto. E continuei seguindo a velhinha até fora da basílica. À luz do sol de um dia claro pude vê-la por inteiro, seu traje de velha, talvez viúva – roupa escura de manga comprida e saia abaixo dos joelhos, sapato gasto mas

Aos quatro ventos 155

limpo para a missa, seu caminhar com as pernas um pouco tortas pela artrite e pelas estações da existência. E ali num canto da praça junto à parede da basílica ela alimentou os pombos com migalhas de pão que tirava de um saco de papel. Desde a missa até aqui a velhinha nem percebeu minha veneração pelo seu simples ofício de viver na fé e no cumprimento do dever cristão. Nem percebeu, também, que, banhado em lágrimas provocadas pela real emoção de tê-la seguido desde a missa, fotografei-a alimentando as aves. No meu mais puro sentimento franciscano essa velhinha valeu-me como obra de arte divina, maior que toda a coleção de Marina Ruiz Picasso no Palazzo Grassi.

Treviso, de 7 a 9/6/1981. Logo na chegada, uma tarde de domingo, e à noite no quarto amplo e bem iluminado no terceiro andar (sem elevador) no "hotel de terceira categoria" (segundo o cartão na recepção), senti-me conquistado por Treviso. Sou mesmo um amoroso provinciano. Um senhor italiano de mais de 50 anos, que viajou no mesmo vagão, meia hora de Veneza até aqui, disse que Treviso não tem mais que 200 mil habitantes. É, portanto, uma cidade de médio porte. E também uma das joias do Vêneto.

Assim que deixei minha bagagem no hotel saí a perambular pelas ruas. Apesar de domingo deu pra sentir, pelas vitrines, que o comércio é elegante e moderno. Moças e senhoras chiques, em jeans ou seda, nenhum sinal de vulgaridade ou mau gosto. Nas mulheres corpos muito bonitos e rostos de fisionomia descansada. Os rapazes me pareceram mais excitados. Também muito bem vestidos. Estamos no verão e chamou-me a atenção neles a moda de camisetas de mangas bem mais curtas que as de uma camiseta convencional. A manga termina pouco abaixo da curva do ombro. Braços lisos e fortes, mas sem exagero. Italiano parece gostar muito de esportes e os rapazes têm corpos de praticantes.

Nas vitrines vê-se muito linho e algodão, mas a juventude prefere o jeans. Nem excessivamente justos nem exageradamente folgados. A medida correta lhes dá um perfeito e confortável jogo de corpo. Não se avista um rapaz sozinho. Estão sempre em duplas, aos bandos, ou abraçados às namoradas. A Verona de *Romeu e Julieta* não fica muito longe. Uma circulada domingueira pelo bem cuidado centro de Treviso e tem-se a impressão de estar em uma cidade basicamente classe-média alta. Tudo é limpo, florido e bonito. Pela saudável harmonia de sua gente, aqui se pode julgar a Itália um país rico. E Treviso é uma pequena Veneza. É cheia de canais com suas margens povoadas de floridos e geminados sobradinhos antigos de arquitetura veneziana. Chego ao rio. Mais largo e caudaloso que os canais. Na margem de cá um bando de garotos me parece atento à margem de lá – o grande jardim de fundos de uma mansão poderosa. No gramado desse jardim, de maiô tomando sol, estiradas em espreguiçadeiras, um grupo de garotas. Parecia uma cena da mitologia grega: do lado de cá os caçadores; do lado de lá as ninfas. Mas no que as ninfas me viram apreciando o quadro correram a se esconder atrás de um arbusto. Não me senti culpado de ter estragado a cena. Segui minha caminhada sabendo que assim que sumido da vista as ninfas nem um pouco bobas voltariam às espreguiçadeiras e ao banho de sol em poses sedutoras para a adoração dos jovens caçadores do lado de cá do rio.

Estou em Treviso por um motivo muito especial. Meu avô materno nasceu nesta província, em Fossalta Maggiore. A todos que peço informação nunca ouviram falar do lugar, até que na estação de ônibus um motorista explicou-me onde fica e como chegar lá. De modo que na manhã de segunda-feira, dois ônibus e quase duas horas de viagem, cheguei lá. O primeiro ônibus é até San Donà, uma cidadezinha à beira do rio Piave

Aos quatro ventos 157

de águas verdes. Dali o segundo ônibus, com destino a Oderzo. Fossalta Maggiori fica duas paradas antes de Oderzo.

Da janela do ônibus a paisagem vai se revelando. Pequenas propriedades rurais, vinhedos, milharais, horticultura, quintais, e a perder de vista campos e mais campos de papoula vermelha ao sol do verão. Casas enfeitadas de rosa-trepadeira florida até cobrir parte do telhado. Com as janelas abertas o ônibus é invadido pelo inebriante perfume da natureza em festa. Homens de idade avançada sentados à mesa do bar de estrada bebendo vinho e conversando. E por todo o campo, chapéu na cabeça, homens e mulheres com enxada, foice, carpindo, ceifando, ou parados para descanso e um dedo de prosa.

E o ônibus chega à parada na estrada onde uma placa indica o rumo de Fossalta Maggiore. Entro no único café, que também vende revistas e jornais, pra comprar cigarro e água. Sou atendido pelo proprietário, um jovem senhor entretido na leitura do jornal. Sua mulher, sentada à mesa, de tesoura à mão corta das capas os nomes de revistas e jornais para devolvê-los à distribuidora, sem que seja preciso devolver a publicação inteira, poupando com isso a despesa de transporte. Sei disso porque fazem o mesmo os donos de bancas de jornal nas cidades brasileiras do interior. Saio e sigo a intuição. Mais adiante paro pra conversar com um casal de camponeses de meia-idade e uma velha forte e alegre. Simpáticos, me vendo estrangeiro de cabelo azul já um pouco desbotado pelo sol da viagem, se dispõem ao prazer de um bate-papo informal.

– Neto de italiano e não fala a língua?! – diz o homem em fraterna censura. Quando pergunto se conhecem algum Battistetti na região a velha se adianta: – Battistetti? Conheci um que casou com uma Battistella, mas já faz tempo, estou com 74 anos!

São mais de onze horas e o sol já arde. Arrivederci e sigo uma curva e uma seta indicando o caminho da antiga Fossalta

Maggiori. Lá longe aparece sobre as árvores a torre de uma igreja. Deve ser do tempo de vovô, pensei. Fioravanti Battistetti despedira-se do lugar aos 17 anos, indo com os pais e irmãos no vapor Bourgogne zarpado de Gênova no sonho de "melhor sorte" no Brasil, aportando em Santos, como tantos imigrantes italianos desde pouco antes e depois da Proclamação da República. A família de vovô não fazia parte da extração mais humilde que foi substituir os escravos na lavoura e trabalhar nas fábricas. Devia ser gente da classe média ou da pequena burguesia, pois todos se estabeleceram bem, uns mais, outros menos, na região de Ribeirão Preto. Chegaram a Santos em 13 de fevereiro de 1887. Dos filhos, vovô era o mais velho; o caçula, Ernesto, tinha quatro meses, mas também nascido em Fossalta Maggiore.

Uma pequena praça e nela a Igreja de San Marco. Sobrados em volta, jardins floridos de rosas, gerânios e hortênsias. Roupas penduradas nos varais. Por causa da hora, da sesta, ninguém à vista, exceto um e outro carro passando. E eu aqui na Itália de meu avô paterno, quantas e quantas décadas depois dele, quase um século! A igreja estava aberta. Entrei. Limpíssima e sem ninguém, só eu. Fiquei ali quieto, olhando os altares, a simplicidade despojada de suas paredes e seus bancos, livros de missa e hinários espalhados. Ajoelhei e rezei. Apanhei duas velas, depositei as moedas na lata, e as acendi. Uma para vovô Fioravanti e outra para meu pai, pois foi ele quem mais insistiu pra que eu não deixasse de chegar à cidade de seu sogro.

Saí, andei, arranquei e mastiguei folhas de mostarda, olhei os pequenos sítios, as casas, jardins, e cheguei à parte moderna, casas enormes, algumas ainda em construção, e a impressão, a partir desse lugar, é a de que a Itália é uma nação em nova fase de progresso. Lugares às vezes param no tempo e repentinamente dão uma arrancada, como que despertando. Muitos automóveis – a decantada indústria automobilística italiana. Pergunto a um

Aos quatro ventos 159

rapazote passando de bicicleta onde fica o ponto de ônibus. Sigo sua indicação e acabo no mesmo café aonde aqui chegara. E o ônibus vem vindo de Oderzo. Sou o único no ponto. Faço sinal, o ônibus estaciona e entro. E mais um dia em Treviso. É segunda-feira e o comércio aberto. As lojas são lindas. Os mais belos sapatos, tênis invejáveis, meias, blazers de linho, acessórios, gravatas, lenços, artigos bons e caríssimos pro meu bico. Ainda assim tudo me parece menos caro que em Milão e Veneza. Tanto que me permiti comprar uma camisa Gianni Versace em linho verde-garrafa, de 89 mil por 49 mil liras, realmente preço de ocasião. Comprei-a pensando usá-la no futuro quando tiver que resolver algum negócio que exija boa roupa e aparência distinta. E livrarias. A impressão é que em Treviso as pessoas leem. Os clássicos, os modernos e os poetas da região. E os americanos, de Truman Capote a Judith Krantz, passando por Philip Roth e Tom Robbins. Não comprei livro. Tenho meu diário pra escrever.

De Treviso a Rovigo, terça-feira, 9/6/1981. Alegria maior estar na estação sentado num banco de mármore esperando o trem que me levará a outro desconhecido. Sanduíche de presunto e uma lata de *aranciata*. Moças, senhoras, soldados – todos aguardando o trem. E o trem chega, o trem parte e da janela do trem novamente me ponho a admirar a vida no campo em mais uma bela manhã de verão. Mulheres em vestidos coloridos de tecido leve, mangas cavadas, chapéu na cabeça. Uvas crescendo ao sol para a delícia bachiana de futuro vinho. Campos irrigados. Um herói dirige de pé um trator. Ferroviários trabalhando os trilhos. De calção, sem camisa, o sol é forte. Troca de trem em Padova. Na cabine só eu e um rapaz de olhos verde--esmeraldinos. Na próxima parada entra um guarda de bigode. Agora somos três no vagão. O rapaz tenta dormir. O guarda de pé mantém posição autoritária. Seu olhar fixo me incomoda –

160 *Antonio Bivar*

estará ele julgando-me pela faixa azul do cabelo? Seria eu um cigano iugoslavo, um fora-da-lei, um bandido, um traficante, um assaltante? Pânico: lembro-me que trago escondida numa meia no fundo da mochila (e que até agora nem me lembrei de fumar) uma lasca de haxixe da gaveta de Peticov em Milão – de Nova York ele ligara mandando-me fazer bom uso das *recreativas*); Pânico II: imagino-me preso e condenado a dois anos de prisão na Itália; Pânico III: o guarda se revela. Deve ter uns 38 anos. Sempre sério e perscrutante, faz um gesto sexual sugestivo alisando a calça da farda. Minha indignação faz cara feia, impõe respeito e ele se retira certamente temeroso de que eu o denuncie como molestador e daí quem vai preso é ele. Onde já se viu, tá pensando o quê?! Estou muito bem resolvido em castidade. E pretendo continuar virgem.

Rovigo. Ninguém da família pediu que eu viesse aqui. Vim trazido pela curiosidade de conhecer esta região ao sul do Vêneto onde nasceu minha avó materna, Elisa Gnan. De extração mais modesta que a de meu avô, a família de vovó Elisa – seus pais, irmãos e um avô viúvo – também foram de vapor para Santos. Aportaram do *La France* e foram levados para a região de Ribeirão Preto um ano e oito meses depois da chegada da família de vovô. Dois anos mais velha que meu avô, este se apaixonou por ela, casaram-se e tiveram dez filhos. De modo que na peregrinação estou agora em Rovigo, cidade de vovó Elisa.

Grande, austera, séria, feia (se comparada a Treviso), com encantos aqui e ali. No verdejante capinzal meninos pescam no rio; do lado de fora de suas casas floridas de rosas perfumando o ar e gerânios em tudo que é canto, sentadas à sombra em cadeiras de vime, velhas tricotam e tagarelam. Riem, fofocam. "Só no verão, porque no inverno não dá, às vezes até neva", lembra, séria, uma delas, falando alto pra eu ouvir. Sorrio de volta, agradecido pela informação.

Barulhenta Rovigo. Automóveis e motocicletas, buzinas e bicicletas, moças bonitas que não flertam. Cidade machista. Missa das seis na igreja da pracinha periférica. Montanhas de maçãs, nêsperas, cerejas, abricós. Sorvete de limão. Luna Park à noite. Juventude transviada e punks. É o primeiro lugar na Itália onde vejo punks em grupo. Paredes pichadas em inglês incorreto: "Sid Vicious lives again"; "Johnny Lydon", "Sex Pistols". Culto à Old School, constato. E músculos. A adolescência masculina curte entre si a competição braçal. Sou um pouco daqui. Meu sangue aqui tem raízes, por causa de vovó Elisa, que não cheguei a conhecer. Quando nasci ela já tinha morrido. Minha mãe tinha por ela veneração. E vovô, viúvo, dizia que das filhas mamãe era a mais parecida com Elisa. E ando que ando por Rovigo, tudo é tão severo que bom mesmo é meu quarto no hotel e meu querido diário.

De Rovigo a Ravenna, quarta-feira, 10/6/1981. Trem superlotado de garotos fardados em prestação de serviço militar. Louros, morenos, altos e baixos, bonitos e feios. E sempre o destaque de um rosto, um pescoço forte ou pernas grossas atrai meu olhar de pintor. O paisagista Canaletto era do Vêneto e por ser a viagem diurna meu olhar é mais atraído à paisagem. Ou então para a arrogância do soldadinho raso que não se levanta pra ceder seu banco a uma velhinha. Faço-o eu. Entretido, não desço em Ferrara, onde deveria fazer baldeação para Ravenna (desço em Bologna).

Consigo chegar a Ravenna, cidade que pela primeira vez ouvi falar lendo Oscar Wilde na adolescência (parece que ele gostava daqui). Folheio um guia sobre a cidade. Júlio Cesar etc. Dante, da *Divina Comédia*, morreu aqui – seu sepulcro é uma das atrações turísticas. E os famosos mosaicos do século v aqui e ali no Mausoléu de Galla Placidia (nos cartões-postais). O calor é sufocante, melhor ir dar um mergulho no Adriático em

Marina di Ravenna e ir embora pra Roma. Mas o trem só sai às 21h30. Tenho ainda três horas. Vou à Basílica de São Francisco e minha pobreza garante que sou realmente franciscano. E para não deixar escapar o registro pra posteridade peço a uma garota de bicicleta que me fotografe com minha câmera sentado no muro baixo do claustro. Ela fotografa e ao me devolver a câmera diz, sorrindo: – Não sei se saiu boa.

De Ravenna a Roma no trem noturno. Divido a cabine (sempre de segunda classe) com outros três. Dois são garotos napolitanos sujos, pobres, feiosos e com cara de bandidinhos. Temo que à menor distração eles me roubem a mochila. Eles também me olham com expressão desgostosa. O terceiro na cabine, também italiano, mais educado e limpo, uns 23 anos, diz que é guia turístico e estudante de francês. Acabamos amigos, os quatro, rindo o tempo todo. Os napolitanos dizem que sou simpático e perguntam se entendi. Simpático, claro, entendi. Levanto-me pra ir urinar (e esconder na algibeira os duzentos dólares que me restam) e na volta só estão o guia turístico e um napolitano. Ele revira sua sacola e pede para o guia turístico guardar seu dinheiro. Nisso entra um rapaz com pinta de assassino. Com uma mão ele prende o napolitano pelo goela e com a outra mão o esbofeteia seguidamente nas duas faces dizendo, bravíssimo, coisas que não entendo. Ele arranca do pulso do napolitano o relógio, dá-lhe um ultimátum e deixa a cabine. Silêncio mortal e constrangedor. O napolitano sai da cabine por alguns instantes. Aproveito pra perguntar ao guia turístico o porquê daquilo. Calmo, ele diz que é coisa de pequenos mafiosos de Nápoles, que o garoto que apanhou e o outro "trabalhavam" para o que bateu e fugiram do trabalho. O que bateu veio atrás deles. E o outro? – perguntei. O que bateu entrou enquanto você estava fora e o levou. E o napolitano que apanhou na minha frente volta sozinho à cabine. Está deprimido. Tento consolá-lo di-

Aos quatro ventos 163

zendo que também apanhei muito da polícia brasileira. E a viagem prossegue em calmaria. Na despedida o napolitano escreve seu nome (Ciro Biglietto) e endereço, insistindo pra que eu vá visitá-lo na casa de sua família em Nápoles.

Roma, quinta-feira, 11/6/1981. O trem chega à estação às sete da manhã. Morto de cansaço deixo a mochila no bagageiro e saio à procura de hotel. Não durmo desde Rovigo. E todas as andanças em busca de nuanças deixaram meus pés em brasa e ainda mais calejados. E a sola de meu único sapato já dá mostras de que vai furar. Além disso, estou sujo, salgado das águas do Adriático em Ravenna, cheio de areia, roupa cheirando a suor e maresia. Necessito urgentemente de banho e cama. Mas, ai de mim, todos os hotéis de segunda, terceira e ínfimas classes estão lotados. Então não penso duas vezes. Volto à estação e compro passagem para Assisi às 16h40. Tenho, portanto, umas oito horas pra conhecer Roma, onde nunca estive. Compro um mapa da cidade e saio flanando. Primeiro vou a San Giovanni in Laterano, a catedral de Roma, onde acendo uma vela (eletrônica) para meu pai. Depois, o Coliseu. Passo pelo Foro Romano e me alivio atrás de uma ruína. O chão está cheio de preservativos usados, seringas, ampolas, essas coisas de sempre em quebradas afins. Sigo o Corso Vittorio Emanuelle, atravesso a ponte sobre o Rio Tevere, a Via delle Conciliazione e chego à Piazza San Pietro. Vaticano. Museu. Capela Sistina. Fotografo tudo até o teto de Michelangelo, o toque de dedos de Pai ao Filho. Saio, atravesso a Ponte San Angelo, dobro à esquerda, sigo a margem, sempre fotografando um monumento, uma ruína. Duas garotas sentadas numa escada de mármore escrevem postais; dois padres conversam; rapazes fardados de verde-garrafa. Entro na Via Tomacelli e sigo pela Via Condotti. O comércio faz a sesta. Passo pela Piazza di Spagna e vejo no alto de um pequeno prédio junto à escadaria a janela (com anúncio discreto) do quarto onde, tuberculoso, morreu

164 *Antonio Bivar*

o poeta Keats, aos 25 anos. Na fonte da praça um querubim de carne e osso refresca-se na água. Calor de correr suor. Desço a Via Due Marelli, passo pelo Tritão e chego à Via Veneto; da Barberini passo à xx di Settembre, entro na Pastrengo etc. Roma, cidade aberta; Roma de Fellini. La Fontana di Trevi. Imagino estrelinhas de cinema com nomes assim: Marina di Ravenna, Lana Gatto, Bella Danese; Marina di Ravenna, morena de olhos serenos; Lana Gatto, gatinha de ficção-científica *b*; Bella Danese, beldade nórdica, uma deusa, dinamarquesa feito nossa amiga Linda Conde, que na flor da mocidade de Miss Dinamarca foi *starlet* aqui. E sinto os pés pra sempre arruinados. E meu único sapato já está quase com a sola furada. Sina de peregrino.

Assis, de 11 a 15/6/1981. Fazia tempo que sonhava conhecer a terra de São Francisco. Desde 1968, quando li *O Pobre de Deus*, de Nikos Kazantizakis. O livro do escritor grego me tocara profundamente ao narrar a vida do jovem Francisco, filho de um abastado comerciante de tecidos de Assis que, em 1206, aos 24 anos, para desgosto do pai (mas com o apoio secreto da mãe) abandona o mundo e a segurança financeira para se dedicar de corpo e alma à pobreza evangélica, seguido por discípulos jovens como ele, que passam a ser conhecidos como os *Fioretti*, os "florzinhas". Foi um dos primeiros movimentos de juventude despojada da história. E mais de sete séculos depois São Francisco voltou como um dos ícones mais fortes da contracultura, na legião de paz e amor do *flower power*. Foi na época do LSD e do movimento hippie. Em 1969 numa mística viagem de ácido, na imitação de São Francisco fiz voto de pobreza, de nunca ter nada, e viver essa vida de *pazzo* que continuo a levar. "A loucura é o sol que não deixa o juízo apodrecer", diz São Francisco no livro de Kazantizakis. De modo que estou em Assis realizando um sonho de mais de década, ainda que agora já duvidando bastante dos benefícios da pobreza.

Aos quatro ventos 165

A cidade vive do turismo franciscano. Tudo gira em torno da lenda, memória, dos feitos e do espírito do santo. O comércio é todo franciscano; o turismo leva a lugares, monumentos, arquitetura, arte, artesanato, mesmo dividindo-se em épocas de antes, durante e depois do santo. O templo greco-românico de Minerva – Minerva, olha só, a Deusa da Sabedoria! – por exemplo, é do *paganismo*, um século antes de Cristo. E o primitivo, o medieval, o barroco, o gótico etc., até o século xx. Tem um tanto disso tudo aqui em Assisi. As livrarias têm mil livros sobre São Francisco e em várias línguas – mas procurei e não encontrei o livro de Kazantizakis.

Estou hospedado no Hotel Itália, assumido como de "terceira categoria". Meu quarto é confortável e fica bem de frente para a Piazza del Comune, que é a praça central, bastante barulhenta. Carros, motocicletas e a algazarra turística. Assisi dá a impressão de cidade pequena, mas na verdade é toda esparramada. E os afrescos de Giotto e Simone Martini na Basílica de San Francesco são de prender a respiração. Andei pra cima e pra baixo, imaginei-me aceito num mosteiro e *iniciado* na Ordem Franciscana, ter que abrir mão de um mundo de coisas e assim por diante. Esse tipo de existência exerce atração, reconheço, mas reconheço também que a vida que levo me atrai mais. Talvez um dia construa meu próprio mosteirinho lá no Brasil e faça dele meu definitivo retiro espiritual. Haverá, certamente, uma fortíssima influência franciscana, mas terá que ser do meu jeito.

A verdade é que me sinto tão desconectado em Assisi que só fiz uma amizade. Mesmo assim porque foi ele quem se aproximou na saída da Basílica de Santa Clara, onde eu tinha entrado em busca de alguma revelação. Paul Bagott viu-me aos prantos e esperou-me na saída. Ele é jovem, inglês de Somerset, filho de pai pastor anglicano e mãe que teve a melhor educação inglesa.

Segundo Paul a mãe é tão letrada que ele cresceu no meio de livros, lendo ou ouvindo a mãe ler para ele e os dois irmãos mais velhos a Bíblia, Shakespeare e Jane Austen. Paul sugeriu que fôssemos à Igreja de São Damiano, meio retirada, numa descida. Nela está o quartinho onde Santa Clara dormia e seu pequeno jardim. Clara, que fora namorada de Francisco antes da conversão, também abdica do casamento para, com outras moças, desempenhar a versão feminina dessa fé, as Clarissas.

Depois da comovida visita ao lugar de Santa Clara eu estava mesmo era a fim de descansar e meditar em solitude, mas por educação perguntei ao Paul o que ele ia fazer.

– Ficar com você até às quatro horas, quando devo encontrar uma garota – respondeu.

Paul está em peregrinação pelos lugares santos. Esteve em Jerusalém, de onde trouxe um ramo de oliveira. E mostrou-me as oliveiras de Assisi. Apanhei alguns ramos pra levar de lembrança. Fomos ao Duomo descansar e conversar. E tiramos uma soneca à sombra da Rocca Minora. Na despedida trocamos endereços e ele ofereceu-me seu quarto no Saint John College, em York, para onde vai em setembro estudar Teologia.

A verdade é que de toda a viagem foi em Assisi onde realmente me senti angustiado. Talvez por esperar do lugar uma experiência transformadora, metafísica, um contato divino para encontrar minha rota. Não faltou esforço. Mas o tal contato não vinha de imediato. Anoitecia e subi até a Rocca Maggiore. A lua se escondeu atrás da Rocca quando eu atravessava um barranco pedregoso. Escuridão total. Um pé apoiado numa pedra pontuda e o outro em outra semelhante. Não dava pra avançar nem recuar. Desespero. Teria que passar a noite naquela posição desconfortabilíssima. Senti sono. Quase cochilei em pé à beira do abismo. Mas não podia cochilar. Despertei. Senti-me um idiota ao qual pregaram uma peça fazendo-o cair

Aos quatro ventos 167

nessa armadilha e nela à morte. Aos 42 anos sentia-me ainda muito jovem, com muitos sonhos pela frente. Pensei em São Francisco, que morrera aos 44 anos. Quer dizer, pra mim ainda faltavam dois. Mas eu não queria morrer e não tinha como pedir socorro. As pernas bambeavam. Imaginei-me despencando no abismo e na manhã seguinte encontrado morto com o bolso cheio de cartões-postais não enviados. Na total escuridão eu não entendia por que estava sendo assim castigado. Que fizera eu de errado? A resposta não vinha – eu estava realmente sozinho no mundo. Implorei a Deus e a São Francisco. Foi então que ouvi a voz da consciência – só podia ser ela. Falou brava comigo. Disse que quem tinha que me ajudar a sair dali era eu mesmo, que não contasse com a ajuda de Deus e nem de São Francisco. Nisso, como que por milagre, a lua ressurge da Rocca e ilumina a paisagem. Constato estar realmente à beira do abismo. Qualquer descuido será fatal. Mas a cabeça agora está esperta. Com muita dificuldade, para não cair, tirei um sapato e depois o outro, amarrei o cordão de um no cordão do outro e pendurei-os no pescoço. Descalço dava mais segurança na busca de onde pisar e escapar dali. Consegui. Nem acreditei. E cheguei ao meu quarto no Hotel Itália, são, salvo e feliz por continuar vivo e ter aprendido uma lição definitiva: quem tem que me ajudar [a sair dessa] sou eu.

Escreveria mais dos meus dias em Assisi – gostaria até de ficar mais uns dias aqui –, mas hoje, domingo 14 de junho de 1981, visitei o distante Ermo do Cárcere onde São Francisco se retirava sozinho ou com alguns irmãos para melhor compreender o sentido da vida. É um verdadeiro cárcere, frio e sem o menor conforto. Mas a música da natureza, o vento amigo, esse ar de tempo perdido, essas lágrimas de *pazzo* derramadas em silêncio (para não perturbar a oração dos frades), enfim, essa felicidade faz que eu vá gozar meu último pôr do sol em Assisi, de volta à Rocca Maggiore, meu lugar favorito. Sentado na muralha assisto o fim do dia adorando a paisagem do vale. Montes cobertos de ginestra – essa alegre flor amarela balouçando ao vento que também bole com as andorinhas, mas não move uma pena das gralhas tagarelas, centenas delas voltando aos seus poleiros. Cores deslumbrantes aos últimos raios do sol em matizes indescritíveis, inenarráveis. E a lua já bem crescente, então, é a única a espelhar esse deus que agora é só dela, o sol, e o céu, que também lhe pertence, antes que a primeira estrela apareça seguida de outras e da minha, que aqui em Assisi surge à esquerda. A nostalgia faz que eu cante uma canção melancólica que oprimia minha adolescência. Uma enxurrada de lágrimas lava a poeira do rosto e o escuro manto da noite (por causa da nuvem negra que cobriu a lua) arranca do peito um grito sufocado. E essa dor profunda sai de mim liberada até se diluir no éter. A lua reaparece e tudo se esclarece. Outros sons, outras criaturas, os sapos, os grilos, outras luzes, mil pirilampos e o perfume das flores noturnas. Adeus Rocca Maggiore. Estou feliz porque Deus e esta grande entidade, a Mãe Natureza, me presentearam com esta última magnífica passagem do dia para a noite. Irmão Sol, irmã Lua.

De Assisi a Milão (parada em Florença), segunda-feira, 15/6/1981. E a Úmbria vai ficando para trás. Em uma parada do trem já na Toscana, entra Yvette na cabine quase lotada. Voluptuosa, animada, falante, ninguém pergunta, mas ela já vai se apresentando e contando: Yvette, de sangue grego, nascida em Moscou, criada na Itália, casada, professora de violino – mostra o violino na caixa –, será solista num concerto na Basílica de San Marco em Firenze e nos convida pra assisti-la, se estivermos na cidade.

Desço para algumas horas em Firenze. É minha primeira vez na cidade. E que pena, por ser segunda-feira os museus estão fechados. E o Uffizi fica pro futuro. Fotografo numa praça ao relento a réplica do *David* de Michelangelo. Bato perna nas ruelas e noto que Marilyn Monroe e James Dean estão espalhados em camisetas nas vitrines, em pôsteres, cartões-postais, adesivos de geladeira e botões. Sinal dos tempos, reflito. Ao menos em 1981, e não só em Firenze, mas por [quase] toda a Itália por onde passei – com exceção de Assisi –, a Hollywood dos anos cinquenta é a provedora dos novos ícones substituindo os santos de outras eras. E chego a Milão.

Milão, de 15 a 22/6/1981. Passo dois dias com Peticov e Malu em Milão. Estadia agradável, mil assuntos. Ficaria até mais, mas, discreto – não ia espalhar que meu dinheiro estava na rapa do tacho e o que sobrara mal dava pra chegar a Londres –, inventei que tinha trabalho urgente me esperando na Inglaterra. Despedi-me do casal e corri de mochila no cangote a comprar passagem na estação do trem. Na fila da bilheteria percebo uma jovem linda e sorridente a enfiar a mão num de meus bolsos. Ela o faz de jeito tão gostoso que penso ser outro seu intuito e deixo-a continuar. Pena ter durado tão pouco. Só depois que ela sumiu foi que me dei conta de que ela levara meus últimos dólares, os da passagem. Curiosamente não levou o passaporte. Volto ao Peticov e ele, generosamente, me dá cem dólares pra eu chegar em casa com alguma folga. Mais do que eu tinha ao ser roubado. Com dinheiro sobrando decido mudar a rota e passar mais alguns dias em Amsterdã.

Novamente no trem. Suíça à noite, Alemanha pela manhã, e o Reno, ah! o Reno... hora e pouco em Köln, Colônia, para troca de trem, tempo pra comprar e enviar três postais com selo e tudo ali mesmo da estação. Engulo um *strudel*, tomo suco de maçã, deixo mochila no compartimento com chave e saio a explorar a área. Depois do verão italiano, um pouco do agradável friozinho germânico. À margem do Reno, a catedral

170 *Antonio Bivar*

gótica, acho Colônia uma beleza. Entro na catedral, assisto um pedaço de missa em alemão, dá tempo de comungar, choro copiosamente por essa graça divina e penso no meu pai. Lembro dele contar sobre nosso sangue também alemão, sinto que ali também tenho um pé. E em agradecimento por esse *instant karma* vou acender uma vela eletrônica para papai, quando levo um susto. A voz de papai agora é brava. Ordena que eu pare de jogar dinheiro fora nessa mania de acender vela pra ele, que vela ele dispensa, sempre foi ateu. Sua voz, inaudível para o resto da catedral, mas ribombando nos meus ouvidos e de algum modo combinando com o som de Bach no órgão, faz tudo parecer maior que a vida. Mas o sol atravessando os deslumbrantes vitrais me atenta pra que eu volte à estação, que o trem já está quase para sair. Valeu a pena. Sinto-me purificado pela hóstia sagrada e na volta ao trem não bebo coca-cola, não fumo, faço jejum, penso na vida e na magia que é estar vivo a caminho sabe lá Deus do quê. Na decoração do vagão uma reprodução de *Apolo e as Musas*, de Giulio Romano. O quadro até me inspira a escrever um poemeto, "Apolo e as Musas":

Apolo é tão *moça*
dançando com as Musas que
olhando o quadro não se sabe
quem é Apolo
quem é Musa
tão *moça* é Apolo
dançando com as Musas.

Aos quatro ventos 171

29

AMSTERDÃ, DE 18 A 22/6/1981. Cheguei de surpresa e exausto. Gert e Hans estavam em casa. Com certeza eles não esperavam tão cedo a minha volta. Os três gatinhos-bebês cresceram e estão levadíssimos. Gert todas as noites chega de madrugada do De Spijker. Não saí nenhuma noite, exceto a última, quando fomos ver The Cure. Nas outras noites fiquei em casa lendo o diário de estrada de Ian Hunter, do Mott the Hoople.

O concerto do The Cure foi numa tenda tipo circo, armada especialmente para o evento. Combina com o show. Conceitual, *artsy*, inclusive os filminhos abstratos em preto e branco, bem amadores, projetados em uma tela no fundo do palco enquanto a banda toca. Robert Smith, o vocalista e líder da banda, se apresenta cuidadosamente descabelado e com uma maquiagem pós-David Vanian, do The Damned, um pouco mais carregada no *psicótico*. The Cure é um dos muitos grupos surgidos simultaneamente ou pouco depois da explosão punk e que, por serem um pouco mais intelectualizados, passaram a ser denominados pela imprensa especializada como *new wave*, mais mercantilizáveis que a imagem *destroyer* do punk. A tenda está lotada de punks e *new wavers*. A música mais conhecida do grupo é "Boys Don't Cry", e eu tenho sido bastante chorão nesta viagem. Da nossa turma todos gostaram, mas Hans gostou mais que todos. Certamente por ser o caçula.

Tardes no museu admirando as obras de Rembrandt, Vermeer e Frans Hals. Nesta viagem já de quase um mês, por Paris, Itália e volta a Amsterdã, vi tanto museu, tanta tela, estátua, escultura, instalação, e tanta ruína que agora de frente para o *Nightwatch* de Rembrandt me senti repentinamente cansado de arte, ao menos por uma semana.

E a fome dos seis gatos – as três gatas adultas e os três gatinhos – meu Deus! Toda vez que vou à cozinha beliscar qualquer coisa as gatas vêm atrás e os três gatinhos sobem pela minha calça e não me deixam beliscar em paz. E a minha fome! Desde que deixei Londres há um mês, as únicas vezes em que me senti de fato bem alimentado foram, aqui em Amsterdã mesmo, na estada anterior, quando Mikail nos preparou lautos jantares. O jantar de Mikail desta vez foi parecido com aquilo que no Brasil chamam de "cozido": uma vasta travessa com carne macia e legumes. Rapazes simpáticos e fraternos, estes de Amsterdã. Sentirei saudade de Gert, Hans, Mikail, Peter-Jan, Norbert e os dois Henks. Pena que agora, quando se reúnem no Gert, antes da saída para o De Spijker ou outro programa, só conversem em *dutch*. Penso que se cansaram da concessão de falar inglês pra que eu entenda do que estão falando. Em inglês só com Gert e Hans. Na despedida Gert disse pra eu voltar e me sentir em casa sempre que quiser. Mas não foi levar-me à estação porque tinha jantar fora, agendado fazia tempo. Hans levou-me à estação. Beijou-me na despedida e pediu pra eu escrever sempre, que ele coleciona cartões-postais.

Londres, terça-feira, 23/6/1981. Apeei na estação de North Wembley às duas e pouco me sentindo mais morto que vivo. Por telefone, de Amsterdã, avisei Tony que chegaria hoje. Que se ele estivesse no consulado não se preocupasse, tenho cópia da chave da casa. Torcendo pra não ter ninguém em casa na minha chegada, sozinho eu engoliria qualquer coisa (além da fartura de frutas na fruteira, a geladeira de Tony está sempre cheia), tomaria um banho de banheira e dormiria até a chegada do dono da casa. Mas ao abrir a porta ouço no último volume a

Judy Garland cantando. Meu Deus, deve ser o bailarino!, pensei. E era ele mesmo, Ian Stewart, escocês, 19 anos, que fora expulso do Royal Ballet por ter aparecido nu na capa e nas páginas centrais da revista *Mister*, de orientação gay. Encontro-o na sala só de sunga fazendo alongamento ao som da Judy. Ao me ver entrando ele correu a me receber, sabia que eu vinha, estava me esperando, Tony o avisara. Tony deve ter feito meu cartaz, porque fui recebido como *celebridade*.

Era só o que me faltava, esbodegado do mês de viagem e agora ter que desempenhar o papel esperado e fazer sala para Ian Stewart. Ai Jesus, que mal eu fiz? – sofri, achando que não merecia aquilo. O cara era bonito e cheio de vida. Um misto andrógino de rudeza máscula e a falsa simpatia de uma corista, uma *showgirl*. E rodopiou pela sala, fez um número de *pot-pourri* da Judy Garland só pra mim, ao fim do qual estendeu-me os braços como que me chamando a dançar. Sem força para aplaudir seu número, desculpei-me dizendo estar exausto da viagem. Ian expressou profundo lamento e mandou que eu me deitasse nas almofadas, que ele ia me massagear. Não me ocorreu outra saída que obedecer à sua ordem imperativa dissimulada em enérgica simpatia. Deitou ao meu lado e ordenou que nos comunicássemos pelo olhar, que isso ia renovar minhas energias. E enquanto eu era assim energizado ele disse que absolutamente não pareço ter a idade que Tony tinha dito a ele que tenho. De modo que acabei não só seduzido, mas também hipnotizado.

Bem que eu teria preferido não ter passado por essa. Foi a primeira vez na viagem que fiz algo parecido, porque não foi nem sexo, mais uma *perfumaria*, digamos, musical. E a coisa não chegou a passar o limite d'eu sentir perdida minha recente castidade.

30

SÁBADO, 27/6/1981. Passei três dias numa espécie de confusão mental depois de ter sido desrespeitado – abusado? – pelo bailarino escocês. Pensei em deixar a casa de Tony e procurar um refúgio mais central, pra não cair na esparrela de outra semelhante. Antes da viagem ao continente deixara algum dinheiro para o resto de minha temporada na Inglaterra e esse dinheiro permitia-me alugar um quarto modesto e viver minha vida sem a absorção que era o viver de graça na casa de Tony. Quando disse a ele que ia fazer isso, depois de ter-lhe contado do incidente com Ian, Tony mostrou-se decepcionado com o prospecto. Disse que em sua casa eu tinha meu quarto e todos os confortos sem precisar pagar nada. Percebi que ele realmente gostava de ter-me como hóspede permanente e, sem esticar o drama, fiquei. E para celebrar Tony espocou uma garrafa de champanhe Veuve Clicquot Ponsadin, safra 1973. E celebramos, os três. Ioannis, seu namorado grego, estava de volta. Deixei os dois felizes da vida deitados nas almofadas da sala assistindo tevê e subi pro meu quarto.

Dias, semanas depois. Estava novamente feliz fazendo o que gostava nestas férias compridas. E por que não esticá-las, sabendo que por mais esticadas não iriam durar para sempre? Resolvi encompridar as férias por mais seis meses e entregar meus dias ao deus-dará.

Vagando poeticamente por Harrow On The Hill avistei uma igreja gótica cercada por um pequeno cemitério antigo. Amo a paz desse tipo de cemitério inglês em volta de igrejinhas. Pas-

Aos quatro ventos 175

sando por entre as lápides descubro ao acaso o túmulo da irmã de Lord Byron. A descoberta me deixa encantado. E mais ainda por estar na fase de escrever poeminhas românticos brincando com palavras em espontânea inspiração, como que tocado pelo sopro da musa. Seguindo a intuição, certo de que chegarei a North Wembley desço a colina, atravesso um pasto de gado pacífico, avisto ao longe um carvalho solitário que me dará sombra e descanso do sol dessa hora. Os dias de verão têm sido altamente propícios à entrega total à natureza e seu tratamento de beleza física e mental. Estou reaprendendo a aprender me desprendendo do apreendido. Por assim dizer. No instante concebido pela circunstância exata do maravilhoso. O sol é para todos. Em vez de Byron leio Virgílio e escrevo *stanzas*. Mas no meu quarto antes de dormir estou lendo *Popism*, de Andy Warhol, lançado dia desses. E li numa revista brasileira recém-chegada entrevista com Danuza Leão. Danuza diz que não dá presente nem no Natal nem em aniversário. Entendo. Danuza é tão rica de si mesma que considera sua chegada o melhor presente.

Ainda em junho fui ao concerto dos Kinks no Rainbow e ao de Bob Dylan em Earl's Court. O show dos Kinks estava cheio, os fãs sabiam o que esperar e tiveram o esperado. Já no concerto de Dylan – fui à segunda noite –, lugar enorme, o público não enchia meia casa. É que Dylan aderiu ao cristianismo e os fãs estão de pé atrás nesta sua fase *evangélica*. A toque de registro fui à exposição "Turner and The Sublime" no British Museum e ainda assisti a palestra "The Sublime in Turner", por Geoffrey A. House. Turner é um de meus pintores favoritos. Sua arte já tão moderna nos séculos XVIII e XIX, esse pintor é realmente sublime. E fui ao Lyceum pra mais uma noitada pop, com o duo eletrônico alemão DAF (Deutsch Amerikanische Freundschaft, qualquer coisa irônica como Amizade Germano-Americana). Ultra high tech, o ponto alto foi *Der Mussolini*, o compacto

176 *Antonio Bivar*

simples que está nas paradas e nas danceterias *new wave*. Plateia de acordo, bem interessante. A banda que abriu foi a inglesa Monochrome Set, também interessante num outro sentido. E na sexta-feira 24 de julho fui ver a "Summer Exhibition" na Royal Academy e ali mesmo na Burlington House os desenhos de Leonard da Vinci.

Férias, mais que tudo, são pra cultura e estudo. Estou no lugar certo no instante exato. De frente para a janela do meu quarto fica o Vale Farm com seu vasto gramado e campo de esportes. No verão tem dia de futebol e dia de críquete (os jogadores em seus uniformes brancos). E volto ao centro, ao Lyceum, desta vez pra uma noitada punk. Atmosfera fraterna na tensão visual. Casa abarrotada, suada, arrepiada. Quatro bandas, Killing Joke é a principal delas. Muita cerveja e nenhum incidente. E não se fala em outra coisa que o casamento do príncipe Charles com Diana Spencer daqui três dias. O assunto mais comentado é o vestido da noiva, todo armado em tafetá, bem de acordo com a moda *new romantic*, da qual a princesa é fã confessa. Diana adora o Duran Duran, todo mundo sabe e ela não esconde. Ela é bem mais jovem que o príncipe, pouco mais que adolescente. Representa o eterno conto de fada da mocinha plebeia que conquista o príncipe, encantado. Se bem que a família dela é tão rica quanto a dos monarcas. Os meios de comunicação alardeiam para o mundo que este será o "casamento do século". De modo que é outro milagre eu estar em Londres durante o evento. E, como todo o povo, sou tomado pelo espírito da coisa. Afinal Charles é o herdeiro direto do trono, embora sua mãe pretenda continuar na ativa ainda por muito tempo. A rainha é exemplo de casamento feliz. Coisa que não aconteceu com sua irmã, a simpática princesa Margaret.

Terça-feira, 28/7/1981. Véspera do casório real. Fomos todos ao Hyde Park para o piquenique comunitário, como se a multidão, em alegria compartilhada, fizesse parte dos convidados da realeza. No alto verão o dia começa a escurecer por volta das dez e meia, e foi então que aconteceu o show de fogos de artifício com o efeito especial de incêndio da réplica do Palácio de Buckingham. Todo mundo comentava que mais lá pra perto, na área VIP, estavam representantes da nobreza europeia – inclusive Grace de Mônaco –, assim como destacadas figuras da política e do poder internacionais. No gramado Tony e Ioannis também celebravam, como se o casamento também fosse o deles. Depois do espetáculo pirotécnico e da retirada da nobreza seguida de metade da multidão, a magia da meia-noite seguiu em frente para os que permaneciam no parque. E como se nós mesmos tivéssemos algo de cisne e de unicórnio, Sebastião e eu ainda passeamos pelo gramado observando cenas. No humor assumidamente caipira, como se fôssemos os representantes de Ribeirão Preto na celebração do século.

Quarta-feira, 29/7/1981. Charles e Diana casaram-se na Catedral de Saint Paul. Dia quentíssimo. O povo foi convidado a ficar em casa e assistir a cerimônia pela televisão. "Até que a morte nos separe", juraram os noivos. Foi tão bonitinho que não contive as lágrimas. Neste mesmo dia Ioannis voltou para Atenas e Tony viajou para uma longa temporada substituindo alguém no serviço diplomático da embaixada do Brasil na Líbia. À noite fomos, eu e Sebastião, ao Hammersmith Odeon para uma noitada musical. No palco apresentaram-se três bandas, abrindo com a Daddy Yum Yum seguida da punk Theatre of Hate do Kirk Brandon, e fechando com Ian Dury & The Blockheads. Ian Dury no seu leve ultraje (em respeito à data) comentou e fez a plateia brindar o casamento real.

Domingo, 2/8/1981. Maria Luiza, do consulado, há meses me falara sobre um festival que ia acontecer no Institute of Contemporary Arts tendo em foco a vida, a política e a arte no Brasil.

Então fui ao ICA munido da *Revista de Teatro*, comigo na capa e dentro o texto completo de *Alzira Power*, peça que escrevi há dez anos e desde então, no Brasil, está sempre no circuito alternativo. Me apresentei ao Horst Toege, que, além de diretor financeiro do ICA, era o curador do festival In Floodlight Brazil. Horst pediu que eu deixasse a revista pra ele olhá-la melhor. Semanas depois telefonou convidando-me a um jantar *snack* em seu apartamento. Lá em Shepherd's Bush estavam várias pessoas envolvidas no projeto. Trocavam ideias sobre o festival. Ficou decidido que darei uma palestra de meia hora sobre o teatro brasileiro, palestra seguida da apresentação de uma cena da minha peça, primeiro em português, repetida a seguir em inglês, quinze minutos cada.

Nessa reunião na residência de Horst e Cecília (sua mulher, brasileira de Belo Horizonte) tive primeiro contato com Gláucia Hinchliffe, escolhida pra fazer "Alzira". Gaúcha de Porto Alegre, Gláucia é casada com o brasilianista inglês Mike Hinchliffe. Achei-a muito jovem para o papel, mas bastante determinada. Zé Prado, escolhido pro papel de "Ernesto", me pareceu perfeito. Paulista, é sobrinho do célebre dramaturgo Jorge de Andrade, e em Londres estuda arte dramática na RADA. Para a direção, Brian Stirner. Já ouvira falar dele. Jovem, bonito e moderno, Brian trocou a promissora carreira de ator pela de diretor. É professor na RADA. Antes, como ator interpretou Rupert Brooke num filme sobre o poeta feito pela BBC, e foi par romântico da jovem Helen Mirren numa encenação de *As You Like It* (Como gostais), de Shakespeare, filmada pelo mesmo canal. Brian, além de dirigir as cenas de *Alzira Power* no festival, ficou também incumbido de traduzir para o inglês a cena (com a ajuda de Zé Prado). O primeiro ensaio ficou marcado pra semana seguinte na residência dos Hinchliffe, em South Kensington.

Aos quatro ventos 179

Quarta-feira, 5/8/1981. Chegou de São Paulo via Venezuela o Grupo de Teatro Macunaíma, dirigido por Antunes Filho, com o espetáculo *Macunaíma*, para representar o Brasil no Primeiro Festival Internacional de Teatro em Londres. Marcelo Kahns, que administra a produção, telefonou convidando pra estreia no Lyric Theatre em Hammersmith. Fui. Maravilhoso. Mesmo representada em nossa língua, a energia do jovem elenco, muitas vezes nu em pele, impressionou sobremaneira o público inglês, que não poupou aplausos no final. A obra de Mário de Andrade nessa montagem de Antunes Filho trouxe o modernismo paulistano de 1922 para o modernérrimo espírito londrino de 1981.

No bar do teatro o reencontro com o casal Sandro Poloni e Maria Della Costa. Ele, produtor teatral e ela, sua mulher; sempre muito bonita, estrela de primeira grandeza do teatro brasileiro. Fazia treze anos que não os via, desde que ele produziu e ela interpretou "Heloneida" na minha segunda peça *Abre a Janela e Deixa Entrar o Ar Puro e o Sol da Manhã*, peça com a qual, graças à excelente produção do casal, ganhei o prêmio *Molière* da Air France como melhor autor do ano de 1968 em São Paulo. Com a passagem aérea do prêmio, pude me dar ao luxo de me exilar do Brasil durante um ano. Mas isto é história e já deve estar registrada em outro papel. No entanto que delícia reencontrar Sandro e Maria. Eles vieram com a trupe de *Macunaíma* pra um giro pela Europa – de Londres o espetáculo viaja a outros festivais. Maria está à procura de uma boa peça com bom papel para ela, uma peça que tenha "mensagem", mas também que seja bastante comercial para "ganhar rios de dinheiro". Um amor, o casal.

Quinta-feira, 6/8/1981. Primeiro ensaio das cenas de *Alzira Power*. Gláucia não tem nenhuma experiência de atriz, mas tem muita vontade. Seu trabalho paralelo como professora de português para executivos ingleses que vão trabalhar no Brasil serve para alguma coisa em termos de comunicação. Zé Prado demonstrou talento e o conhecimento da arte de representar de quem tem boa escola, a Real Academia de Arte Dramática, onde estuda. Brian tem de sobra estilo e pertinácia na direção. Sua tradução da cena ficou ótima. Ele tirou o excesso de antiguidades – a peça, afinal, foi escrita há mais de dez anos – e o *timing* ficou perfeito. Fiquei contente, contentíssimo.

Sexta-feira, 7/8/1981. *Macunaíma* é o espetáculo de maior abafo no Festival Internacional de Teatro em Londres. As críticas nos principais jornais, do *Guardian* ao *Times*, passando por todos os outros e as revistas guias de espetáculos, da *What's On* à *Time Out*, botam o espetáculo nas glórias, dizendo que Londres nunca viu nem nunca verá coisa parecida. Microcosmo da vida, hipnótico, dadaísta, surrealista (André Breton foi lembrado na crítica do *Guardian*), mágico, *dazzling*, poderoso, carnavalesco, os críticos surtaram nos adjetivos. E nas outras apresentações, teatro lotado e ingressos esgotados. O personagem-título imprime a noção do brasileiro típico e sua ingênua esperteza atípica. Voltei ao Lyric, um pouco para ver a movimentação do público e outro tanto para estar com Sandro e Maria Della Costa no café do teatro. Maria continua à procura de um bom texto para sua volta aos palcos, mas de tudo que se informou da temporada teatral londrina achou que, ou não tem papel pra ela, ou não interessa ao seu público no Brasil. Foi ver uma peça no West End, achou a coisa "muito local" e a Deborah Kerr "muito *fresca*". Maria é um encanto de pessoa. Sandro perguntou se não escrevo mais para teatro. Respondi que escrevo sim, e que, aliás, estou aqui graças ao prêmio recebido por um texto na I Feira de Humor do Paraná. Sandro e Maria perguntaram se não sei de alguma peça maravilhosa e com bom papel pra Maria fazer. Prometi ao casal pensar a respeito.

Aos quatro ventos 181

Sábado, 8/8/1981. Ensaio das cenas de *Alzira*. Gláucia apesar de inexperiente está empenhada e vem rendendo, embora seja muito dispersiva e no ensaio seguinte esqueceu tudo o que aprendeu no ensaio anterior. Brian e Zé Prado, no entanto, têmse revelado compreensivos e pacientes. Depois do ensaio levei Gláucia ao café do Lyric e ela ficou impressionada com a jovialidade de Maria Della Costa. Sendo ambas gaúchas entenderamse muito bem. Maria deu alguns toques de interpretação a ela. Gláucia e Sandro também se entenderam. Sandro, que não fala inglês, convidou Gláucia para ser sua intérprete na próxima viagem a Londres. Gláucia adorou o convite. Maria contou que continua vendo espetáculos, mas nada de encontrar um texto que a anime a voltar aos palcos. Como o casal me pedira sugestão de alguma peça pra Maria, depois de muito pensar sugeri *Condessa Cathleen*, de W. B. Yeats, o grande poeta irlandês e Prêmio Nobel de Literatura. A peça é antiga, mas o tema bastante atual para o Brasil. – Está em cartaz na cidade? – perguntou Maria. – Não, respondi.

Na verdade não tenho notícia de qualquer outra montagem que não a original no Abbey Theatre de Dublin há muito tempo. Mas é que a li recentemente numa tradução brasileira da Coleção Nobel e fiquei impressionado com sua beleza e atualidade. Contei o enredo da peça: na Irlanda, época da grande fome no fim do século passado, para sobreviver de batata o povo tem que vender a alma ao demônio que bate de porta em porta negociando. A Condessa Cathleen, nobre de sangue mas também de alma, ama tanto a gente de seu feudo que, para preservar sua alma, vende ela a dela, a qual, pelo fato de ela ser condessa, uma nobre, vale mais no mercado de almas. Um personagem maravilhoso para Maria Della Costa voltar aos palcos.

– Mas é peça que só mostra pobreza e gente malvestida? – quis saber Maria, um pouco preocupada com a imagem e também achando que o público não quer saber de ir ao teatro pra ver pobreza, coisa que em São Paulo é o que mais tem nas ruas.

– É elenco grande, pelo jeito – disse Sandro, já pensando na produção e na folha de pagamento.

– Umas doze pessoas em cena, com atores dobrando papéis – falei. – Mas é uma peça lindíssima, poética, riquíssima em mitologia e espiritismo irlandeses, o tipo da peça que, benfeita, o público adora. E vai muito bem com o momento atual do Brasil. O povo não está passando fome? Não existe toda essa força mística religiosa, candomblé, católicos, evangélicos, sincretismo? Maria não seria maravilhosa fazendo uma condessa, mesmo acabando descalça, uma heroína corajosa que dá a própria vida, a própria alma para salvar a de seu povo?!

Maria gostou, mas não ficou muito entusiasmada. Há décadas fizera *O Canto da Cotovia*, de Jean Anouilh, onde fazia Joana D'Arc, que era um pouco assim. Na época, Victor Brecheret até esculpira dois bronzes dela como Joana D'Arc. – O que a peça de Yeats precisa – falei – é de uma boa tradução teatral para o Brasil.

– Eu faço a adaptação – adiantou-se uma mulher vivíssima e um tanto esdrúxula que momentos antes se sentara à nossa mesa e, imiscuindo-se na conversa da procura de texto para Maria voltar aos palcos, tentou sem nenhum sucesso convencê-la a fazer *Happy Days*, de Samuel Beckett. Maria não teria oportunidade de usar lindas roupas enterrada até o pescoço na areia a peça toda.

– Bem – falei – eu tinha pensado em Millôr Fernandes para a adaptação. Tudo que Millôr adaptou pra Fernanda Montenegro funcionou.

Maria continuou dando a impressão de não ter ainda descoberto a peça ideal para fazer sua *rentrée* aos palcos. Mas Sandro pediu que a mulher vivíssima anotasse o nome da peça,

Aos quatro ventos 183

do autor, em que coleção saíra traduzida no Brasil e tudo. E voltando-se para mim disse: – Você é que precisa voltar a escrever para teatro, uma peça que também seja comercial, que faça sucesso.

– Mas tudo que escrevo é comercial – respondi. – O público é que não percebe.

Sandro e Maria me fizeram prometer escrever uma peça pra eles. "Uma peça com mensagem, mas também com muita roupa bonita", disse Maria. Aos 55 anos ela continua belíssima, corpo perfeito e pernas sensacionais.

Domingo, 23/8/1981. Cheguei de Glastonbury, Somerset. Passei três dias com Angela e Barry Smith. Pubs, cerveja, cidra, visita a amigos de Angela. Ela, amizade de dez anos, de quando vivi aqui. Barry, seu marido, conheci agora. A sós, com um e com outro servi de confidente, porque o casal vai mal no casamento. Barry não trabalha, vive do salário-desemprego, não tem iniciativa e andou tendo caso com uma garota mentalmente desequilibrada internada no sanatório. Angela e Barry não tem filhos. Mas a casa tem vários animais. Cães e gatos vivem em perfeita paz doméstica. Glastonbury é um dos meus lugares, de modo que fui dar um pulo lá. Voltei revigorado pra enfrentar o preparo de minha palestra e os ensaios de *Alzira Power*.

31

Dias preparando a palestra sobre a história do teatro brasileiro para a noite de 15 de setembro no ica. Está ficando engraçada, na medida em que, sem material de pesquisa, vai tudo de memória e imaginação. Escrevo-a em tom farsesco-cronológico, na linguagem infantojuvenil de garoto gazeteiro com certa verve para comediante. É excitante por ser a primeira vez que escrevo palestra em inglês. Mike Hinchliffe, solicitado, aceitou de bom grado ajudar-me na correção de erros *crassos*. Isso porque também faço questão de *errar* um pouco. Sei que [em comédia] certos erros funcionam como acertos. Despertam a plateia e fazem o público rir. E afinal, sou basicamente um humorista.

A palestra começa comigo contando da Primeira Missa, por Frei Henrique de Coimbra, que foi puro teatro. E segue falando de Anchieta e dos índios e vai em frente. Mike disse que começo bem e poucos são os erros (Mike foi professor de inglês de dona Sarah Kubistchek, no Rio, há uns quatro ou cinco anos). Mike e Gláucia convidaram-me a ficar com eles na acomodação estudantil em South Kensington, onde moram. Fica no primeiro andar e tem um enorme balcão, um verdadeiro terraço, bem de frente para o Museu de História Natural, na Cromwell Road. Aceitei, lógico. Um dos quartos é vago e ficará meu. Assim fico com duas residências em Londres, e sem pagar aluguel: a casa de Tony em North Wembley e a morada dos Hinchliffe, em South Kensington. É um *habitat* moderno como outros semelhantes. A casa é animadíssima. Estudantes, amigos, visitas. Só se dorme depois das três da manhã. Drogas recreativas, vinhos,

Aos quatro ventos 185

quem chega traz, e o humor de Derek e as histórias de suas mulheres glamorosas. O entra e sai da casa é tanto que às vezes, meio sufocado, tenho que vir pra North Wembley onde, na ausência de Tony, que continua em Trípoli, tenho a casa dele só pra mim. Digo que vou molhar as plantas e tudo bem. E minha *lecture* concisa sobre a história do teatro brasileiro está ficando realmente boa. Depois de Anchieta pulo alguns séculos diretamente para o teatro como entretenimento elegante para a corte e cortesões no tempo do Império, no Rio de Janeiro. E da viagem de Sarah Bernhardt e da queda dela no poço do Teatro Municipal no Rio, e do efeito teatral que foi a Semana de Arte Moderna em 1922 no palco do Municipal de São Paulo, e do teatro de revista e as vedetes, as tragédias de Nelson Rodrigues e as comédias em geral, enquanto em São Paulo acontecia a invasão italiana no TBC de Cacilda e Tonia, e vou para a Vera Cruz de Eliane Lage, Anselmo Duarte, *O Cangaceiro* e Mazzaropi. E cito como marcos revolucionários o Teatro de Arena com o "sistema coringa" e o Teatro Oficina com *O Rei da Vela*, e a esquerda armada e a esquerda festiva, o teatro feito na ditadura militar e sua incessante luta contra a censura, e o que o teatro perdeu e ganhou com o *coup d'état*, e a nova dramaturgia da qual fui pilar, os prêmios, o exílio, o que rolou depois e o que está rolando agora, com a recente temporada de *Macunaíma* em Londres, por exemplo. Perguntei a Brian se podia usar a palavra "tacky" (cafona) e ele achou melhor não, que a palavra caíra de moda fazia três anos. E assim, escrevendo a palestra, dividindo-me entre a agitação da casa de Gláucia e Mike e a solitude de North Wembley, e mais a visita inesperada de Andrew Lovelock, que telefonou pra contar do fim do casamento dele e Carole (Rory Douglas, o filho, ficou com a mãe) e que, jantando no Paulu's, o restaurante brasileiro em Covent Garden, viu meu nome no programa do *In Floodlight Brazil* e queria me ver. Chegou com tequila e sugeriu que fôssemos fazer piquenique em Kew Gardens. E lá fomos, no seu Alfa Romeo.

Os preparativos do festival *In Floodlight Brazil* no ICA continuam a todo vapor. Exposições, filmes, música, arte, política, usos e costumes, a influência autóctone, europeia e africana, poesia, capoeira, fotografia, oficinas, conferência de imprensa, entrevistas, comida típica, baile, tudo programado para durar dezoito dias, de manhã até a noite, de 2 a 20 de setembro. O teatro ocupava uma fatia do bolo e o nosso dia chegava.

Terça-feira, 15/9/1981. Cinco horas da tarde datilografei o último parágrafo da palestra. Devia estar no ICA antes das sete. Subi correndo as escadas, tomei banho, lavei a cabeça com o xampu e o condicionador de Glaucia, vesti minha melhor roupa – a camisa Versace comprada em Treviso e o paletó da Flip, o sapato com sola furada, a essa altura *fazendo gênero*, e corri com Mike pro ICA. Gláucia já estava lá repassando as cenas com Zé Prado e Brian.

Foi uma noite maravilhosa. O anfiteatro lotado e eu nervosíssimo. Minha palestra dera vinte páginas datilografadas em espaço dois. Meu tempo de palco era meia hora. Conseguiria ler tudo aquilo em inglês?

A primeira parte do programa foi ótima. O poeta Luís Agra leu seus poemas com calma e segurança. Mike leu as traduções para o inglês com muita verve e mais segurança ainda. O público dava a impressão de estar acompanhando com prazer e descontração. Chegou minha vez. Subi ao palco já suando e totalmente apavorado. No primeiro parágrafo já quis desistir e pedi que Mike lesse a palestra por mim. Horst não deixou e o próprio Mike fez cara feia como que mandando eu ir em frente. E fui. Quando cheguei à página cinco disse à plateia, em inglês, algo assim: "Gente, ainda estou na página cinco. Se estiver sendo uma tortura pra vocês eu paro agora mesmo,

Aos quatro ventos 187

porque pra mim *está sendo* uma tortura". O público captou o duplo sentido no *timing* certo, morreu de rir e me aplaudiu em cena aberta – e isso bem no começo do meu show! Horst veio correndo feliz e me trouxe um copo de uísque. Eu estava molhado de suor da cabeça aos pés. Do público vinham correndo me trazer lenços. Socorrido de todos os lados fui em frente na leitura. Com as gargalhadas e os aplausos do público fui ganhando mais e mais confiança. Notei pela cara dos ingleses presentes que meu humor estava passando bem na língua deles. Ao término até eu queria mais. Os cumprimentos foram esfuziantes. Regina Ortolan, do nosso consulado, disse que do lado dela sentava um inglês que ria tanto que a dentadura dele até caiu! Sebastião, *cool*, que não costuma se surpreender com nada, também se surpreendeu com o carisma que ele não imaginava eu tivesse. Andrew Lovelock, entusiasmado, disse que eu lançara um novo gênero de palestra (ele adorou a piada de "parar na página cinco") e que devia repetir a *lecture* pelas universidades inglesas. Se eu quisesse ele já me agendava logo uma na Universidade de Sussex. Muita gente veio me pedir cópia da palestra. Senhoras, senhores, moças e rapazes. Repentinamente meus bolsos se encheram de endereços e telefones. E fomos todos para o bar, para o intervalo. Depois do intervalo vinham as cenas de *Alzira Power* com Gláucia Hinchliffe e Zé Prado.

Zé Prado esteve perfeito e Gláucia um pouco baratinada, mas sua garra não permitiu que a peteca caísse. A figura jovem, bonita, altaneira e nervosa de Gláucia como *Alzira*, seu penhoar japonês e o turbante formando um laçarote no topo, lembrou-me um misto de Carmen Miranda com Iris Bruzzi. Glaucia agradou sobretudo ao público masculino. A direção de Brian se fez impecável.

No bar do ICA estavam todos animadíssimos com o sucesso. Horst até nos pagou um cachê. Simbólico, é bem verdade, mas para quem não esperava nada e fez a coisa como que na brincadeira, valeu e muito.

Domingo, 20/9/1981. Hoje aconteceu a grande festa de encerramento do *In Floodlight Brazil* no ICA. Mais de quinhentas pessoas. E muito samba, muita salsa. Havia de tudo, famílias inteiras, bebês no carrinho, punks e outras tribos. Coincidiu que na moda e na música pop o verão londrino deste ano está com a febre do *latin style* e a festa brasileira fez bem o gênero. Conquistador por excelência, Andrew Lovelock conseguiu duas namoradas: Diana, restauradora do Orient Express, e a outra, Anne Marie, de 15 anos, aparelho nos dentes e acompanhada dos pais. Gláucia Hinchliffe estava de jaqueta nova, comprada na véspera no Kensington Market. Gláucia não consegue dissimular seu entusiasmo por Zé Prado, mas o jovem ator não esconde que ele e Brian Stirner são namorados. Brian não foi à festa porque não gosta de festa e no dia seguinte começava a dirigir uma produção dadaísta na RADA. Mike estava em noite de glória. Brasilianista de formação e profissão, adora falar do Brasil e, no vasto terraço no andar superior do ICA, fumava um *joint* cercado por garotas, umas mais bonitas, outras mais inteligentes, interessadas em saber do Brasil. Mike parecia bem feliz. Eu dividi-me entre vários grupos. Conversei com Rembert, o escultor, com John Dunn, Suely, Suzy e Pat. E com Lynn, que esteve no Rio e ficou muito amiga de meu amigo Rubens de Araújo. E com dezenas de pessoas e mais a linda Jane Critchey, que me lembrou de Julie Christie circa 1968. Conversamos um tempão. Ela está fazendo uma matéria compreensiva sobre o festival para a revista *The Leveller* (o nivelador). Por ser tão linda e eu tão modesto, no princípio temi que, como representante do *Nivelador,* ela me nivelasse por baixo. Mas não. Logo entrosamos um assunto animado, Jane ligou o minigravador e me entrevistou para a matéria.

32

TERÇA-FEIRA, 22/8/1981. Ontem eu e Sebastião fomos ao Venue ver as Mo-Dettes, uma banda feminina *new glam*. Atmosfera deliciosa. As garotas no palco fazendo aquele charme que só um grupo que tem mulher na bateria, mulher no baixo, mulher na guitarra, mulher no teclado e mulher no vocal consegue. E os garotos excitadíssimos na plateia. Não sei por que a crítica fala tão mal das Mo-Dettes. A rapaziada pareceu bastante contente com a performance delas. Ramona, a vocalista, é uma bonequinha. Dizem que é francesa. Mas isso foi ontem. Hoje, também no Venue, fomos rever Nico. Agora quarentona Nico me pareceu desleixada. Engordou. Não é mais a Nico de La Dolce Vita, Chelsea Girls e Velvet Underground, mas é a Nico, de qualquer jeito. Uma lenda. Um mito. Um ícone. Portanto a noite foi bastante interessante. O Venue estava lotado e Nico apresentou repertório antigo e novas composições, assim como standards de Jim Morrison e Bowie, e, com sua voz grave, cantou canções medievais e outras mais soturnas. A banda que a acompanhou era de gente nova – na guitarra uma garota –, com Nico por vezes no teclado. Estava feliz. E eu adorei ter ido rever a Nico depois de quase dez anos, quando em Paris, 1972, até fumamos um *joint* no estúdio da Anne Head.

Outubro voltou a terra. E o verão foi-se embora. O inverno promete vir com bastante vigor. Tenho recebido muitas cartas. De parentes e amigos mais chegados. No dia 30 de setembro nasceu em Brasília, onde reside a família, meu sobrinho Rodrigo de Bivar, filho de minha irmã Heloisa e Dirceu, já pais de

Rafael. Pelas cartas da família todos estão felizes com a chegada do último rebento. E todos irão para o batizado, menos papai, o único que já não está entre nós.

Cartas e mais cartas. Amigos queridos e saudosos. José Vicente, que recebeu alta do psiquiatra depois de anos de tratamento, inclusive tratamento de choque – e ele andou realmente mal, muita gente dizia que não tinha cura etc. Mas, pela sua longa carta ele me parece não só lúcido, mas também com o indefectível humor rebrotado. Ele me aconselha aproveitar a estada aqui e não voltar tão já pro Brasil, porque "está cada vez mais difícil conseguir dinheiro para atravessar o Atlântico". Brincando cita Edith Piaf, aconselhando: "Reste là". E mais cartas. Paulo Villaça conta que está mais seletivo no relacionamento. Atua em novela da Bandeirantes, *Os Adolescentes* ("uma decepção", diz, "aquela gentalha") e no teatro ensaia *Hamlet* numa versão moderna italiana achincalhada, dirigida por Antonio Abujamra. Villaça faz o arauto. E me manda o endereço de um *doctor* aqui em Londres que receita *Mandrax*. Paulo pede que na minha volta lhe leve de presente uma caixa do hipnótico. E de Uberlândia a carta de Edmar de Almeida, de bem com a vida, produzindo – agora resolveu pendurar as telas que vêm pintando há anos no varal do sítio, para que elas recebam a marca do tempo, do vento, das chuvas. De Juiz de Fora, carta *arte-postal* de Frederico Geissler. Depois do "chá de sumiço" que levou meses, Frederico voltou e conta que esteve andando pelos recônditos do Brasil; abandonou o xerox como arte e voltou às esculturas metálicas. Celso Paulini escreveu-me outra de suas cartas poéticas. Conta dos acontecimentos culturais de São Paulo, que lhe parece uma cidade maravilhosa, mesmo quando critica os acontecimentos. Celso conta das pessoas, seus amores e desamores, fala bem, fala mal, e o resultado é uma carta cheia de vida. Luiz Sérgio de Toledo escreve con-

Aos quatro ventos 191

tando com detalhes algumas festas da alta sociedade, como a de Jorge Guinle no Rio, que ficou falada como *ccc party* por causa da abundância de champanhe, caviar e cocaína, assim como a festa de Linda Conde em São Paulo tendo os anos 50 como tema, e de como certa dondoca, depois da festa, foi à casa de seu amor e encontrou-o na cama com outro. E que ela o xingou de "veado", deu um grande escândalo, a vizinhança chamou a polícia e foram todos presos. E que na festa de Linda, Vânia estava vestida de Elizabeth Taylor, mas [de tão descontraída] parecia Emilinha Borba! Joyce Pascowitch escreve dizendo-se contente porque já estou "na contagem regressiva", isto é, breve estarei voltando para São Paulo e à redação do *Gallery-Around*. Joyce diz que faço a maior falta e que, apesar de tudo, a revista vai indo muito bem e que ela adora o que escrevo daqui de Londres, mas que me prefere lá.

Dores e prazeres em outubro. Continuo sozinho na casa de North Wembley. Tony ainda está na Líbia. Estou com tendinite no ombro esquerdo. Uma dor terrível à noite. Engoli o paracetamol receitado pelo médico do Middlesex Hospital. Volto pra cama e tenho um sonho alucinógeno: em Roma, noite de verão no palazzo de uma amiga, lua cheia, desfila no céu todo um afresco de Leonardo ruindo-se em deuses e querubins. Estou no salão do palazzo com quatro balzaquianas e um simpático estudante inglês que diz que comeria as quatro. A dona do palazzo é baiana, diz que está com fome e vai à cozinha fritar um ovo e passar patê no pão. Diz que é muito sacrificada a vida dos brasileiros na Europa. Passam dias se alimentando de pão e patê, mas não abrem mão dos tickets de museus. Que sonho!

No dia seguinte, fui ver, finalmente, a grande mostra *Picasso's Picassos* na Hayward Gallery em South Bank, quatrocentas obras. O que admiro em Picasso é o fato dele ter conseguido manter-se estrela em noventa anos de vida. 1981 comemora cem anos de seu nascimento. É Picasso *everywhere*. Mas fui também a outras galerias ver exposições tão interessantes quanto. Uma, de um artista dadaísta que minha proverbial ignorância dele até então não tinha notícia. Ele fugiu da Alemanha nazista em 1939 por sua arte considerada "decadente". Outra, de um artista italiano de agora, que, ele sim, pode ser considerado *decadente*. É considerado um dos mais representativos da nova onda. Do artista alemão, Kurt Schwitters, deliciosas colagens feitas com papéis e invólucros descartados (na pobreza do exílio dispunha-se do que se tinha, para fazer arte). Do nosso contemporâneo italiano, Francesco Clemente, destaca-se a ênfase ao escatológico. E mais noitadas pop. Ganhei ingresso e fui com Mike Hinchliffe ao concerto do Grateful Dead no Rainbow. Acontece tudo nesta bendita Londres de 1981, inclusive o *revival* psicodélico. E o gratificante Dead sempre vale uma *good trip*. Ganhei ingresso para ver os Ramones no Hammersmith Palais. Alegria total. Os punks estavam todos lá na mais festiva camaradagem e nenhum clima agressivo. Cigarros, cigarros mesmo, de tabaco, passavam de mão em mão e de boca em boca. Fotografei bastante com minha Olympus. E comprei o novo LP do Madness, que está ótimo. O grupo está em todas. No *Top of The Pops*, e na capa da *Event* um cupom. Os primeiros enviados receberiam dois ingressos para a pré-estreia de *Take It Or Leave It*, o filme do grupo, no Odeon em Camden Town. Fui premiado e levei Sebastião, que também é fã da banda. E madruguei na fria manhã de domingo e saí feito bala pra ser um dos primeiros da fila da venda dos ingressos para o concerto do Madness no teatro Dominion no distante 16 de novembro. Bilheteria aberta hoje, os ingressos esgotaram-se rapidamente, mas consegui os nossos, o meu e o de Sebastião. E Sadat foi assassinado no Egito, aproximadamente um mês depois de ter ordenado uma blitz nacional contra os extremistas muçulmanos mais incô-

Aos quatro ventos 193

modos. Com a morte de Sadat cresceu ainda mais a tensão no perímetro que abrange o mundo árabe e judeu. Em Londres o príncipe Haddad, da Arábia Saudita, apesar de casado e pai de uma moça, é um grande pederasta que não faz outra coisa que andar pelo mundo com sua *entourage* de garotões caçados aqui e ali. Quem conta é Sikander, nosso amigo indo-árabe casado com Maria Luiza do consulado. Sikander trabalha para o príncipe árabe como um de seus motoristas – o príncipe, só na Inglaterra, possui vários carros, entre eles um Rolls Royce, um Mercedes, um Alfa Romeo e um Lamborghini. Sikander nos contou também que o príncipe acaba de importar cinco garotos da Tunísia para sua coleção. E que a mulher do príncipe é lésbica e a filha do casal, a jovem princesa, também está sendo "encaminhada". As passagens de metrô e ônibus baixaram 50%, fazendo a tensão diminuir em 15% na Inglaterra. Por outro lado, a televisão fartou-se de mostrar a primeira visita (de casados) do príncipe e princesa de Gales ao país de Gales. Diana foi, claro, a estrela da visita. Para cada ocasião uma roupa diferente, a modelo da década. Não faltam cartazes protestando contra os gastos da coroa com o guarda-roupa da Princesa. No México (Acapulco), uma reunião de vinte figuras da proa política e do poder internacionais para dois dias de conversas para saber como fazer para socorrer a miséria do Terceiro Mundo. A televisão inglesa mostra uma série de programas exibindo as cores e imagens dessa miséria, com muitas perguntas e poucas respostas. Entre os *flashes* da série um discurso coerente de Lula falando aos metalúrgicos do ABC. Outro *flash* interessante mostrou os cortadores de cana no interior paulista no seu humor típico caipira e o comovente depoimento de um boia-fria: "Dizem por aí que vão pagar duzentos cruzeiros por dia de trabalho, mas até agora...". E continuam cortando cana, de sol a sol. Uma das conclusões da série é que por volta do ano 2000

São Paulo será a maior cidade do planeta e possivelmente uma outra Bangladesh em termos de gente sem teto, esfomeada e morrendo na calçada. E o presidente general Figueiredo teve um sério problema cardíaco, substituído pelo vice Aureliano Chaves, que não é militar. Terrenos do governo são invadidos por milhares de desabrigados, os "sem-terra". Nos arrabaldes de São Paulo o prefeito Paulo Maluf bota 3 mil policiais para expulsar 3 mil invasores. Na Câmara dos Deputados o líder do Partido Trabalhista diz "É preciso distribuir terra para o povo". E em Washington, Ronald Reagan deixou escapar preferir que, na terceira guerra mundial, as bombas explodam na Europa, preservando, assim, o continente americano. Enquanto isso em El Salvador, América Central, a americanização do país continua sua política de extermínio dos que se rebelam. Na Europa o povo se revolta contra as palavras impensadas e os atos de Reagan, e na Alemanha, França e Itália acontecem passeatas pacifistas organizadas pela Campanha do Desarmamento Nuclear. Em Londres mais de 250 mil pessoas marcharam desde a margem esquerda do Tâmisa ao Hyde Park. Estive lá e me emocionei com a fraternidade dominante. Via-se de tudo, gente de todas as classes, jovens, famílias, pais com bebês no colo e em carrinhos, homossexuais assumidos, lésbicas ferrenhas, punks, skinheads e hippies. Bandeiras e flâmulas com dizeres como "March for the future" e "Give us a future". Fiz fotos lindas com minha Olympus de bolso. E fui a várias *jumble sales* (brechós de fundo de paróquias e salões benemerentes) em Harrow on the Hill, Bloomsbury e Chelsea; comprei um monte de roupas de inverno a preço de banana. Comprei um sobretudo de lã com os punhos ligeiramente puídos, mas de bom feitio, boa lã e elegante nos ombros. Calças, suéter, e um par de sapatos que, trocando a sola, ficará novo e impecável. Tudo por menos de cinco libras, ou seja, uns dez maços de cigarro. E Tony, o dono

Aos quatro ventos 195

da casa, que continua na Líbia a serviço do Itamaraty, está para voltar. Nos fins de semana Tony viaja para Atenas. Hospeda-se na família de Ioannis, seu namorado. De Atenas envia um postal-carta a mim e ao Sebastião: "Estou sentado no café aonde sempre vinha com os meninos da turma de Nikos. Eles estão servindo o exército, que pena! Estou sozinho porque Ioannis está na escola e também *in love* com sua Kawasaki 1000 cc. Era só o que faltava! Para compensar estou lançando olhares para um deusinho caído do Olimpo – 17 anos, olhos e cabelos castanhos, lábios grossos, pele clara bronzeada. Pena que me sinta como um paspalho brasileiro, chegado da Líbia e revoltado com tanto ódio culminado com o assassinato de Sadat. Por que ele e não o diabo do Khadafi? É tanta preocupação ante a incerteza que este nosso mundo está tomando que chego até a sentir tonturas e uma vontade (muito lá dentro) de desaparecer feito pó no ar. Essa vontade vem também da minha falta de habilidade no *approaching*". E Tony continua, no dia seguinte: "Fui ao Café La Bohème onde encontrei Nikos e a turma. Combinamos um programa a três para esta noite (Nikos, Spiros e eu), mas já tenho outro programa combinado com o Ioannis. A beleza aqui é tanta que me sinto confuso e dividido. Se não mandar outro cartão é porque a noite correu calma. Abração da amicíssima Zenaide". No seu humor gay *old school* Tony assinou "Zenaide" como *nom de plume*.

33

ESTAMOS EM NOVEMBRO e o inverno já se faz nos ossos. Agasalho-me bem. Na primeira noite do mês, véspera de Finados, noite outonal de ventania uivante e sono agitado, fui despertado ao som de vozes vindo lá de baixo, da sala. E uma voz firme, máscula, chama pelos de casa avisando que a porta da rua estava aberta. Respondo pedindo um minuto pra me vestir e desço. São três jovens, dois deles em uniforme policial. Pânico: "Será que viram o pé de *cannabis* que de tanto eu regar virou arbusto e atingiu o teto?!". Pelo jeito não estavam interessados em plantas ornamentais. Um dos policiais me faz perguntas como numa prova oral: – Você é o único habitante desta casa? Qual seu nome? Qual sua profissão? Qual é o número do telefone? Onde está o dono da casa? Por que a porta estava aberta? Digo que por distração deixei a porta só encostada e que o vento deve tê-la aberto. Posso dar uma olhada lá em cima? – ele pergunta. Claro, respondo, e subimos, eu e ele. Mostro-lhe o banheiro, o quarto de Tony com a cama arrumada, mostro meu quarto, a cama de solteiro desarrumada e minhas coisas espalhadas, mostro-lhe o passaporte com visto de permanência até março do ano que vem e o monte de cartas que venho recebendo desde que aqui cheguei há oito meses. Nos envelopes este mesmo endereço serve de prova de que moro na casa. Conto um pouco do que faço e ele acaba por convencer-se de que moro mesmo aqui e não sou um *burglar*. Na despedida ele volta a alertar-me a não deixar a porta aberta, que o IRA está novamente em atividade, inclusive aqui perto.

Aos quatro ventos 197

Gostei dos policiais. Cavalheiros. Respeitosos. E o que subiu ao andar superior para a vistoria me fez lembrar meu pai jovem, em fotografias de quando eu ainda não era nascido. E até voltar o sono meditei sobre o ocorrido e papai. Era como se ele tivesse encarnado no policial para alertar-me a não deixar mais a porta aberta. Na manhã seguinte, Finados, acendi vela para ele e para os bons policiais na igreja de Saint Patrick no Soho. E assim vai novembro. Cinema, filmes antigos, cinema mudo, Murnau, Cocteau, *film noir*, Ann Savage, Jane Greer, anos 40, Robert Mitchum, e filmes novos, Nicolas Roeg, Fassbinder, Istvan Szabo (*Mephisto*). Almoços, jantares – depois da palestra e do pequeno show de *Alzira Power* no ICA tenho sido bastante requisitado. Mas continuo preferindo a solitude. E de Buenos Aires, carta do produtor, diretor e ator Rudy Carrié. Ele conta que Aderbal Freire Filho esteve por lá e sugeriu *Cordélia Brasil* para Susana Campos. Susana é famosa no teatro e na televisão portenhos. Na carta Rudy escreveu que minha peça é o veículo perfeito para a atriz no atual momento e que o projeto além de Buenos Aires é levar a peça pra Madri. Sinto, pela elegância da carta, que Rudy Carrié é um profissional sério e generoso. Ele propõe enviar-me mil dólares como adiantamento. E se eu estiver de acordo, acrescenta, que tal eu escrever um texto sobre a peça para o programa? Mil dólares é tudo que preciso para esticar minha temporada inglesa. O resto, contrato, cláusulas, tradução para o espanhol, porcentagem etc. será entre a sociedade de autores da Argentina e a SBAT, no Rio.

Que sossego! Mais uma vez *Cordélia Brasil* me livra da penúria.

E fomos, eu e Sebastião, na segunda 16, ao concerto do Madness no Dominion. A abertura foi com as Belle Stars, a banda de oito garotas deliciosas. As Belle Stars aderiram à onda pseudolatina e afro-caribenha que aqui também toma conta desde o verão e, vindos de Nova York, Kid Creole & The Coconuts. As Belle Stars estão agora no palco abrindo pro Madness. Na plateia a maioria não passa dos 20 anos. E que delícia, eu, aos 42, estar ali como se tivesse 15. Minha alegria não se contém. E a adrenalina geral extrapola com a subida de Madness ao palco. Bem mais contido, embora também adorando, o Sebastião. Com Suggs à frente, o *ska* rolou solto no palco e na plateia. Foi uma experiência metafísica, catártica. E arrependi-me de não ter comprado com antecedência ingressos para as duas outras noites do grupo (e das Belle Stars) no Dominion. Os ingressos estão esgotados. Agora só nos cambistas.

Soube por Mike Hinchliffe da existência do City Lit e fui lá, em Covent Garden. É uma escola tradicional e respeitada, mantida pelo governo. São dezenas de cursos rápidos a preços módicos. Fui lá ver o que tinha e senti vontade de fazer vários cursos, mas só havia vaga para o curso "Endgame", com a professora Carol Burns, em novembro. Matriculei-me. Nesse curso os alunos levam seus trabalhos – contos, histórias curtas, começo de romance, memória e autobiografia – leem-nos em sala, e então os textos são discutidos pela classe e professora, com o aval final desta. Somos catorze colegas de idades variando entre 25 e 70 anos. Não faltei a nenhuma das quatro aulas, cinco horas cada. Foi uma excelente experiência, estar junto com pessoas que gostam de escrever e escrevem, mesmo que nenhuma tenha até então obra publicada. O objetivo do curso é ajudar os autores a concluírem seus trabalhos. Num dos sábados o jovem autor de sucesso Ian McEwan veio nos dar uma palestra.

Alguns dos colegas deixaram forte impressão. Audrey, quarentona, jornalista e bastante sensual. Pele clara, cabelos pretos no estilo Elizabeth Taylor anos 50, opção por roupas que acentuam as formas, vestido justo em malha pele de onça. Seus contos revelam experiências da puberdade e adolescência em am-

Aos quatro ventos 199

biente classe média baixa no norte da Inglaterra e num subúrbio londrino. Sotaque *cockney* carregado, Audrey lê inflexionando a ingênua libertina na admiração pelas amigas, e os conselhos da mãe, mulher viva, simples e iletrada, mas aguda no chamar a atenção da filha para o comportamento das colegas.

John, uns 70 anos, pintor, tem o físico de quem viveu uma vida sem muito cuidado, mas bem vivida – talvez viciosamente, os lábios são caídos e ele caminha e lê com dificuldade. Começou a autobiografia e trouxe os escritos rabiscados, diferente de Aileen, passada dos 60 anos, mas disciplinada, amarga, cruel e rigorosíssima no que escreve. Classe média pretensiosa. Seu romance, ela o trouxe datilografado em IBM e encadernado. Outra senhora – não guardei seu nome – leu os contos que escreveu para um livro que gostaria de publicar, sobre sua experiência como zeladora de um edifício em Liverpool cujos inquilinos tinham uma característica comum: não gostavam de pagar o aluguel. Seus personagens são: um casal homossexual – o macho e a bicha –, um hippie calado e gente peculiar e esquisita. A filha dessa autora – ela nos contou num intervalo – trabalha como atriz figurante.

Outro dos alunos, Lorenzo, de Trinidad, foi por todos elogiado pelo primeiro capítulo de seu romance, que tem sua ilha caribenha como cenário e seu povo como personagens. E Ian, a quem, desde a primeira aula, ninguém deu atenção, ao ler seu texto foi duramente criticado pela professora e por alguns alunos como antiquado, de um "gótico" século passado. Mas enquanto Ian lia o primeiro de seus contos mórbidos, senti compaixão por sua voz triste de perdedor convicto. Está ficando calvo. Notei caspa em sua cabeça e na gola do paletó. Grandalhão, rosto másculo de lábios grossos bem desenhados, nariz correto, Ian lembra um personagem de D. H. Lawrence. Talvez solitário, casa suja, ele próprio descuidado, cueca imunda, preguiçoso na conquista feminina, vagamente esperançoso da fêmea ideal. Talvez punheteiro – como deixou escapar lendo um dos contos, no qual descreve uma mulher que o visita em sonhos, conto considerado pela mestra nada mais que mera masturbação. Na cola de Bukowski.

Quanto aos meus escritos, tendo em inglês apenas minha palestra sobre teatro brasileiro no ICA e a cena de *Alzira Power*, levei-os assim mesmo para me testar versado para o inglês. Audrey e Lorenzo leram a cena da peça e outra aluna leu a palestra. Até me assustei com o sucesso. A professora e os colegas riram muito e fui considerado "brilhante". Uma das alunas, uns 26 anos, mostrou-se repentinamente atraída sexualmente por mim, mas fugi, por timidez. Um americano do Meio-Oeste, uns 50 anos, jornalista, disse que o impressionei com minha personalidade fora do comum, tanto na escrita lascada como na presença discreta durante as aulas. Gostou do meu humor e lembrou-se de um trecho de minha palestra, no qual digo que aos 9 anos de idade, assistindo Esther Williams em *Escola de Sereias*, decidi etc. Red insistiu que fôssemos ao pub perto beber e continuar o papo. Fui, porque também tinha gostado de seu conto. Por coincidência seu conto incidia no mesmo tema dos contos *masturbados* por Ian, com a diferença de que a personagem feminina não era musa sonhada, mas real. E com que objetividade realista na linguagem jornalística Red a descreve! A vibração feminina das participantes do curso e a da própria Carol Burns, a orientadora, fez o resto da classe sentir que todas gostariam de ser a personagem do conto. O conto de Red dá a impressão de autobiográfico. Começa na adolescência do personagem e a musa inspiradora é a primeira mulher de sua vida, uma senhora da vizinhança numa pequena cidade do Centro-Oeste. Escrito na terceira pessoa. Achei-o meio naturalista do século XIX, com muito da atmosfera erótica dos romances de

Aos quatro ventos 201

Erskine Caldwell passados no interior dos Estados Unidos na década de 1950. Se antiquado no tema, de moderno tem, que essas coisas continuam acontecendo. Tanto que a professora e as alunas ficaram alvoroçadas. E assim que terminada a aula no último dia do "Endgame" deixei o City Lit sem me despedir de ninguém. O curso foi em inglês mas minha saída foi à francesa. Tinha feito o curso para aprender e aprendi. Senti-me enriquecido e ponto. Dostoievsky disse que em literatura tudo tem importância.

34

UM DE MEUS sonhos era passar um Natal bem inglês, e de preferência no interior da Inglaterra. Convites não faltaram. Andrew me ligou convidando-me a passar o Natal com ele, pais e irmãos em Bowerchalk, Salisbury, mas Angie e Barry haviam me convidado antes e fui passar o Natal com eles, em Glastonbury.

Quinta-feira, 24/12/1981. De ônibus a Glastonbury. Saí da Victoria Station, fiz baldeação em Bristol, uma paradinha em Wells e chego a Glastonbury. A casa de Angie e Barry é um sobradinho geminado, no alto da colina quase à saída para uma fazenda. Barry me recebe. Uma sala pequena. Angie está na poltrona enfiada num saco de dormir até a cintura. Manda-me subir e deixar a mochila no meu quarto. Subo e desço. Angie e Barry cada um em sua poltrona e a lareira com madeira ardendo. Os gatos, os cachorros. O casal assiste televisão. Antiga, branco e preto. A sala está enfeitada para o Natal à maneira da classe média simples inglesa. Dezenas de cartões de Boas Festas pendurados num barbante de parede a parede. Ao pé da árvore de Natal, na mesma mesa da televisão, os presentes embrulhados em papel natalino. Barry me oferece café, aceito, e ele vai prepará-lo na cozinha. Puxo a cadeira pra perto de Angela e conversamos. Ela conta que os animais também ganharão presentes. A atmosfera é alegre, mas de uma alegria de Natal sem criança. O casal é jovem, crianças virão com o tempo. Por volta das dez fomos caminhando até o Rifleman's, um pub que eu já conhecia de outras visitas.

Aos quatro ventos 203

O pub lotadíssimo. Todos muito fraternos e comunicativos. Bebemos *cider*, Barry pagou a rodada. Por ser noite de Natal o pub fecha mais tarde. Barry gostaria de ficar, mas Angie nos faz levantar. No caminho passamos pela casa de Charlie e Nancy. As crianças dormiam e Nancy não estava. Charlie nos fez chá. As duas salas e a cozinha estavam iluminadas. Uma das salas toda enfeitada para o Natal. Também os cartões de Boas Festas pendurados em barbantes de parede a parede, e montes de presentes sob a árvore. E lareira acesa. Charlie muito simpático e alegre. Deixamos Barry fazendo-lhe companhia e, a meu pedido, Angela e eu fomos à missa da meia-noite (no Brasil, Missa do Galo). A Igreja de São João Batista é do começo do século XV. Estava cheia. Gostei da missa. O padre que a rezou me pareceu bastante firme. Geralmente padres são tão apagados, mas este mandou bem. Falou do estado lastimável do planeta e comentou a situação na Polônia. Durante a missa cantamos quatro hinos. Um deles com letra de Christina Rossetti. Fiquei com vontade de comungar e Angie deu força, embora ela mesma não comungasse. "Não fui confirmada", disse. A Igreja anglicana, no ritual, em quase tudo lembra a católica, mas na comunhão, além da hóstia recebi um cálice de vinho tinto forte. E orei. Pedi a Deus o essencial, saúde e paz para todos, no mundo inteiro, sem exceção. Concentrei-me também nos mais queridos. Tanta gente! Na distância o amor é maior.

Voltando para casa Angela contou que não fora "confirmada" porque não acredita. Ela crê em Deus, mas não consegue crer na igreja.

Antes da ceia fiz uma chamada internacional pra casa de meus sobrinhos em Ipanema onde, este ano, ficara combinada a reunião familiar. Estavam todos alegres, mas também tristes: era o primeiro Natal sem papai, falecido em abril. Mamãe, surda, não podia me ouvir, mas veio ao telefone me desejar Feliz Natal. Ouvir sua voz foi a maior bênção natalina.

Foi uma ceia vegetariana. Angela e Barry são vegetarianos. Batatas grandes assadas partidas ao meio para a manteiga. Um cozido de legumes bastante *spicy* e pizza. Muito simples, achei uma delícia. Um cálice de vinho. E os animais também alimentados com rações próprias. Fomos dormir tarde. Barry ainda foi levar os cachorros Bruce e Scampi para uma caminhada.

Um Natal em Glastonbury. Sexta-feira, 25/12/1981. Quarto é muito importante. "Um quarto que seja seu", escreveu Virginia Woolf. E o quarto de Van Gogh naquela pintura que ele deixou, e o sótão de Cinderela, quartinhos simples onde, no sono, os sonhos são mais ricos, tornando feliz o despertar. É assim o meu quarto na casa de meus amigos aqui em Glastonbury. Só não tem aquecimento central e na madrugada nevou. Dormi vestido de dois pares de meia, uma ceroula felpuda sob a calça, camiseta, camisa de flanela, dois suéteres e a cabeça enrolada num cachecol. Angela acordou-me com uma caneca de café com leite, mas depois de bebê-la continuei na cama até meiodia, quando Barry me chama para a abertura dos presentes. Apronto-me e desço. Estão todos na sala: Angela e Barry mais os gatos – Barcroft, o gatão pai, Tikki, a gata mãe, e Primo" e "Floyd, os gatinhos adolescentes; e os cachorros, Bruce e Scampi. Todos recebem presentes. Gatos e cachorros recebem latas e pacotes de guloseimas felinas e caninas. Os gatinhos ganham dois camundongos de dar corda e soltar. Parecem de verdade, na lisura do pelo e nos rabinhos. Os gatinhos ficam maluquinhos. E Angela entrega-me um dos meus presentes – uma bandeja para copos com a cara de um gato. Barry entrega seu presente a Angela – um bonito livro com tudo sobre gatos; entrego meu presente a Angela – um livrinho de humor chamado "Eu e meu Humano", como se fora escrito por um gato

Aos quatro ventos 205

sobre seu dono. Angela parece muito feliz. Sempre sonhara ter o livro que Barry lhe dera, desde que vira um igual na casa de Emma, uma artista cuja especialidade são pinturas de gato. Angela também gostou do meu presente, achando muito bonitas as ilustrações dos gatos. E mais presentes. Angela passa o embrulho para Barry, que o abre. São dois livrinhos, um sobre gatos e um sobre cachorros. Ambos com desenhos e frases infantis sobre esses animais. Barry adorou. E passo meu presente a Barry, um livro ricamente ilustrado chamado *O Cachorro Literário*, com trechos de autores famosos sobre cachorros. Sinto, pela expressão, depois de folheá-lo, que Barry não gostou tanto quanto eu esperava. Muito literário, talvez? E Barry me entrega seu presente, uma escova de dente cafona – o cabo é um corpo feminino exagerado nos peitos e na bunda. "Boa, não é?!", exclamou. E mais presentes. Angela me passa dois embrulhos. Abro-os. Um par de meias de lãs de cano longo, ótimo pro inverno, e uma latinha artística com paisagem na tampa. Em seguida Angela entrega outro presente ao Barry, presente que todos gostamos – *Demônios do Volante*, um jogo eletrônico de bolso, réplica dessas corridas de carros que existem nas casas de diversões eletrônicas do mundo inteiro. E todos experimentamos o jogo. Fiz só 16 pontos; o máximo é 99.

Depois dos presentes o chá servido com panetone Bauducco italiano que eu trouxe de Londres. Angela não conhecia panetone e fez um "Humm!", de quem gostou muito. Após o chá fui com Barry passear com os cachorros numa fazenda perto. A neve cobria tudo e, pisada, era dura feito pedra. Barry atira longe um pedaço de pau e os cachorros correm para apanhá-lo. Brinquei de patinar, de pisar poça d'água solidificada pelo gelo, batendo com o calcanhar até quebrar a superfície, com cuidado pra não me molhar demais. Os bebedouros do gado também estavam com água solidificada. E praticamente todo o campo onde a vista alcançava, tudo coberto pela brancura da neve, até o alto do morro em cujo topo está a mítica torre medieval conhecida por Tor, o cartão-postal de Glastonbury.

De volta a casa, a televisão com a programação natalina. Angie e Barry querem ver o que gostam e acham que também gosto: um filme sobre a raposa que fica amiga do cachorro. No meio da overdose de programação animal escolhida por Angie e Barry sempre dá tempo de uma vinheta, de graça, humor e poesia humana. Como a velha de 104 anos que foi homenageada num programa. Não há como não se comover com quem consegue viver tantos anos e continuar vivo. O entrevistador faz as perguntas e a velha responde em cima, com a dignidade e a firmeza de quem venceu todas as batalhas desde o tempo da rainha Vitória. Como disse Barry, "Ela ainda está toda lá". Em meio ao programa o apresentador recebe um telegrama. É da Rainha Elizabeth felicitando a velha cujo rosto se ilumina e ela transmite toda uma pureza que me comove às lágrimas. E chega a vez da mensagem de Natal pela própria rainha. "Shut up", grita Angela. Levo um susto. E ela desliga a televisão mal a rainha abriu a boca. – Eu reinaria melhor este país que ela – diz, convicta. E me ponho a imaginar "Como?".

Angela foi pra cozinha preparar o jantar. Hoje, galinha recheada. Mas qual não foi sua reação quando, ao abrir o plástico, viu que a galinha veio vazia, sem o recheio. A reação de Angie foi digna de grande atriz. Recebeu o choque, mas não perdeu a cabeça. Deixou a galinha na cozinha, voltou à sala, pegou um bloco, sentou na poltrona e começou a escrever em voz alta, como que ditando à caneta: "Caro senhor, imagine o meu horror quando abri a galinha e vi que estava vazia!" – e não parou aí. Na Inglaterra existe esse hábito: tudo que vem errado é seguido de carta de reclamação e o erro é sempre reparado e recompensado. Aqui as reclamações funcionam.

Aos quatro ventos 207

Sábado, 26/12/1981. Estou achando o inverno realmente bom. E que sono maravilhoso! Estou bem agasalhado, inclusive de luvas e cachecol. À noite fomos à casa de David e Valerie. A casa é maior que a de Angie e Barry, uma verdadeira *cottage*. Mal chegamos Angie já foi dizendo: – Bivar quer assistir *E o Vento Levou*, e como aqui tem televisão colorida...

Notei que nem David nem Valerie estavam querendo ver esse filme. – Se vocês forem assistir esse filme então vou ao pub – disse David. Percebi, pela instantânea excitação de David, que ele preferia que Valerie ficasse em casa pra ele poder se liberar um pouco no pub. Até se esqueceu de que *eu* queria ver o filme e sugeriu que fôssemos ele, Barry e eu ao pub. Pego de surpresa pela sugestão, emudeci, mas Barry adorou a ideia.

– Não quero ver esse filme! – disse Valerie, no fundo não querendo que David fosse ao pub. E ligou o canal. Assim que o filme foi anunciado David levantou-se: – Então rapazes, vamos ao pub? – disse. – Prefiro ficar e ver o filme, respondi. Nunca vi, sempre resisti, mas como deu que é a primeira vez que passa na TV e a BBC pagou milhões pelo direito de exibi-lo...

Notei que Angie não gostou que eu não saísse com os maridos. Talvez ela preferisse ficar a sós com Valerie para as duas conversarem coisas de jovens esposas, coisas de mulheres, fofocas domésticas, sei lá. Mas depois dos primeiros minutos de constrangimento geral elas se ligaram no enredo e esqueceram o resto. O filme é muito comprido e hoje só foi exibida a metade – amanhã passa o resto. O filme é bonito, mas meio xaroposo. É realmente um filme pro público feminino. E na sala, sobre o tapete, travessas com castanhas, nozes, doces, bolos, frutas e uma garrafa de vinho branco. O casal tem três crianças já dormindo. São mais ricos, mais bem informados e mais ligados no mundo moderno que Barry e Angie. Têm automóvel. Mas também vivem a vida hippie. No cabelo, nas roupas, nos pôsteres na parede. O que é o normal, já que esse é o *modus vivendi* de Glastonbury.

David e Barry voltaram alegres do pub e nos encontraram assistindo um filme com Jack Lemmon, *Como Matar a Esposa*, já na metade. David olhou para a tela, viu Jack Lemmon, ouviu duas, três falas do ator e começou a rir. – Deve ser história do Neil Simon – disse. – Algumas coisas dele são boas, outras não. Apanhei do tapete a revista com a programação de tevê e vi que história era de George Axelrod, mas não falei nada. Virna Lisi faz a esposa italiana. Muito bonita e simpática, sotaque oriundo e boa de pizza. Barry bocejava. Ao lado, Bruce, o cachorro, mostrava-se inquieto. David enrolou um baseado de haxixe. Valerie também bocejou. Fumamos o baseado (menos Valerie), assistimos mais um pouco do filme e nos retiramos. Na despedida David perguntou a Valerie: – Amanhã você vai ver a segunda parte de *E o Vento Levou*? – Não – respondeu Valerie, num bom som pra que todos entendessem que aquele não era NÃO mesmo.

Domingo, 27/12/1981. Depois do café saio para dar uma volta sozinho e comprar jornal. Domingo nublado, rua molhada, tudo fechado na cidadezinha, apenas a tabacaria onde também se vendem jornal e guloseimas. Compro o *Sunday Times* pra mim e, para Angela, a pedido dela, o *Sunday People*, "mais realista". Dou uma volta, pena o comércio estar fechado, amanhã deixo a cidade. De volta a casa, a leitura dos jornais. O editorial do *Sunday Times* aconselha que 1982 seja encarado nem com pessimismo nem com excesso de otimismo, mas com confiança. Acho interessante o prospecto. Tentarei. Mais adiante o jornal fala do *Boxing Day*.

– Angela, o que vem a ser *boxing day*? – pergunto, sobre o feriado.

– É o dia em que as caixinhas com gorjetas são abertas e o dinheiro dividido entre os empregados – responde Angie. Uma tora queima na lareira. Um rápido lanche, jogos. Paul, da casa ao lado, professor de inglês e desenhista, aparece pra pegar emprestado o aspirador. Falta-lhe uma das mãos, a esquerda, e em seu lugar um gancho. Paul se vira bem com o gancho. Barry mostra-lhe o *Demônio do Volante* e ensina-lhe o funcionamento do brinquedo eletrônico. Paul segura o aparelho com o gancho e com a outra mão maneja o brinquedo. Faz 14 pontos na primeira partida. E assim vai passando o domingo. Barry vai ao quintal serrar mais um pedaço de tora para a lareira. Enquanto ele está fora, Angela me conta: – Não é culpa de Barry ele não estar empregado. Não há emprego para ele. E não me importo de trabalhar por nós dois. Além disso, não gosto de trabalho caseiro. Assim, Barry cuida da casa e do serviço doméstico enquanto trabalho fora. Ganho quatrocentas libras por mês, não é muito, mas é o suficiente pra nós dois. A prestação da casa é cem libras.

Angela trabalha em Wells, vinte minutos de ônibus, de Glastonbury. – Não gasto nada de condução, vou de bicicleta ou carona, com conhecidos daqui que vão naquela direção. – E quanto custa esta casa? – pergunto. – Seis mil libras – ela responde. – A pagar em quantos anos? – pergunto. – Em trinta anos – responde. – As casas em Wells são mais baratas. A metade do preço. Em Glastonbury tudo é mais caro e as pessoas aqui só pensam em dinheiro.

– Mas Glastonbury não é um lugar altamente espiritual? – pergunto. – Não – ela responde. – É claro que existem muitas pessoas que se dedicam ao espírito, mas não vivem na cidade, vivem pelos arredores – diz. E, prática, sugere que saiamos. É noitinha. No inverno escurece cedo. Visto o sobretudo de lã, as luvas e saímos, Angela, Barry, Bruce e eu. Faz um frio agradável para caminhar. Charlie e Nancy não estão em casa. Fomos à casa de Lynn e Nigel. Conheci Lynn uma noite em 1972, aqui mesmo em Glastonbury, no trailer onde viviam Angela e Bruce Garrard. Eu era hóspede deles quando uma noite surgiu Lynn, em estado deplorável, molhada e coberta de lama, vindo do festival de Reading. Ainda assim me pareceu muito bonita, embora inquieta, sequiosa de alguma coisa. Fora colega de escola de Angela em Salisbury.

E agora, dez anos depois, eu ia rever Lynn. No caminho Angela contou que Lynn estava casada e era mãe de quatro crianças – seriam cinco, mas a caçula morrera com pouco mais de seis meses no último julho. Imaginei que fosse encontrá-la gorda, entediada, tipo mãe desleixada. Qual não foi minha surpresa ao encontrá-la esplêndida! Enxuta. E mais bonita ainda que da única vez que a vira. Os óculos lhe davam um ar ligeiramente intelectual, pendidos à altura do começo do nariz. Um nariz aristocrático, nem grande nem pequeno, afilado e com um discreto toque de arrebite. Lynn me recebeu com tal classe que me perguntei se esta era a Lynn enlameada que eu conhecera. Pareceu-me até mais moça. Dar-lhe-ia 21 anos e não 27. Tudo nela me encantou. O casual chique de sua figura delicadamente descontraída: os cabelos longos castanhos e lisos puxados para trás e amarrados à altura do pescoço de cisne. Uma camisa clara, folgada e limpa, jeans e boa meia de lã nos pés descalços. Nigel, o marido, também me pareceu boa gente. O casal assistia a segunda parte de *E o Vento Levou* na tevê. Curtiam o filme com prazer e Nigel mais ainda que Lynn. As quatro crianças dormiam lá em cima.

– Gosto muito de Natal – disse Lynn com alegre sinceridade, mostrando a Angela um lindo livro sobre Papai Noel que uma das crianças ganhara. Nigel nos mostrou o jogo que ganhou e cujo trunfo é ir matando peça por peça até deixar o mínimo possível. Quem conseguir deixar só uma peça, a vermelha dentro da casa vermelha, é considerado gênio. Nigel e Lynn vinham tentando desde o Natal e não conseguiam. Barry também jogou e não conseguiu. Eu, não sei como, consegui duas vezes. Nigel veio correndo excitado para eu lhe ensinar. – Você é um gênio, Bivar – disse Lynn. – Foi pura sorte – falei. E foi mesmo. Foi o astral, o amor que reinava na casa.

Segunda-feira, 28/12/1981. Angela acompanhou-me até o ponto de ônibus. Ao meio-dia e quinze pontualmente o tomei. Durante a viagem até Bristol fui comendo o lanche que minha amiga preparou, na certeza de que jamais esqueceria esse meu primeiro e talvez único Natal inglês. Chegando a North Wembley encontrei a casa sem ninguém e arrumadíssima. Como terá sido o Natal? Não vi Tony. Veio da Líbia, deu a reunião e voltou a Trípoli. Sobre a mesa presentes para mim. De Maria Luiza, Sebastião e do próprio Tony. Mas um deles, especialíssimo, me fez exclamar "Meu Deus, que coincidência!". Era o presente de Diva, professora de literatura, amiga de Tony e do grupo. Estive com ela duas vezes, em reuniões no Tony. Transmitiu-me o conforto e segurança de quem é feliz no casamento, com filhos, a família no Rio, enquanto conclui o PhD na Inglaterra. Beleza suave, firme personalidade. Culta sem ostentação. Contou que depois do Natal retornava ao Brasil para a família e a carreira de professora universitária. Afinidade, falamos de literatura. E Diva deixou-me de presente um livro: *Old Possum's Book of Practical Cats*, de T. S. Eliot, ilustrado por Nicolas Bentley. Trata-se de um livro sobre "gatos práticos". Que coincidência, depois da overdose de cultura felina que foi o natal com Angela e Barry em Glastonbury! Aliás, tem sido vastamente noticiada a produção teatral de *Cats*, o próximo musical da turma que não erra uma, todo baseado neste livro de Eliot, e que estreará primeiro aqui no West End, mas já com pré-produção americana em andamento para miar, ronronar e coruscar na Broadway.

Quarta-feira, 30/12/1981. Fui à loja na Regent Street trocar de caneta. Troquei a Waterman por uma Sheaffer (made in USA), pena de bico médio, macio, suave e deslizante. Tive que dar apenas uma libra na troca. Agora estou feliz: tirei a Mont Blanc da cabeça. Por falar em cabeça ultimamente andava sonhando com um boné de lã, preto ou azul-marinho. E ali mesmo na Regent Street entrei na loja Burton pra ver a liquidação e logo avistei o boné que sonhava, por oito libras. Experimentei-o no espelho e me se senti completo.

Aos quatro ventos 213

35

SEXTA-FEIRA, 1º/1/1982. Isso é que é Ano-Novo feliz: primeiro dia do novo ano e eu ainda aqui prolongando. Mas deixa-me contar, com a minha nova Sheaffer, o último dia de 1981. Combinei com Sebastião (que não mostrou entusiasmo com a ideia) passar a virada de ano no meio da multidão em Trafalgar Square. Daí tocou o telefone. Gláucia Hinchliffe convidando-me para a festa na casa de uma amiga de Mike. Desculpei-me dizendo já ter programa inadiável. E Gláucia: – Tu tá sempre complicando, hein Tonico! – Gláucia me trata por Tonico. Eu até iria à festa, se fosse outro dia, adoro Gláucia e Mike, mas festa de passagem de ano na casa dos outros, aqui ou em qualquer outro lugar, sempre tem e terá; do que eu não teria outra oportunidade era de uma passagem de ano na multidão em Trafalgar Square.

Agasalhei-me e fui a Maida Vale encontrar Sebastião. No meio da parafernália musical de sua mansarda ele dedilhava a nova Fender, com a qual se presenteara no Natal. Tião queixou-se de indisposição, não estava com a garganta boa, reclamou. De modo que foi com algum esforço, enquanto ele afinava a guitarra, que o convenci a levantar e se agasalhar pra gente ir pra rua.

Primeiro fomos à Chelsea. Um de meus sonhos era passar algumas horas do último dia do ano flanando pela King's Road, olhando gente na moda e a moda nas vitrines. Londres inteira está em liquidação pós-Natal e vi um blazer azul marinho por dezenove libras. Sebastião aconselhou-me comprá-lo. O preço original era trinta e nove libras. Um blazer é importantíssimo para eventualidades formais inadiáveis, e na minha volta a São Paulo, já imaginava, não seriam poucas as ocasiões formais. O comércio estava para fechar. Experimentei três tamanhos do mesmo modelo. Sebastião e o vendedor aconselharam-me a ficar com o que me caía melhor, meu número exato, mas acabei ficando com o de um número maior. Nunca se sabe, posso engordar. E sempre gostei de roupa mais folgada. Paguei e pedi que fosse guardado, eu viria buscá-lo na semana. Seria um estorvo ir de sacola para Trafalgar Square. E ali na King's Road mesmo, jantamos no Picasso. Tião ordenou escalope com espaguete e eu lasanha verde. De sobremesa ele comeu creme caramelado e eu torta de maçã regada ao *custard*. Cappuccino pra ele e expresso curto pra mim. Tião fez questão de pagar a conta; tomamos o metrô e saltamos em Leicester Square. Cineminha, pra variar. Num dos cinemas está passando um filme muito comentado, *Christiane F.*, dirigido por Ulrih Edel, da nova safra alemã. Compramos ingressos e entramos. É chocante a história da menina de 14 anos que se pica e se perde na Berlim de Bahnhof Zoo. Sexo, prostituição, drogas pesadas e David Bowie (em sua fase berlinense). Mas a Christiane, depois de muitas tentativas de abstinência, quando a gente pensa que ela não tem mais jeito, é levada a um tratamento sério, se recupera e vende a experiência em capítulos para a revista *Stern*, contrato para livro, filme e fama internacional. Na cena em que David Bowie aparece num palco subterrâneo cantando para Christiane e os da tribo dela, o diretor fez o visual do popstar parecer tão destruído quanto os olhos esbugalhados dos jovens anônimos dos quais Bowie é o maior ídolo.

Saímos do cinema. Em vez do horror da Berlim de *Christiane F.* estávamos em pleno centro de Londres, a multidão excitadíssima na rua, onze horas da noite. No Soho, numa loja de bebidas Tião comprou uma garrafa média de uísque Bell's

Aos quatro ventos 215

que misturamos com Pepsi Cola em lata e fomos bebendo pelas ruas abarrotadas. Famílias, apitos, e esse novo spray que jorra fios plásticos imitando espaguete. Bandos de indianos cumprimentando os guardas e passando a eles suas garrafas de bebidas. Por ser um dia especial onde tudo é permitido os guardas não rejeitam uma talagada profunda. "Happy New Year", desejam todos, uns aos outros, euforia geral rumo a Trafalgar Square. Rapazes param para apertar nossas mãos e desejar Feliz Ano Novo. Moças nos beijam. E a multidão cantando, empurrando, em fraterna anarquia. Espremidos e amassados, estamos em pleno Trafalgar Square. Sebastião olha o relógio: vinte para a meia-noite. Apesar do frio do alto inverno, o calor humano me faz suar cascatas. E ainda faltam dez minutos. E espocam fogos anunciando que é chegada a hora. É o primeiro segundo de 1982. Pontualidade britânica. O povo ensandecido. Abraços desconhecidos, pisadas nos pés, cordões de mãos dadas, cabeças tão próximas, beijos, gritaria, parece que vai ser milagre sair vivo daqui. Esforço danado, conseguimos. É admirável a resistência do corpo humano. Já mais folgada a multidão caminha para as estações a tomar o rumo de casa. Estamos em Charing Cross aguardando o metrô. O ano já está com 35 minutos passados.

Mas isso foi ontem. Hoje fomos ao teatro Appolo ver Twiggy e Eleanor Bron em *Captain Beaky*, um musical infantojuvenil. Sebastião me acompanhou mais pelo tédio de não fazê-lo. Em Londres há tanto tempo, nada é novidade pra ele. Mas pra mim Twiggy é história, lenda viva, um ícone dos anos 60. E Eleanor Bron é ótima atriz, mais conhecida por aquele filme dos Beatles. Na verdade, o que assistimos nos pareceu mais um *pageant*, um recital de canto e versos sobre animais, aves e insetos. Twiggy é talentosa, canta gostoso, dança engraçadinho e é expressiva. Um amor. Mas cansado da véspera agitada em Trafalgar Square, cochilei metade do espetáculo. Foi agradável cochilar com a Twiggy cantando e sapateando – porque ela também sapateia bem. Considerei mais uma vitória, nessas minhas longas férias, ver Twiggy tão de perto. Talvez por ser o primeiro dia do ano o teatro estava meio vazio e sentamos na segunda fila. *Domingo, 10/1/1982.* A neve cobre toda a Inglaterra e Europa. A televisão mostrou. E mesmo que não tivesse mostrado – aqui em North Wembley, nos telhados, nos quintais, nos jardins, na calçada, no asfalto e no parque em frente da casa está tudo nevado. Quase não dá pra abrir a porta. É lindo. Só falta uma princesa nórdica surgir do nada e passar em frente à janela guiando um trenó. Tony está de volta. Terminou seu trabalho na Líbia e desta vez voltou para ficar bastante até ser convocado pra ir dar um *help* em algum dos nossos consulados mundo afora. Pelo que entendi ele e Ioannis terminaram o namoro. Agora Tony está perdidamente apaixonado por um jovem turco para o qual deu carona entre Genebra e Paris há duas semanas. Em Paris o turco aceitou o convite de Tony para passar com ele o fim de semana num hotel. Tony só não o trouxe para a Inglaterra porque o passaporte do garoto está rasurado na data de nascimento. Muito ingenuamente o rapazola aumentara a data pensando arranjar emprego mais bem--remunerado como maior de idade. O turquinho tem 17 anos e Tony está realmente apaixonado. Telefona todas as noites para o hotel em Paris para saber se ele apareceu, se alguém o viu pelas ruas, se alguém sabe se ele voltou à Turquia. O garoto é montanhês, de um lugar ao norte de Ankara. Ainda bem que Tony teve a ideia de pegar com o garoto o endereço de seus pais. Já está escrevendo uma carta a eles, carta que pedirá a alguém do consulado turco em Londres para traduzi-la para o vernáculo do país. Na carta Tony é objetivo e pede aos pais que, se o filho der sinal, que entrem em contato com ele. E os

Aos quatro ventos 217

dias passam e nada de os espiões de Tony em Paris dar notícia do rapaz. Dursun (o nome do garoto) é mecânico e não fala inglês. Tony não fala turco. Mas entenderam-se maravilhosamente nos passeios e no hotel. Tony encantou-se com a pureza do turco e quer trazê-lo pra morar com ele em Londres. Dará escola, roupa, carinho, o encaminhará na vida, tudo porque sentiu que do turquinho virá amor, sinceridade, fidelidade, reconhecimento, que são os quesitos com os quais Tony mais sonha. E eu, numa paciência que só perde para a de Jó, o vou ouvindo desnovelar sua mais recente história de amor. Para não desencorajá-lo, esforço-me em dar a impressão de acreditar no final feliz. Porque foi comovente, na sexta-feira, ver Tony sair sem o carro, a pé, debaixo da neve caindo do céu e espessa no solo para a caminhada de duas milhas até a estação de Sudbury Town para tomar o metrô ao aeroporto de Heathrow e chegando lá ser obrigado a voltar pra casa. Arrasado, abatido. Por causa do mau tempo não só em Londres como em Paris e praticamente em toda a Europa os aviões não decolavam nem aterrissavam. Faltava teto pra isso. Do contrário, Tony teria ido procurar ele mesmo seu amor no *quartier* turco. Era a primeira vez do garoto longe da Turquia. Estava só com a roupa do corpo (Tony deu-lhe um agasalho) e sem dinheiro (Tony deu-lhe o equivalente para dois dias). Tony pediu a Yabassan, também turco e funcionário do hotel, que orientasse Dursun, que o apresentasse a outros turcos, que o levasse ao consulado turco para tirar outro passaporte e poder chegar à Inglaterra sem problema de alfândega. Mas Yabassan, o que fez foi soltar Dursun no gueto em Saint Denis e dele não teve mais notícia. E Tony telefona, insiste e ouve de Yabassan sempre a mesma história, que foi lá no gueto, perguntou se os turcos sabiam informar do paradeiro de Dursun e nada. E Tony estuda o mapa da Turquia e toda a região montanhosa ao norte de Ankara.

Mandou revelar os slides e chegando em casa, indo direto ao projetor exclamou: – Agora você vai ver o Dursun! É realmente um rapaz bonito, o Dursun. Fisicamente bem distribuído, para seus 17 anos. Expressão honesta, decente. Olhos escuros encarando firme a câmera, como um jovem animal sem medo do estranho que o trata bem. Transmite a delicadeza de quem ainda não foi corrompido. Afinal era seu primeiro fim de semana em Paris, pensei, sem querer pensar nos dias seguintes do rapaz solto numa cidade como Paris. Entendo que Tony tenha se apaixonado pelo moço. Pessoas como Dursun, ao menos como ele se apresenta nas fotos, estão se tornando raras. E, mesmo que existam, logo se perdem. Mas sempre renascerão enquanto houver montanha, metrópole e pobreza no mundo. Tony mandará imprimir e enviará as melhores fotos aos pais do rapaz. – Ainda bem que peguei o endereço da família dele na Turquia! – exclamou, esperançoso.

Tony tem um lado *família* muito forte e não duvido que ele acabe se hospedando com os pais de Dursun ao norte de Ankara, tornando-se íntimo da família, pois em Atenas não se hospedava com os pais de Ioannis?!

Segunda-feira, 11/1/1982. Fui cedo ao hospital em Wembley Park, pois às onze horas tinha consulta com Dr. Bayer. Apesar de Mrs. Thatcher estar tiranizando a nação como primeira-ministra, a medicina aqui por enquanto ainda está socializada, de modo que aproveito os últimos meses para fazer consultas. Não que esteja sentindo alguma coisa. Dr. Bayer disse que as pessoas só devem procurar hospital quando doentes, e perguntou se eu estava com algum sintoma. Respondi que não, que apenas nos últimos dias estava com muita preguiça. Dr. Bayer sorriu. Contou que ele também sentia preguiça. – É o tempo – disse.

Quarta-feira, 13/1/1982. Ontem fui ao dentista em South Kensington e marquei consulta pra próxima terça-feira. Trata-

Aos quatro ventos 219

mento dentário [ainda] é gratuito na Inglaterra, paga-se apenas uma pequena taxa. E também marquei oftalmo, também de graça. Será que vou precisar de óculos? Nunca precisei, sempre enxerguei longe. Mas pode ser que no exame minha vista acuse cansaço, depois de tantos anos lendo, escrevendo e vendo coisas. Já que estou aqui, não custa aproveitar o serviço de saúde do primeiro mundo. Atravessei Londres inteira onde, lá no outro lado, em Wapping, vi uma coletiva dos artistas pop ingleses dos '1970s, entre eles dois transgressores que admiro, Duggie Fields e Andrew Logan. E toda Londres continua em liquidação de inverno. Na seção de tecidos do Harrods comprei um bonito corte de algodão inglês da Liberty, azul suave com floral miúdo, para mamãe fazer um vestido na Singer que ganhou do pai aos 13 anos e na qual (com o *up grade* de um motor elétrico), aos 73 anos, continua costurando. Mamãe adora costurar. Não só roupa, mas colchas de retalho, estandartes artísticos, tapetes para cozinha e banheiro etc. Presenteia todo mundo com suas simples e úteis obras de arte. Porque são obras de arte, ainda que, modesta, não as considere como tal.

36

SEXTA-FEIRA, 15/1/1982. Hoje à noite aconteceu uma coisa que não estava programada, mas que resultou em mais uma experiência interessante no meu papel de observador da natureza e do comportamento humano. Caminhávamos pelo Soho, eu e Sebastião (depois de seu dia de trabalho no consulado), quando, numa ruela da parte do bairro dedicada ao sexo, atraiu-me o luminoso do Boulevard Theatre. Estava em cartaz *The Male Strip Show*, um show de strip-tease masculino exclusivamente para o público feminino. O aviso deixa explícito que homem não entra, a não ser acompanhado de mulher. Mas o bilheteiro, depois de eu ter-lhe explicado que meu interesse era jornalístico, que estava escrevendo sobre as atrações de Londres para uma revista brasileira, entendeu e mandou chegarmos cinco minutos antes de começar, que ele nos poria dentro, num lugar discreto, mas de boa vista.

O teatro é pequeno, uns 150 lugares. O palco ainda está fechado pela cortina vermelha. O público, feminino, não enche meia sala. São mulheres tipicamente *família*, de várias idades, senhoras e moças. Um grupo de moças, já de pilequinho, portava-se inquieto e barulhento. Era a despedida de solteira de uma delas. E vêm delas as gargalhadas mais histéricas quando a cortina se abre ao som *disco* e luz estroboscópica a dar início ao espetáculo. O mestre de cerimônias apresenta o elenco de dez rapazes fortes, ainda vestidos em trajes convencionais, ternos. Percebe-se neles o narcisismo incontido. Sebastião me sopra, num soslaio discreto: "Todos bichas".

Aos quatro ventos 221

O show é bem linear: O mestre de cerimônias, mais maduro que o elenco, sempre de terno e gravata, com um pouco de humor faz charme galante para as mulheres, entre um número e outro dos garotões. Numa de suas entradas, já depois de vários nus acrobáticos do elenco, uma mulher da plateia grita "Por que você não tira a roupa?". Gargalhada geral. E cada rapaz vai apresentando sua especialidade. A começar por entrar vestido na roupa de seu personagem: um negro chamado "Shogun"; o lutador de Kung Fu; "Dick Pride", envolto na bandeira representando a classe operária inglesa; "Tony, the Trinidad Torpedo"; o *leather boy* etc. Estereótipos do macho. A estrela do show, encerrando o espetáculo, é "Franco, o Garanhão Italiano". Grandalhão, tipo mafioso, entra de *Giorgio Armani* e faz o strip ao som de *Everybody Salsa*, do Modern Romance. Bem latino e bastante sugestivo, Franco de sunga faz o mulherio urrar. E quando, completamente nu, no ritmo da salsa, se oferece às senhoras da primeira fila, duas *ladies* de meia-idade perdem o juízo, não se contêm e correm ao palco; uma delas tasca um beijo no Garanhão Italiano enquanto a outra tenta agarrá-lo pelo saco. Mas o Garanhão esquiva-se sorrindo e continua a rebolar a salsa. E o grande final é com os dez homens completamente nus ao som do *I Will Survive*, o *hit* da Gloria Gaynor. As mais descontroladas subiram ao palco pra uma *casquinha*. Enfim, foi tudo uma bobagem, mas também foi divertido constatar como hoje [algumas] moças comemoram suas despedidas de solteiras.

Domingo, 24/1/1982. Antes que acabe o dinheiro tomei juízo e comprei um par de sapatos, para substituir o de sola furada. Comprei o clássico Desert Boots, quarenta libras, na Clarks da Regent Street. Na quarta fui ao dentista em South Kensington. Inglês, jovem, simpático, examinou minha boca, raios-X etc. e disse que estou com apenas uma pequena cárie. Desbastou-a com o motor e tapou o buraco. Do dentista fui até o Victoria &

Albert Museum ver uma exposição dos ilustradores da revista *Radio Times* desde os anos 20. Excelente. Sábado à tarde fui à reunião do *Brazil Contemporary Arts* no bar do ICA. Horst Toege, o diretor, disse que minha aparência estava "wonderful". Reunião animada, projetos para mais adiante ainda este ano, e a possibilidade de *Alzira Power* ser encenada na íntegra, em inglês. E a palestra que darei terça-feira no Centro Universitário em Cambridge, como parte da programação do *Third World Cultural Forum*, nessa cidade.

Segunda-feira, 25/1/1982. Reunião no quarto-sala de Vivian Schelling pra discutirmos nossa participação no *Forum* em Cambridge. Viviam mora numa residência estudantil em Swiss Cottage. Fui o primeiro a chegar. Depois chegaram Luís Agra e Flávia, Gláucia e Mike Hinchliffe. Depois chegou Lise Aron, que eu não conhecia. Foi uma noite agradável de alto-astral e muita comunicação. Só Gláucia me parecia mais perplexa que normalmente. Estava deprimida porque fora despedida da loja de calçados Charles Jourdan em Knightsbridge, depois de apenas cinco dias empregada, por ter inculcado na cabeça das outras vendedoras a *ideia* de que elas estavam sendo exploradas pelo gerente. Talvez por isso, nesta noite no quarto da Vivian, Gláucia estivesse *tão* desastrosa. Confundiu uma garrafa de vinho que acabara de ser aberta com cinzeiro e enfiou dentro o cigarro aceso. O vinho Beaujolais teve que ser jogado fora e foi aberta outra garrafa, mas Gláucia deixou cair sua taça no tapete; depois foi a vez da xícara de café ser derrubada; e mais um e outro caldo entornados, de cada desastre Gláucia fazia melodrama, mas Vivian, que é uma doçura de pessoa, não dava importância e Gláucia era seguidamente consolada pelo sempre carinhoso Mike. De modo que foi uma noite muito divertida, apesar de Gláucia insistir que na astrologia o astral não estava bom pra ninguém. Comentou-se com pesar a

Aos quatro ventos 223

morte de Elis Regina, gaúcha como Gláucia. Contei da carta de Paulo Villaça contando da quase tragédia acontecida com nosso amigo Dr. Alcyr em São Paulo, que levara seis tiros. Gláucia, que também mexe com numerologia, fez a minha e deu que eu tenho que mudar de nome ou trocar algumas letras. Que do jeito que está eu vou continuar sempre chegando perto, mas nunca chegando lá. Nem pensar, respondi, deixa meu nome como está, "chegar lá" nunca foi minha meta.

Terça-feira, 26/1/1982. Dia bonito de sol e frio. O trem saiu às duas e cinco. E na viagem Clara Brel, muito bonita, longilínea, rosto que remete à Greta Garbo jovem, conta-me que o fato de ela ter nascido em São Paulo foi acidental. Considera-se mais europeia, embora ame São Paulo. Mãe francesa. Adora a Bélgica. Tem muitos amigos em Bruxelas. Esteve estudando em Londres, 1976, "aquele verão horrível que secou tudo". Está em Londres num estágio de seis meses na televisão, mas acha que não aguentará tanto tempo. Em São Paulo trabalhou na TV Cultura. Estava trabalhando no jornal *O Estado de São Paulo* como tradutora quando ganhou a bolsa do Conselho Britânico. Lindo sorriso, olhos esverdeados, cabelos lisos castanho-escuros cortados quase à pajem, nariz de afilada personalidade. Fomos apresentados há dias, na reunião no quarto-sala de Vivian Schelling em Swiss Cottage, quando Clara Brel se ofereceu para me acompanhar na ida a Cambridge. "Pra te dar força na palestra", disse.

No trem, a meio caminho de Cambridge, sentados de frente um para o outro, com bastante espaço para esticar as pernas, Clara chamou-me à atenção para o céu encoberto por nuvens escuras. – Já já vai chover – disse. E chegamos a Cambridge por volta das três e meia já chovendo. Palestra marcada para as seis, tínhamos ainda duas horas e meia pra bater calçada, mesmo sob chuva. Olhamos vitrines, acompanhei-a em suas entradas nas lojas, Clara comparou os preços com os das matrizes londrinas – Miss Selfridge, Chelsea Girl, Dolcis etc.

– Há meses estou procurando uma saia cinza e não encontro a que quero no preço que posso pagar – diz Clara. Entramos num bricabraque e compramos postais. – Vamos a um café escrever cartões? – sugeri. Clara topou. Assim entretidos esquecemos da vida e chegamos ao lugar da palestra, no University Centre, faltando menos de meia hora para as seis. Fomos recebidos por Bobby Kureishi, hindu, concluindo em Cambridge o PhD em Engenharia Industrial. É ele o organizador do *Third World Cultural Forum* no qual minha palestra está incluída. O University Centre é um edifício moderno, com salas de estudo e recreação, restaurante, pub, tudo sóbrio, mas nada frio, a iluminação bem calculada. Senti-me em casa pelos corredores, escadarias, cartazes com a programação do *Forum*, meu nome entre o mundaréu de nomes dos participantes. A criança em mim vibrava com a magia absurda que era o fato de eu, de repente, dar uma palestra sobre o Teatro Brasileiro no Fórum do Terceiro Mundo, em Cambridge. Realmente, custa nada a felicidade.

E ficamos os três, Bobby Kureishi, Clara Brel e eu, sentados em poltronas de veludo na antessala do recinto da palestra. Eram dez para as seis e nenhuma movimentação humana.

– Em Cambridge os estudantes ouvem palestras o dia inteiro, o ano inteiro – disse Bobby, como que a me preparar psicologicamente para uma sala vazia. – Nos quinze dias do TWCF – continuou – as pessoas têm comparecido aos filmes e aos shows musicais. Nas primeiras palestras ainda vieram umas quarenta pessoas. Depois foi diminuindo, diminuindo e ontem teve cinco pessoas.

E não houve palestra porque não compareceu ninguém. Senti um alívio delicioso. Clara me olhava com expressão um tanto decepcionada, esperando de mim a expressão de arrasado

Aos quatro ventos 225

pelo anticlímax. Mas eu bem que estava curtindo. De fato, foi *punk* não ter tido palestra em Cambridge. Tanto que, no ciclotímico entusiasmo do alívio, me empolguei e dei pro Bobby Kureishi a cópia xerocada do que seria minha palestra, para o arquivo do *Forum*. Acho que Bobby gostou, pois não poupou insistência pra gente ficar, jantar com ele e dormir nas acomodações disponíveis ao *Forum*, mas Clara e eu tratamos de cair fora e correr a pegar o trem de volta a Londres porque, Clara lembrou, estava marcada para mais tarde nesta mesma noite a volta da greve ferroviária. E chegamos à King's Cross às 21h30.

Sexta-feira, 5/2/1982. Falta um mês para completar um ano inteiro destas férias prolongadas. De qualquer modo estou convicto de que o que vivi nestes onze meses me servirá de esteio e esteira para sobreviver os próximos dez anos no Brasil. Mas deixa eu contar os últimos dias deste outro maravilhoso ano de exílio voluntário. Na terça fui à apresentação de *Hay Fever* na RADA. Por tratar-se de um espetáculo de formandos da Academia Real de Artes Dramáticas, a direção de Brian Stirner foi perfeita, também no que diz respeito à época em que Noel Coward escreveu a peça, assim como os figurinos dos personagens daquele período elegante da classe média alta inglesa. E despedi-me de Brian. Para o segundo semestre deste ano está agendada, na programação do *In Floodlight Brazil II*, a montagem de *Alzira Power* em inglês, com tradução e direção dele. E que correria! Amanhã voarei às 13h pela British Airways.

Não sei o que faço com tanto peso. Duas malas grandes e uma de mão. Roupas, acessórios, *bow tie*, objetos, revistas, livros, fitas, discos, bugigangas acumuladas durante o ano. E os presentes. E os pedidos. Espero não ter que pagar excesso. Meu voo econômico pela BA é só até Miami. De Miami a Viracopos o voo será por outra companhia, a Lineas Aereas Paraguayas, cuja passagem bem mais barata já tenho desde março. Por precaução fui ao escritório da LAP aqui em Londres marcar meu voo Miami-Viracopos, mas a moça disse que não precisa marcar, que chegando a Miami não vai faltar lugar. Tony e Sebastião me levarão ao aeroporto. *Miami, de sábado dia 6 a terça-feira 9/2/1982.* Miami. Dois dólares para o carregador levar minha bagagem ao bagageiro. E corri ao balcão da LAP. Brutal decepção: passagens esgotadíssimas até três de março, quase um mês de espera. Um mês em Miami, pra quem só tinha duzentos dólares, não dava nem para imaginar. E eu não era o único desesperado para viajar. Dezenas de desesperados esperançosos tentavam, na fila do aguardo, junto ao balcão das Lineas Aereas Paraguayas, uma vaga milagrosa, alguma desistência de última hora. Todos tinham uma desculpa plausível a justificar porque tinham que viajar imediatamente. Mais de cinco horas de pé à espera de um milagre, um voo extra. E nada. Berros de protesto e indignação continuavam. Conversa vai, conversa vem, entre os menos exaltados fiquei conhecendo um jovem casal, a mãe com bebê no colo. Guilherme e Vilma Marli, e Eric, o bebê de cinco meses. Brasileiros residentes em Miami. Vilma Marli ia voar a São Paulo, com o bebê, mas também não voou. E o casal nos convidou, a mim e a Tobias (um rapaz de São Paulo, estudante de Administração de Empresas, que viera passar cinco dias conhecendo a Flórida) para ficarmos em sua casa em South Miami por trinta dólares a diária, dormindo nos sofás da sala, mas com direito a três refeições. Achei o preço razoável depois que Vilma Marli contou que a diária sem café da manhã num hotel de terceira não ficava por menos de quarenta dólares. Ainda assim me senti deprimido: o dinheiro que tinha não dava nem para uma semana até eu descobrir uma saída.

O apartamento do casal é decente. Fica no térreo em um conjunto residencial de prédios de dois andares, com áreas de esporte, lazer e jardim tropical. O casal é gente boa e Eric, um amor de bebê. Tobias é tranquilo, discreto. Telefonei para a Joyce e contei-lhe minha situação. Se a revista me mandasse uma passagem eu pagaria a quantia em prestações mensais descontadas do meu salário de coeditor. Joyce captou meu drama no ato, e objetivando pediu o telefone de Vilma Marli. Dentro de meia hora ela retornava dizendo pra eu retirar a passagem na Varig em Miami. Estupefato, perguntei:

– Como você conseguiu assim tão depressa?!

– O gerente é meu amigo – respondeu Joyce.

Nada como ter uma amiga poderosa como a Joyce Pascowitch. Aqui no mundo temos muitos anjos, cada um na sua função, socorrendo uns aos outros. Fiquei radiante, apenas um pouco triste por ter que abandonar, assim tão bruscamente, o agradável convívio com Vilma Marli, Guilherme, Eric e Tobias. No dia do meu embarque, fomos todos, levados por Guilherme e Vilma Marli, à praia em Key Biscayne. Gostei. Ia poder dizer aos amigos que não fiquei sem dar um mergulho e umas braçadas no mar em Miami.

Durante a noite da terça-feira, 9/2/1982, no voo DC-10 da Varig, Miami-Viracopos, me sinto gente fina. Bem tratado, bem alimentado, voo de poucos passageiros, a comissária me passou para a primeira classe, com mais espaço, ninguém ao lado. O voo só não foi direto porque teve um pouso de cinquenta minutos em Manaus. Quanto à pesada bagagem eu estava tranquilo – ao passar pela alfândega, nada a declarar, pensei: o verdadeiro contrabando, estava na cabeça.

37

RIBEIRÃO PRETO, QUARTA-FEIRA, 10/2/1982. Meu irmão Leopoldo, leitor assíduo do *Jornal da Tarde*, vem me ver e traz o jornal. Tem nota de Telmo Martino sobre minha chegada. O título é *Quarentena Rural*. E Telmo conta: "Depois de um ano londrino, Antonio Bivar está de volta a São Paulo. Muito sensato, não se demorou na cidade. Evitou, principalmente, os teatros. Adiou, assim, a realidade de que seus dias de Maggie Smith acabaram, inteiramente substituídos por dias de Cacilda Lanuza. Logo que desembarcou, Antonio Bivar seguiu para o refúgio em Ribeirão Preto. Numa ilusão necessária, deverá se hospedar naquele hotel que se chama *Black Stream*".

Que delícia o Telmo. Quem o teria avisado de minha volta? Seu estilo e seu humor, únicos, fazem parte do valer a pena estar de volta. Faço aqui apenas uma correção em sua nota: não me hospedei no Black Stream, mas na casa de minha mãe, que também é minha casa, já que sou o único desgarrado da família.

Amanhã já vai para duas semanas da minha volta ao Brasil. Desde a chegada estou em Ribeirão Preto. Senti a ausência de papai. Encontrei mamãe bem nos seus quase 74 anos; surda (ouve o mínimo, com ajuda de aparelho), mas corajosa o bastante para continuar a missão de servir à família e aos próximos. Mamãe lamenta a falta de papai, falecido há quase dez meses:

– Há dias em que fico desesperada e quero morrer também. Vivemos juntos 51 anos. Sinto demais a falta dele.

Mas mamãe é forte, saudável e tenho fé que ela viva muitos anos ainda, feliz e com saúde. Da família sou o único que não

Aos quatro ventos 229

tem nada. Mamãe sonha que eu compre esta casa e com o tempo a aumente: – Você é o único da família que não tem um teto que possa chamar de seu – diz, me passando uma Virginia Woolf rápida, sabendo do meu apreço pela escritora inglesa. A casa, meus cunhados a compraram há uns três anos, recém-construída, para meus pais viverem nela uma velhice tranquila. A sibipiruna cresceu e já está tomando forma de árvore – já dá uma pequena sombra; e da amoreira deu até pra mamãe fazer geleia. A limeira está com dez palmos de altura e o abacateiro, que Leopoldo plantou do lado de fora, na calçada, pra dar abacate de graça ao povo que passa, está crescendo a olhos vistos, mas ainda longe de produzir fruto. As roseiras de rosinha caipira só não vicejam porque as formigas não deixam. Nos canteiros de sua pequena horta, salsa, cebolinha, alface, mostarda, hortelã, manjericão, alfavaca e pimenta dedo-de-moça. Problema só com as formigas, que devoram principalmente as rosas.

Já estou achando até melhor ter voltado ao Brasil. É bem verdade que logo deu para sentir que a situação do país é caótica. A inflação é assustadora. Em uma ida ao centro percebe-se que as pessoas só se queixam; mas o povo é passivo, talvez desorientado pela lavagem cerebral de anos de ditadura militar. E a ditadura segue, já mancando.

No Carnaval, tia Lina, irmã caçula de mamãe, muito bonita aos 70 anos, veio de Marília passar uns dias com as irmãs. Ficou na casa da mais velha, tia Aída, 86 anos, magrinha, quase cega, mas lúcida e bastante viva. Tia Aída, que é espírita, acredita que esta é sua última encarnação. Diz que mamãe terá outras encarnações. E numa destas tardes aqui em casa, as velhas e mais a parentada, inclusive as crianças, se juntaram pra um lanche que mamãe preparou com esmero. Entre as mais velhas rolava uma conversa até animada sobre morte. Comentava-se a morte de tio Fernando e tia Celeste, sua mulher, em Bebedouro. Ela morreu de repente, estava na cozinha e caiu morta. Meses depois o mesmo aconteceu com tio Fernando – morreu de repente. Na conversa, as tias, mamãe e sobrinhos mais velhos, quase todos disseram que também gostariam de morrer de repente. E isso dito com naturalidade, como num conselho, já que a morte é inevitável. Uns se foram, outros irão, iremos todos. Ela vem, vinda de lá, a gente vai se aproximando de cá e, repentinamente, bumba, topamos com ela e caímos secos. De todos os quarenta e tantos netos de vovô Fioravanti e vovó Elisa, sinto-me visto como a única ovelha desgarrada da família. Ovelha negra. E desta vez me encontraram com brinco de bolinha na orelha esquerda. Não me olharam feio. Acho até que aprovam desde que eu não vá mais longe do que tenho ido. Aqui está muito bom, mas amanhã cedo devo voltar para São Paulo. E aí está ela, mamãe, com o carinho e o cuidado de sempre, dobrando e pondo na minha mala a roupa limpa e passada.

38

SÃO PAULO, MARÇO DE 1982. Reencontro amigos e conhecidos um ano mais velhos. Alguns mais maduros, outros mais sábios, uns mais calmos, vários bastante entusiasmados, outros sempre revoltados, mas até nos pessimistas vejo otimismo. Sopra mudança no ar, e com as chuvas a poluição diminui. Para quem fica um ano fora do país, e sobretudo um ano em Londres, a volta a São Paulo é traumatizante. A cidade é enorme e, para dizer o mínimo, exaustiva na sua desorganização; mas as pessoas parecem gostar de São Paulo e sua juventude está bastante excitada. O fato de minha nova morada ficar na área dos Jardins, onde até então eu não vivera, não chegou a me impressionar. Estou morando no apartamento de José Nogueira. Sob a direção de Joyce, somos coeditores da revista *Gallery Around*. Na minha permanência em Londres, José Nogueira a editou sozinho (embora 80% dos textos fossem meus, enviados de lá, muitos sob pseudônimos), e agora ele propõe que eu fique com o apartamento:

– Agora quem vai passar um ano fora sou eu. Estou a me desligar da revista, como editor. Mas colaborarei como correspondente estrangeiro. Você dividirá a coeditoria com Marli Gonçalves, uma jovem muito talentosa, expansiva, jornalista formada, trabalhou no *Jornal da Tarde*. Vou pra Nova York. Você fica com meu apartamento. O aluguel está baratíssimo, levando-se em conta o tamanho e o local. Acho uma pena perdê-lo. Não será preciso contrato. Você continua pagando o aluguel e as contas de luz e gás.

Com todas essas regalias resolvi ficar com o apartamento, que de fato é bem grande. Na sala de banho tem até banheira, servida a gás de rua. O apartamento fica no térreo em um simpático prédio antigo de três andares, o mais antigo da Rua Barão de Capanema, quase esquina com a Alameda Casa Branca. José Nogueira está recém-divorciado de Luiza. São pais de Gabriela, de nove anos. A filha fica com a mãe no apartamento desta, no alto de Pinheiros, para onde se mudaram depois do divórcio amigável e elegante. José Nogueira, que viajará no próximo mês, está vendendo quase tudo que Luiza não quis levar na mudança – alguns bons móveis, eletrodomésticos, tudo coisa boa. Alguns poucos móveis, as camas e um sofá que ganhou de Denise Barroso, ele deixa pra mim. Desde que me mudei para o apartamento, e enquanto José Nogueira não viaja, tenho presenciado um verdadeiro bazar de pechinchas. Além do entra e sai de gente que ouviu falar da queima, e que se animou a ver se algo interessa, acontece também o entra e sai do círculo de amizades de José Nogueira. De imediato gostei de Bronie e Ugo Romiti, ela modelo e ele fotógrafo. Moram juntos. Ugo viveu sete anos em Paris e Bronie também estudou e viveu muito tempo lá. Ugo tem uns 25 anos, por aí. Sua energia transpira e suas ideias transbordam. Ugo é um dos que, nessa época, ajudam a nova onda paulistana a ascender. Nobre de formação, tudo que faz é pelo prazer. Excelente fotógrafo, às vezes nem cobra. Pais ricos, mas rígidos na contenção, Ugo vive de mesada e frilas. Uma de suas qualidades é o prazer cavalheiresco de apresentar pessoas a pessoas, vendo nelas ideias afins que façam rugir o novo; entusiasma-se em levar os amigos a lugares que, ele, em sua agitação, descobriu. A partir desse começo de amizade nos divertimos em dupla, em matérias de moda e comportamento, para a *Gallery Around*. E foi Ugo Romiti quem, no seu entusiasmo, numa manhã de sábado desta minha recente volta a São

Aos quatro ventos 233

Paulo, levou-me à Galeria do Rock e me apresentou aos punks. Da movimentação toda na onda nova, era o movimento punk, proletário, raivoso, mas divertido e também estiloso, o que causava maior impacto visual urbano. Graças à introdução de Ugo, abracei e fui abraçado pela causa punk. Sobre tudo isso e mais, não prometo, mas espero contar no próximo volume de minha autobiografia, o qual, segundo a planilha, abrangerá mais dez anos, deste 1982 pra frente, até o começo de 1993.

Mas, só pra terminar, voltando ao apartamento de José Nogueira, quem também muito o frequentava era a Gang 90 inteira – os irmãos Júlio e Denise Barroso, a holandesa Alice Pink Punk e a paulistana May East – Gang 90 & Absurdetes, uma das mais divertidas bandas da *new wave* carioca. E outros lugares, outras pessoas, na efervescência geográfica pop noturna. É a nova década começando a espocar, no seu segundo ano, com ideias novas importadas se transfundindo às ideias locais. Jovens estilistas, fotógrafos e modelos, designers e artistas, músicos e *poseurs*, arquitetos e paisagistas, empresários e visagistas, *socialites* e socialistas, toda uma moçada bem informada, já nascida bem transada, pronta a mudar o cenário e o figurino de acordo com o *zeitgeist*. Tudo isso e mais outro tanto também serviam de assunto para o recheio da *Gallery Around*. E eu, recém-chegado, municiado, bagagem de acordo, pronto a cumprir todas as missões que me forem incumbidas. José Nogueira foi pra Nova York e o apartamento ficou meu.

E fui encontrar José Vicente no vão do MASP depois de um dia exaustivo de muitos cigarros e textos pra *Around*. Fui o primeiro a chegar. Morando com a mãe viúva e uma irmã solteira, Zé Vicente chegou bem mais gordo que da última vez, há um ano. Nosso abraço foi sem palavras, mas com muita risada. E fomos à procura de um café. Descemos a pé a Rua Augusta e acabamos no restaurante Piolim. Ele já tinha jantado, mas eu estava morto de fome. Não tinha comido nada o dia todo além do café da manhã, muitos cigarros e dezenas de cafezinhos. De modo que depois de eu ter esganado uma travessa de salada mista e meio frango a passarinho, Zé disse:

– Agora você está com cor! Quando te vi no MASP você estava pálido, sem cor nenhuma!

Não falei nada. Ia falar o que, se era verdade? Mas quando fui ao encontro no MASP temia encontrar meu mais antigo amigo pior do que das últimas vezes em que o vira, ano passado e anos precedentes, quando esteve mal mesmo, tendo sido submetido até ao obsoleto tratamento de choque para curá-lo da suposta esquizofrenia braba, e mais o tratamento continuado, com remédios pesadíssimos. Durante os anos terríveis José Vicente passou por várias fases. A primeira delas, à qual não demos importância, era a de que suas ideias estavam sendo vampirizadas por David Bowie através de um método ultramoderno que permitia, a longa distância telepática, captar e vampirizar as ideias mais brilhantes de mentes congêneres planeta afora. De Bowie, Zé recebera mentalmente um embrulho. Ao abri-lo (também mentalmente) deu com uma ossada. Com essa e outras indignações, José Vicente passou para a fase de violência, quando, por qualquer suspeita, dava murros em muros e nas costas do motorista do táxi, suspeitando que este o estivesse sequestrando a serviço de alguma facção inimiga. Assisti algumas dessas *trips* e eram realmente constrangedoras. Mas ao mesmo tempo tinha teatralidade, José Vicente fora, até então, considerado o mais brilhante de nossa geração de dramaturgos. Na fase interminável de esquizofrenia, paranoia e loucura, ele agredia fisicamente qualquer anônimo do qual desconfiasse ser seu inimigo. Não dizia coisa com coisa, não ouvia, não respondia, embora, como dele disse Ziembinski, que na Globo dirigira alguns *Casos Especiais* escritos por ele:

Aos quatro ventos 235

"Falam que está louco, mas tudo que escreve é de uma surpreendente lucidez!". Seu comportamento fez com que os que o amavam se afastassem. Mas na verdade foi ele que se afastou. Depois do tratamento de choque e dos remédios parecia desligado. Amigos e conhecidos, psicólogos e psiquiatras eram pessimistas – diziam que Zé não tinha cura –, mas eu que o amava e o conhecia bem, ao menos seu lado mais espirituoso e divertido, tinha a maior fé de que ele sairia dessa. Passei a só o ver muito esporadicamente. Zé passou a conviver mais com Fauzi Arap, certamente porque Fauzi morava perto, caminhada de dez minutos. Como astrólogo sério, Fauzi se aprofundou em buscar caminho nos astros para trazer José de novo ao seu prumo, inclusive incentivando-o a voltar a escrever. E hoje, passada a tormenta, o nosso reencontro. Ouvindo meu querido amigo e ouvindo dele palavras de que recebera alta e estava curado, senti ter recebido o melhor presente da volta. E houve entre nós o que fazia tempo não havia: diálogo. Combinamos, inclusive, escrever juntos uma peça. Começaremos assim que José Nogueira for pra Nova York e eu ficar com o apartamento só pra mim.

Depois desse encontro tivemos outros. Na atual fase de católico convicto, ele achou que eu devia me confessar. E levou-me à Igreja de Santo Antônio, onde me confessei. Comungar, sempre que posso eu comungo. Mas confessar, não confessava desde a Primeira Missa, digo, a Primeira Comunhão. Contei ao padre uma vastidão dos pecados cometidos desde a Primeira Comunhão, temendo que ele mandasse eu rezar todo um rosário, mas ele me mandou rezar só um "Pai Nosso". Falei que fazia tempo que não rezava e não lembrava mais a oração inteira; o padre riu e passou-me um catecismo. Depois do meu exorcismo, Zé e eu saímos felizes da igreja. Ele sugeriu e acatei a ideia de, quando nossa peça for montada, afirmarmos nas entrevistas que somos católicos. Foi então que a ironia do destino fez acontecer outro milagre. Apareceu à minha porta uma senhora distinta, simpática e objetiva. Ligada à Liga das Senhoras Católicas, às Edições Loyola, trâmite livre na Cúria Metropolitana, contatos até no Vaticano, e também ligada ao teatro (cunhada de Miriam Muniz), Lourdes Muniz, já que eu não tinha telefone em casa, veio pessoalmente convidar-me a fazer uma adaptação da peça *A Loja do Ourives*, escrita pelo papa João Paulo II, quando ele ainda era padre e fazia teatro, na Cracóvia. Lourdes disse que apesar do tema bom, a carpintaria da peça era só de monólogos, o que a tornava enfadonha, tendo sido arrasada pela crítica do mundo afora onde fora encenada. A ideia de Lourdes era uma adaptação mais ágil, mais movimentada, sem fugir do texto original, nem subverter a mensagem. E que em vez de ser encenada em teatrinho intimista, como sempre fora, no enxergar alto e além da eventual produtora, minha adaptação será pro palco do Teatro Municipal, com grande figuração e desfile de moda. Adorei o convite de Lourdes, embora no fundo duvidasse do prospecto. Como a peça do papa era católica, e atualmente ninguém mais católico que José Vicente pra cuidar do respeito aos cânones, sugeri seu nome a Lourdes, para juntos fazermos a adaptação. Lourdes adorou a ideia. Zé topou. Achou até melhor já termos uma peça pronta – e do próprio papa! E logo começamos a adaptação. Rigorosamente, todas as manhãs, no meu apartamento. Por sermos dramaturgos tarimbados, sugeri, e ele acatou, já que a intenção da produtora era o Municipal, que usássemos, na carpintaria, truques de todas as escolas de ação da história do teatro. Foi um trabalho prazeroso, mas de curta duração, por conta da disciplina profissional de José Vicente. Em duas semanas a adaptação ficou pronta.

Pronta a adaptação, e Lourdes com as cópias xerocadas, pôs-se a dar prosseguimento aos trâmites, e logo recebia, por

Aos quatro ventos 237

escrito, os devidos pareceres. Com o grosso calhamaço do projeto nas mãos, e nele o volume de cartas sobre a nossa adaptação, Lourdes nos mostrou as cartas assinadas, desde a do arcebispo Dom Evaristo Arns, até carta do Vaticano. Nelas, os sinceros e diplomáticos elogios à adaptação (sem citar os nomes dos adaptadores). Da missiva do secretário do papa, ficou-nos a impressão de que Sua Santidade, graças ao seu antigo gosto por teatro, mostrou interesse em que o secretário lesse para ele nossa adaptação. Pela carta do secretário, parece que o papa gostou. Só não autorizava sua encenação. Tinha que ser montada do jeito que ele a escrevera. Normal. Típico de qualquer autor.

Esta obra foi composta em Minion Pro e impressa em papel pólen soft 80 g/m², pela gráfica PSI-7 para Editora Reformatório, em outubro de 2016, enquanto Antonio Bivar flanava pela Inglaterra em mais uma viagem...